KATELYN EDWARDS ist das Pseudonym der Autorin Karoline Eisenschenk (geboren 1975), die 2006 im Anschluss an einen längeren Englandaufenthalt ihren ersten Kriminalroman veröffentlichte. Nach ihrem Studium der englischen Sprach- und Literaturwissenschaft lebt und arbeitet sie heute in München. Bei Buch & media erschien von ihr bereits der Kriminalroman »Der Shakespeare-Mörder« (2011).

der. Mich beachtet er nicht weiter, aber als ich auf die Straße hinaustrete, höre ich, dass er das Fugenthema aus derselben Sonate spielt. Es klingt sehr bestimmt, so, als wisse Friedrich Wilhelm Herschel alias Jonathan Keller oder vielleicht doch Florian Kepler genau, wohin ihn diese Musik führen wird. Per aspera ad astra? Weiß er, wer er ist, frage ich mich. Aber ist das wichtig? Wer weiß schon, wer er ist. Und was ist Erinnerung? Der Versuch, sich der Vergangenheit zu bemächtigen. Welcher Vergangenheit? Natürlich nur meiner eigenen. Wie viele einzelne Erinnerungen müsste ich denn in Anspruch nehmen, um auch nur mit einem Hauch von Objektivität zu entscheiden, wer dieser Mann ist, der sich heute Wilhelm Herschel und morgen vielleicht wieder Jonathan Keller nennt? Ein halbes Dutzend vielleicht. Reicht das? Wohl kaum, denke ich. Also bleibt alles im Ungewissen?

Einen Augenblick lang bleibe ich noch stehen und höre zu, aber der Pianist lässt die Fuge in eine Folge von Akkorden übergehen und spielt nur den Schluss der Sonate.

Zögernd mache mich auf den Weg zurück zu meinem Hotel. Fast habe ich die kleine Gasse, in der das Restaurant liegt, schon hinter mich gebracht und damit auch die Frage, wer dieser Mann am Klavier denn nun wirklich ist, da höre ich Schritte hinter mir. Eilige Schritte.

»Klaus!«, ruft eine Stimme.

Ich bleibe stehen, drehe mich um. Da steht er vor mir, der Pianist von eben. Er ist mir hinterhergelaufen, ohne Mantel, nur mit einem grauen Anzug bekleidet, unter dem er einen Rollkragenpullover trägt. Jetzt ist sein Gesicht ganz nahe. Es ist dunkel, aber eine Straßenlaterne gibt mir genug Licht, um sein Gesicht genau zu studieren. Die braunen Augen unter den grau gewordenen Brauen, die regelmäßigen Gesichtszüge, das feste Kinn. Selbst in der grauen Mähne erkenne ich plötzlich den braunen Haarschopf von früher.

»Klaus, ich bin Florian, kennst du mich noch?«, sagt er und seine Stimme ... natürlich! Ich hatte ihren Klang vergessen, aber das ist seine Stimme. Florians Stimme. Er lächelt. Immer noch bleiben seine Augen ernst, wenn er das tut. Wie konnte ich zweifeln? Mit einem Mal fallen alle Identitäten, durch die dieser Mensch vor mir schon gegangen ist, wieder mit dem Bild zusammen, das ich so lange in mir getragen habe. Natürlich ist dieser Mann Florian Kepler.

»Wo gehst du hin?«, fragt er.

»In mein Hotel wollte ich.«

»Ich gehe ein Stück mit dir, Klaus. Darf ich?«

»Ja, aber natürlich«, sage ich und kann es nicht fassen, wie einfach plötzlich alles ist.

»Ich hole nur schnell meinen Mantel«, sagt Florian und eilt zurück ins Restaurant.

Wenig später steht er wieder neben mir, fasst mich am Arm, und wir schlendern nebeneinander durch die Altstadt von Wien.

»Ich muss mich noch entschuldigen wegen damals«, sagt er. »Du erinnerst dich? Der Abend in Berlin. Es war eine verkorkste Situation.«

»Ich hab's überlebt«, sage ich und füge hinzu: »Aber jetzt haben wir ja alle Zeit der Welt.«

»Eben«, sagt Florian. »Man muss nur Geduld haben.«

»Und lange genug leben«, muss ich hinzufügen.

»Und jung bleiben dabei«, sagt Florian.

Er bleibt stehen, ohne meinen Arm loszulassen, schüttelt den Kopf. »Stell dir vor«, sagt er, »vierzig Jahre.«

Dann gehen wir weiter, als hätte uns nie etwas getrennt und erzählen uns, was wir zu wissen glauben.

»Was macht die Zeit aus uns Menschen?«, fragt Florian mich oder sich selbst oder die alte in Nacht und Schlaf versinkende Stadt, die wir durchwandern.

Und einige Zeit später stelle ich die gleiche Frage noch einmal, oder ist es die Gegenfrage?

»Was macht unsere Erinnerung aus der Zeit?«

Katelyn Edwards

Pfadfinderehrenwort

Kriminalroman

Weitere Informationen über den Verlag und sein Programm unter
www.buchmedia.de

Für meine Eltern,
in Liebe und Dankbarkeit für ihre unermüdliche Geduld
und Unterstützung in all meinen Unternehmungen.

August 2011
© 2011 Buch&media GmbH, München
Umschlaggestaltung: Kay Fretwurst, Freienbrink
Herstellung: Books on Demand GmbH, Norderstedt
Printed in Germany · ISBN 978-3-86520-393-9

Alter Athenienser: »Sehr edler Lord, verspreche mir das auf euer Ehrenwort, so soll er sie haben.«

Timon: »Hier hast du meine Hand, mein Ehrenwort ist mein Versprechen.«

(William Shakespeare, *Timon von Athen*)

Prolog

Als er mitten in der Nacht mit einem Ruck aufwachte, bemerkte er, dass das Bett neben ihm immer noch unbenutzt war.

»Du bringst uns noch in Teufels Küche damit, verdammt noch mal«, murmelte er ärgerlich vor sich hin. Zwei Stunden waren ausgemacht gewesen, aber jetzt war es schon weit nach Mitternacht und von seinem Freund weit und breit immer noch nichts zu sehen. Seufzend stand er auf, um draußen nach ihm Ausschau zu halten.

Die Nacht war sehr mild, aber das war angesichts der hochsommerlichen Temperaturen tagsüber auch nicht verwunderlich. Gestern waren es fast 35 Grad, und die nächsten Tage sollten laut Wetterbericht ähnlich heiß werden. Immerhin konnte er so täglich das Schwimmtraining abhalten, und die Aussichten, dass dieses Jahr viele die Norm schafften, waren sehr gut. Alles war ruhig, nur ab und zu vernahm er ein gedämpftes Kichern oder ein leises Flüstern. Typisch Mädchen … er hatte es inzwischen aufgegeben, sich über ihr bisweilen sehr seltsames Verhalten den Kopf zu zerbrechen, obwohl die eine oder andere wirklich richtig nett sein konnte.

Aber heute Nacht musste es das definitiv letzte Mal gewesen sein, das würde er seinem Freund später unmissverständlich klar machen. Gedankenverloren blickte er dabei in Richtung des Schuppens, in dem er ihn gerade vermutete. Im ersten Augenblick dachte er an eine optische Täuschung, die ihm seine Augen auf Grund der Müdigkeit vorspielten. Er hatte tatsächlich für einen kurzen Moment geglaubt, ein orangefarbenes Licht in der Entfernung gesehen zu haben, aber das war völlig unmöglich. Er hatte es sich bestimmt nur eingebildet. Er … hatte es sich … *nicht* eingebildet! Mit entsetztem Blick starrte er auf den alten Getreideschuppen, aus dem in diesem Moment mehrere meterhohe Flammen schossen. Jetzt nahm er auch den Brandgeruch wahr. Warum war ihm der vorher nur nicht aufgefallen? Plötzlich hörte er schnelle Schritte und ein keuchendes Atmen aus der Dunkelheit allmählich näher kommen. Eine hochgewachsene Gestalt, die ihm sehr vertraut war, lief direkt auf ihn zu.

»Schnell, du musst mir helfen!« Die Worte klangen panisch vor Angst und völlig verzweifelt, und ehe er etwas erwidern konnte, hatte die Gestalt sich auch schon wieder umgedreht und rannte zur brennenden Scheune zurück.

Großer Gott, nein. Er wusste sofort, was das zu bedeuten hatte.

Ohne lange nachzufragen, stürzte er ihm hinterher. Tausend Gedanken jagten dabei durch seinen Kopf. Was hatten sie dort nur angestellt? Wie um Himmels willen konnte plötzlich alles in Flammen stehen? Sie hatten doch beide noch so viel vor, standen doch erst am Anfang. Man würde sie bestimmt dafür zur Verantwortung ziehen. Er versuchte tief Luft zu holen und spürte ein schmerzhaftes Stechen in seiner rechten Seite. Beim Schwimmen war er in der Tat besser aufgehoben. Er fühlte seine Kräfte allmählich schwinden, die pure Verzweiflung trieb ihn jedoch weiter und ließ ihn nicht anhalten. *Lass uns nicht zu spät sein ...*

Aber als sie endlich vor dem Schuppen ankamen, hatte sich dieser längst in ein brennendes Inferno verwandelt, und der beißende Qualm raubte ihm förmlich den Atem.

»Nein!« Zu seiner großen Verwunderung stellte er fest, dass er selbst es war, der so laut geschrien hatte. Vor seinen Augen stürzte in diesem Augenblick nicht nur die Scheune, sondern auch ihre eigene Zukunft wie ein Kartenhaus zusammen. Sein Freund dagegen war vor Schreck wie gelähmt und starrte nur mit entsetztem Blick auf das Bild des Grauens, das sich ihnen darbot. *Aus, alles aus und vorbei ... Sie beide hatten soeben alles verloren ...*

1. Kapitel

Noch jemand zugestiegen?« Lilly Sharp blickte nur kurz von ihrer morgendlichen Lektüre des *Guardian* auf, als sich die massige Gestalt des Fahrkartenkontrolleurs durch die Schiebetür zwängte. Sie hatte ihr Monatsticket schon griffbereit auf den freien Sitz neben sich gelegt, sodass sie es ihm nur noch entgegenhalten musste. Lilly hasste es, mitten in einem Artikel unterbrochen zu werden, vor allem wenn dieser sich mit dem Forschungsprojekt eines gewissen Dr. Walters beschäftigte – seines Zeichens Dozent für mittelalterliche Geschichte an der Universität von Canterbury und seit fast fünfzehn Jahren Lilly Sharps Vorgesetzter. Böse Zungen, darunter auch ihre langjährige Freundin Amanda, behaupteten ja steif und fest, dass Lilly bis über beide Ohren in Dr. Walters verliebt sei, aber sie wusste nur zu gut, dass dies nicht so war.

Sie mochte ihn sehr – als Vorgesetzten, als Dozenten, als Mitmenschen, und in einer gewissen Hinsicht war er ihr auch so etwas wie ein Freund geworden über all die Jahre. Sie schätzte seine ruhige, ausgeglichene Art, seine Freundlichkeit, aber auch seinen Humor und seinen fast jungenhaften Schalk, der ihm trotz seiner mittlerweile 62 Jahre nie abhandengekommen war. Sie wusste, dass er bei den Studenten sehr beliebt war. Nicht umsonst waren seine Seminare jedes Jahr kurz nach Bekanntwerden des neuen Kursangebotes innerhalb weniger Tage voll belegt. Wurde er von vielen Studienanfängern noch mehr oder weniger zufällig gewählt, so waren viele von ihnen in den folgenden Jahren regelrechte Dr.-Walters-Fans, die ganz bewusst nach seinen Kursen Ausschau hielten.

Bereits im Februar kamen die ersten zu ihr ins Sekretariat, und die Fragen waren immer die gleichen: Ob sie ihnen denn schon sagen könnte, welche Seminare das nächste Jahr angeboten würden? Ob man sich denn schon vorsichtshalber auf einer Liste eintragen könnte? Nicht zu vergessen natürlich die von Panik ergriffene Studentenschaft, die plötzlich irgendwo erfahren haben wollte, dass Dr. Walters nächstes Jahr gar nicht mehr da sein, sondern schon seinen wohlverdienten Ruhestand genießen würde. Bisher konnte sie diese aufgebrachten Gemüter immer mit einem Lächeln und einem entschiedenen Kopfschütteln beruhigen. Aber nächstes Jahr würde dies das letzte Mal sein, denn in zwei Jahren war Schluss! Und mit vierundsechzig hatte er sich seine Pensionierung wahrlich verdient.

Als vor fünf Jahren seine Frau nach jahrelanger Krankheit an Krebs gestorben war, hatte Lilly große Angst gehabt, dass er sich von diesem Schock nie erholen und auch nicht mehr unter Menschen gehen würde. Elizabeth Walters war eine wundervolle Frau gewesen, die ihr schweres Schicksal klaglos angenommen und bis zuletzt tapfer versucht hatte, gegen die tödliche Krankheit anzukämpfen. Von Amanda wurde Lilly dafür zwar immer als sentimental abgeurteilt, aber sie war sich trotzdem sicher, dass Elizabeths freundliches und liebevolles Wesen, das man einfach gern haben musste, in seiner Offenheit und Warmherzigkeit irgendwie weiterlebte. Und das Andenken seiner Frau war es wohl, das ihn schließlich wieder an die Universität zurückkehren ließ. Auch wenn er sich privat in den letzten Jahren sehr zurückgezogen hatte, so taten ihm der Kontakt mit den jungen Menschen und die Arbeit sichtbar gut.

In zwei Jahren würde es jedoch nicht nur für ihn, sondern auch für Lilly mit der Arbeit am Institut vorbei sein. Sie hatte diesen Entschluss schon vor Monaten getroffen und war nicht traurig darüber – ganz im Gegenteil. Natürlich würden sie sich umstellen müssen, Derek und sie, denn dann musste ein Gehalt reichen. Aber davor war ihr eigentlich nicht bange. Sie hatten keine Kinder und auch nie große Ansprüche gestellt. Ihr Häuschen in Broadstairs war abbezahlt, und kostspielige Hobbys wie Fernreisen waren noch nie eine Freizeitbeschäftigung der Sharps. Trotzdem war sie anfangs nicht sicher, wie Derek es aufnehmen würde, denn immerhin war Lilly erst 56 und könnte gut und gerne noch ein paar Jährchen arbeiten, obwohl ein gewisser Dr. Walters im Ruhestand war.

Sie musste jedoch gar nicht viel erklären, Derek hatte seine Frau auch so verstanden. Dass sich einiges am Institut geändert hatte im letzten Jahr, vor allem seit Professor Parson die Rektoratsstelle angetreten hatte, dass die Stimmung im Kollegium nicht mehr die gleiche war, dass hintenrum viel getuschelt und gelästert wurde – kurzum, dass die Arbeit einfach nicht mehr so viel Spaß machte, wie sie das früher tat, und nur die gute Zusammenarbeit mit Dr. Walters und der Kontakt mit den vielen jungen Menschen momentan die einzigen Gründe für Lilly waren, noch zwei Jahre weiterzumachen.

»Professor Dr. Christopher Parson, Rektor am Institut für mittelalterliche Geschichte in Canterbury und selbst Absolvent der Oxford-Universität, ist hocherfreut, den Forschungsauftrag zum Thema *Kindheit und Jugend im Mittelalter* von einem Dozenten seines Instituts ausführen lassen zu dürfen. Er werde Dr. Stephen Walters unterstützen, wo er nur könne, und ihm mit Rat und Tat zur Seite stehen, sofern seine bescheidenen Kenntnisse dafür ausreichen.«

»Tsss, das ist ja wieder typisch!«
»Entschuldigen Sie, aber ich bin verpflichtet, Ihren Fahrschein zu kontrollieren.«
»Wwwas?« Die Stimme des Schaffners ließ Lilly hochschrecken. Sie war so in den Artikel vertieft gewesen, dass sie ihn vollkommen vergessen hatte.
»Oh ja, natürlich. Ich ... Entschuldigung, aber ich ... ich habe nur laut gedacht.«
Lilly fühlte, wie sich eine unangenehme Hitze in ihrem Gesicht breitmachte. Bestimmt sehe ich jetzt aus wie eine überreife Tomate, dachte sie ärgerlich. Und an allem war nur Professor Parson schuld! Nachdem der Schaffner mit einem sehr gründlichen Blick zuerst ihren Fahrschein – als ob man nicht schon aus der Ferne hätte sehen können, dass es sich um eine Monatskarte handelte – und dann auch noch Lilly selbst eingehend gemustert hatte, stopfte sie das Ledermäppchen ungewohnt heftig in ihre große Umhängetasche zurück.
Jawohl, an allem war Professor Dr. Christopher Parson schuld! An allem! Und der Artikel war der beste Beweis dafür. Bescheidene Kenntnisse ... pah ... jeder wusste doch, dass er Oxford-Absolvent war. Parson selbst ließ schließlich keine Gelegenheit aus, es an geeigneter Stelle zu erwähnen. Und die Universitätsleitung musste natürlich auch noch einen großen Bericht darüber zu seinem Amtsantritt in die Historikerzeitung setzen. Bisher hatte Lilly diese immer gerne gelesen, vor allem weil viele von Dr. Walters' Studenten, die sie mitunter auch persönlich kannte, daran beteiligt waren, aber seit letztem Herbst war ihr die Lust daran gründlich vergangen. Womöglich war demnächst noch eine exklusive Homestory über diesen »Stern am Akademikerhimmel« darin zu finden. Lilly hatte nebenbei auch mitbekommen, dass das studentische Engagement für die Redaktion spürbar nachgelassen hatte. Kein Wunder. Parson war einer jener jungen, forschen Akademiker, die den alten Hasen zeigten, wo es wirklich langging. Und dabei ließ er keine Gelegenheit aus, sich selbst in den Vordergrund zu drängen, und zwar in einer Art, die Lilly, und nicht nur ihr, das wusste sie nur zu genau, sehr zuwider war: falsche Bescheidenheit, die einer bodenlosen Arroganz gleichkam!
Aber das Schlimmste an der ganzen Sache: Parson selbst schaffte es tatsächlich, ohne eigenen großen Arbeitsaufwand den Ruhm einzuheimsen. Natürlich hatte *er* es geschafft, den Arbeitsauftrag nach Canterbury zu holen. Dass Dr. Walters aber schon seit Jahren an dem Projekt arbeitete und dafür auch bereitwillig seine Freizeit opferte, das tat natürlich nichts zur Sache! Kein Wunder, dass sie den Zuschlag für

das Projekt bekamen. Schließlich konnte Parson ein fertiges Konzept mit einigen vielversprechenden, noch nie untersuchten Quellen vorlegen – Quellen, die Dr. Walters in mühevoller Kleinarbeit gefunden und ausgewertet hatte. Aber wenn es nur das wäre! Parson schmückte sich nicht nur mit dem Erfolg anderer Leute – oh nein! Er hielt es noch nicht einmal für nötig, seine eigenen Aufgaben selbst zu erledigen. Lilly wusste dies aus erster Hand.

Deborah Winter war Parsons persönliche Assistentin – Professor Parson hatte natürlich nicht so etwas Gewöhnliches wie eine *Sekretärin* – und es passierte mindestens dreimal täglich, dass eben diese *Assistentin* bei Lilly anrief, weil sie wieder einen Stau im Kopiergerät verursacht hatte oder verzweifelt eine Datei im Computer suchte. Aber der armen Deborah machte Lilly keinen Vorwurf. Sie war in Ordnung, nicht die Klügste vielleicht, aber immer nett und freundlich und dankbar für jede Hilfestellung. Lilly wusste schon gar nicht mehr, wohin mit der ganzen Schokolade. Nur gut, dass Dr. Walters so gerne etwas Süßes aß. Immerhin war Deborah, wie sie ihr eines Tages anvertraute, erst nach etlichen Jahren, in denen sie die häusliche Pflege ihrer Mutter übernommen hatte, wieder ins Berufsleben eingestiegen, da musste man eben etwas toleranter sein. Bei ihren Rettungsaktionen erfuhr Lilly außerdem immer so einiges.

Zum Beispiel, dass der liebe Professor Parson noch nie selbst ein Seminar vorbereitet hatte. Das durfte seine Heerschar an akademischen Hilfskräften erledigen, die sich förmlich um diese Aufgaben rissen und gar nicht merkten, wie sie ausgenutzt wurden, hofften sie doch, durch ihren unermüdlichen Einsatz nach einem erfolgreich beendeten Studium eine der begehrten Dozentenstellen zu erhalten. Lilly vermutete mittlerweile sogar schon, dass er auch seine Vorlesungen nicht selbst verfasste, sondern diese nur mit einem selbstgefälligen Grinsen seiner staunenden Studentenschaft vortrug – unterstützt natürlich von zahlreichen technischen Hilfsmitteln, die das Ganze zu einer wahren Marketingpräsentation verkommen ließen. Sie selbst hatte sich gleich zu Anfang des Jahres in einen Hörsaal gesetzt und war danach mehr als bedient.

Natürlich hatte sie dies auch gegenüber Dr. Walters angedeutet, aber er hatte überhaupt nicht angemessen reagiert. Professor Parson sei ein vielbeschäftigter Mann und sehr um den Ruf der Universität bemüht, und außerdem sei ein Großteil davon sowieso nur Gerüchte, und für diese habe er sich noch nie interessiert. Aber Lilly wusste, dass er nicht wirklich so ruhig war, wie er sich nach außen hin gab. Sie hatte noch gut den Dienstag vor drei Wochen in Erinnerung, als es in Dr. Walters'

Büro zu einem äußerst unangenehmen Gespräch kam. Das erste dieser Art überhaupt, seit sie mit ihm zusammenarbeitete. Noch nie hatte es Krach mit einem Kollegen und schon gar nicht mit einem Vorgesetzten gegeben. Er wurde immer von allen respektiert und gemocht und seine Arbeit von allen – zu Recht – sehr geschätzt. Eine Ausnahme bildete dabei offensichtlich Professor Parson.

Er habe sich die eingereichten Fragen für die Abschlussklausuren angeschaut, meinte er süffisant, und dabei festgestellt, dass diese doch wohl viel zu nah an den Aufsatzthemen seien und die Studenten vor keinerlei neue Herausforderung stellten. Am Anfang blieb Dr. Walters ganz ruhig und sachlich, und Lilly hörte nur ein leises Murmeln seinerseits. (Parson dagegen sprach wie immer mit einer durchdringenden Lautstärke und störte sich überhaupt nicht daran, dass andere Leute eventuell etwas mitbekamen.) Lilly hatte mittlerweile sogar schon den Verdacht, dass er sie mit voller Absicht mithören lassen wollte, nur um Dr. Walters vor seiner eigenen Sekretärin brüskieren zu können. Aber das konnte er nicht – nein, niemals würde ihm das gelingen! Sie hätte ihm an diesem Tag eine ganz andere Antwort entgegengeschleudert, aber sie wurde ja nicht gefragt.

Dr. Walters dagegen beließ es bei einem einfachen »Ich denke nicht, dass meinen Examensfragen das nötige Niveau fehlt, aber Sie können gerne unsere Prüfungskommission einschalten, falls Sie ernsthafte Zweifel haben sollten.« Allerdings hatte seine Stimme plötzlich einen ganz anderen Klang und jegliche Freundlichkeit war aus ihr verschwunden. Parson dachte wohl an das bevorstehende Zeitungsinterview und an die Arbeit, die das von ihm akquirierte Projekt zweifellos verlangen würde, Arbeit, die womöglich an ihm hängenbleiben könnte, und verzichtete klugerweise auf weitere Kommentare.

Aber das Gespräch hatte bei Dr. Walters trotzdem tiefe Spuren hinterlassen, das sah Lilly ganz deutlich. Noch nie wurde seine Kompetenz von jemandem angezweifelt! Und dann kommt dieser aufgeblasene Schnösel daher und plötzlich war alles falsch und schlecht. Laut Deborah hatte er wohl gegenüber anderen Dozenten ähnliche Kommentare fallenlassen, und nicht alle reagierten so besonnen wie Dr. Walters. Die Stimmung am Institut hatte sich deshalb in den letzten Monaten zusehends verschlechtert, und es gab nicht wenige, die insgeheim hofften, dass sich der »Sonnenkönig«, so sein Spitzname unter den Dozenten, bald schon wieder einer neuen Aufgabe weit entfernt von Canterbury widmen möge.

Mit einem Ruck hielt der Zug an der Canterbury West Station an. Da Examenszeit war, fuhr Lilly eine Stunde früher als gewöhnlich zur

Arbeit. Nicht weil sie das gemusst hätte, nein, sie tat es eigentlich nur Deborah zuliebe. Die versiegelten Prüfungsbögen wurden schon gegen halb acht von einem Mitglied der Kommission im Rektorat abgeholt, dort vor Zeugen geöffnet und genauestens kontrolliert und anschließend im Prüfungssaal verteilt. Um neun Uhr durften die Prüflinge, von denen die ersten schon eine Stunde vorher mit bleichen Gesichtern, hektisch in irgendwelchen Unterlagen blätternd, vor dem Eingang warteten, dann loslegen. Lilly zog es deshalb vor, schon kurz nach sieben im Büro zu sein, um mit Deborah in aller Ruhe den Tag vorbereiten zu können. Die Arme hatte deswegen ein ganz schlechtes Gewissen und gestern wiederholt darum gebeten, Lilly möge doch erst später ans Institut kommen. Als Dr. Walters letzten Sommer Professor Sanders nach dessen Herzinfarkt unerwartet vertreten musste, waren er und Lilly auch für den gesamten Prüfungsablauf am Institut verantwortlich. Aber sie hatten die Aufgabe mit Bravour gemeistert, wie ihnen von allen Seiten versichert wurde.

Deshalb wollte sie Deborah, so gut es ging, unter die Arme greifen, denn die Arme musste das ja bald alleine schaffen. Parson war ihr erwartungsgemäß keine Hilfe. Er sah seine Arbeit damit getan, körperlich anwesend zu sein und sich ab und zu vor den Vertretern der Prüfungskommission wichtig zu machen, aber das war's dann auch schon. Deborah hatte gestern angedeutet, dass ihm das frühe Aufstehen offensichtlich gar nicht behagte, denn er lief seit einiger Zeit mit ziemlich übelgelauntem Gesicht durch die Gegend und schien teilweise regelrecht geistesabwesend zu sein. Als ob er in seinem Normalzustand nicht schon anstrengend genug wäre, dachte Lilly ärgerlich. Mit einem tiefen Seufzer stieg sie in den Bus, um damit zum Campus zu fahren, der sich etwas außerhalb der Stadt auf einem weitläufigen Areal befand.

Da der morgendliche Berufsverkehr allmählich einsetzte, ging es teilweise nur stockend vorwärts, und der Bus musste immer wieder anhalten. Gedankenverloren blickte Lilly während der Fahrt aus dem Fenster, ohne jedoch die hektischen Menschen und unzähligen Fahrzeuge richtig wahrzunehmen. Trotz der guten Zusammenarbeit mit Dr. Walters und der Freude, die sie eigentlich an ihrem Beruf hatte, fragte sie sich manchmal, ob die jetzige Situation nicht Grund genug wäre, sogar schon dieses Jahr aufzuhören. Vielleicht war das Auftauchen von Professor Parson ja ein Zeichen dafür, dass jetzt eine jüngere Generation am Zuge war.

Eine Idee machte sich seit etwa zwei Wochen in ihrem Kopf breit und ließ sie einfach nicht mehr los. Anfangs schien es die ideale Lösung überhaupt zu sein, aber mittlerweile war sie sich dessen nicht mehr so sicher. Ihre Hände krampften sich instinktiv um die Henkel ihrer Tasche, als sie jetzt daran dachte. In schwachen Momenten wie diesen zwang sich Lilly dann stets, einen kühlen Kopf zu bewahren, aber das war gar nicht so einfach. Vor allem den Gedanken an Derek musste sie ganz weit von sich schieben.

2. Kapitel

Etwa zur gleichen Zeit fuhr Professor Dr. Christopher Parson seinen dunkelblauen Audi TT auf den Parkplatz der historischen Fakultät. Er tat dies immer in gewohnt flotter Manier und nicht selten drehten sich Studenten, aber auch einige Dozenten, das sah Parson nur zu genau, mit neidischen Blicken nach ihm und seinem Auto um. Er hatte den Wagen erst letztes Jahr gekauft, sozusagen als kleine Belohnung für sich selbst für die Professorenstelle hier in Canterbury. Dass er damit oft auch beim weiblichen Geschlecht enormen Eindruck schinden konnte, machte das Ganze natürlich noch besser. Obwohl er dafür nicht wirklich einen Sportwagen gebraucht hätte.

Christopher Parson war ein durchaus attraktiver Mann – schwarzhaarig, groß, breitschultrig, und peinlichst darum bemüht, sich seine mittlerweile 45 Jahre nicht ansehen zu lassen. Bei der Bräune seiner Haut, die ihn immer aussehen ließ, als wäre er gerade vom Südseeurlaub zurückgekehrt, musste das Solarium etwas nachhelfen, und auch die eine oder andere graue Strähne wurde gekonnt überfärbt. Obwohl er eigentlich jegliche Form von Sport verabscheute und sich schon in jungen Jahren nie als besonders sportlich erwiesen hatte, hatte er sich dennoch vor einiger Zeit dazu entschlossen, zweimal pro Woche ein Fitness-Studio in Dover zu besuchen (natürlich nicht in Canterbury, denn dort könnte er ja womöglich bei seinen schweißtreibenden Übungen gesehen werden). Denn noch mehr als körperliche Anstrengung hasste er Männer mittleren Alters, die unübersehbar einen stattlichen Bierbauch vor sich hertrugen. Zu dieser Gruppe würde er hoffentlich niemals gehören. Dem spöttischen Blick seiner Frau, wenn er seine Sporttasche packte, versuchte er dabei immer tunlichst zu entgehen.

Wie immer, so war er auch an diesem Morgen äußerst elegant und teuer gekleidet. Der schwarze Anzug war ein Designerstück aus London, und das Blau seines Hemdes war perfekt mit der gestreiften Krawatte und dem kleinen Einstecktuch abgestimmt. Doch anstatt mit Beifall heischenden Schritten Richtung Fakultätsgebäude zu schreiten, wie dies normalerweise seine Art war, blieb er heute einige Minuten regungslos hinter dem Steuer sitzen und fühlte eine mittlerweile vertraute Sehnsucht in sich aufsteigen. Den Motor wieder anlassen, aufs Gaspedal treten und einfach davonfahren … und nach Möglichkeit nicht mehr wiederkommen. Dieses Gefühl drängte sich immer stärker in ihm auf, und die Lust, ihm einfach nachzugeben, wuchs jeden Tag.

Die frühmorgendliche Präsenz während der Examenszeit nervte ihn gewaltig. Jeden Morgen das gleiche unnötige Theater mit den Fragebögen. Dieser aufgeblasene Wicht von der Prüfungskommission schien die Zeremonie regelrecht zu genießen. Wahrscheinlich war es der einzige Augenblick im Jahr, an dem der sich hervortun konnte. Als ob es einen Unterschied machte, ob Deborah das alleine erledigte oder er mit dabei stand. Wobei, wenn er an das Chaos dachte, das sie gestern schon wieder verursacht hatte, als er nach Unterlagen aus dem Archiv fragte. Kurz nach sechs hatte er schließlich resigniert aufgegeben, darauf zu warten, und war nach Hause gefahren. Hastig blickte er bei dem Gedanken auf seine Rolex. Hoffentlich hatte sie gestern das notwendige Material noch bekommen und auch auf seinen Schreibtisch gelegt, dann konnte er jetzt gleich die betreffenden Artikel heraussuchen. Da diese nervtötende Lilly Sharp sich tatsächlich einbildete, jeden Morgen mitmischen zu müssen, und Deborah auf Schritt und Tritt verfolgte, hoffte er inständig, sein frühes Aufstehen hatte sich gelohnt, und er konnte wenigstens ein paar Minuten alleine in seinem Büro sein. Bloß weil diese alte Jungfer und ihr hochheiliger Walters die Examen letztes Jahr – ausnahmsweise – organisierten, gab ihr das noch lange nicht das Recht, in *seinem* Vorzimmer rumzuspazieren. Außerdem dürfte nach einer guten Woche selbst eine Deborah Winter die tagtägliche Prozedur mittlerweile kennen.

Aber dieses allmorgendliche Hickhack am Institut war nur die Spitze des Eisberges, die Krönung einer für ihn unerträglichen Situation. Seit ein paar Wochen glich sein nach außen hin so strahlendes Leben einem nicht enden wollenden Albtraum. Eine Hiobsbotschaft jagte die nächste, und was das Allerschlimmste war, er hatte nicht die leiseste Ahnung, wie er die ganze Lawine stoppen konnte. Er wusste nicht einmal, an welcher Front er zuerst kämpfen sollte. Nein, das stimmte nicht ganz. Er wusste es sehr wohl, aber gleichzeitig merkte er auch, dass jeder Kampf in diese ganz bestimmte Richtung verloren war, bevor er überhaupt anfing. Niemals würde er das ungläubige Staunen in Davids Augen vergessen, das allmählich blankem Entsetzen gewichen war. Er vermied es, das Wort Hass mit seinem Sohn in Verbindung zu bringen, aber das war wohl das einzige Gefühl, das dieser noch für ihn aufbrachte.

Christopher wusste um seine Wirkung auf Frauen und hatte in seiner mittlerweile zwanzigjährigen Ehe auch die eine oder andere Gelegenheit nicht ausgelassen, diese auszuprobieren. Miriam und er hatten sich einfach auseinandergelebt, so zumindest würde ein Außenstehender es wohl formulieren. Er Universitätsprofessor, Rektor einer

Fakultät, ständig in Besprechungen, auf Kongressen, mit Forschungsarbeiten und Studenten beschäftigt, und sie ... seine Frau, eine Art Anhängsel sozusagen, deren Hauptaufgabe wohl darin bestand, das von ihm verdiente Geld wieder auszugeben. Aber eigentlich hatte es nie einen gemeinsamen Punkt gegeben, von dem aus sie sich entfernen konnten, weil sie nie richtig zusammengehörten. Sie hatten das beide relativ schnell nach der Hochzeit festgestellt, aber eine Art stille Übereinkunft getroffen, ihr Leben und ihre Ehe einfach so weiterlaufen zu lassen. Schließlich war zu diesem Zeitpunkt David schon da, und auch wenn die Vater-Sohn-Beziehung eher einem sporadischen Treffen zwischen entfernten Verwandten glich, hätte Christopher niemals einer Scheidung zugestimmt.

Aber Miriam hätte dies auch nie vorgeschlagen. Sie hatte sich im Laufe der Jahre ihre eigene kleine Welt aufgebaut, in der er schon lange keine Rolle mehr spielte, und dabei schien es ihr immer gleichgültiger zu werden, was er abseits ihrer Ehe tat. Da David und Emily schon mit elf Jahren aufs Internat kamen, konnte sie sich bald vollkommen ihren beiden Leidenschaften – Malerei und Kunstgeschichte – widmen, die ihr, wie Christopher sich insgeheim eingestehen musste, immer mehr am Herzen zu liegen schienen als ihre eigene Familie. Dennoch musste er seiner Frau Respekt zollen. Niemals hatte sie ihn vor den Kindern schlechtgemacht, ihnen nicht auch noch das bisschen Vater genommen, das er ihnen bieten konnte. Nein, Miriam war kein Vorwurf zu machen, auch wenn David sie jetzt in seine grenzenlose Wut mit einbezog.

Beim Gedanken an seinen Sohn krampfte sich Christophers Inneres schmerzhaft zusammen. Sie hatten nie eine wirklich herzliche Beziehung zueinander, und als David ins Internat kam, wurde auch die emotionale Distanz zwischen ihnen immer größer. Anders als Emily gab ihm sein Sohn immer das Gefühl, seine Vaterrolle besonders erbärmlich auszuführen. Denn während seine Tochter ihn viel zu sehr vermisste und die gemeinsamen Stunden mit geradezu kindlicher Freude genoss, hatte Christopher bei David immer das Gefühl, versagt zu haben – nicht nur als Vater.

Vor ein paar Jahren – David war gerade fünfzehn geworden – hatte er sich immer öfter dabei ertappt, dass er seinen Sohn beneidete, dass David genau das Leben führte, das auch er gerne gehabt hätte. Scheinbar mühelos war er einer der Klassenbesten, überaus beliebt in der Schule, im Freundeskreis und innerhalb seiner Schwimmmannschaft – Davids großer Leidenschaft. Dass die Mädchen schon bald Schlange standen, war nur eine logische Konsequenz. Für viele Freunde und Kollegen von ihm nichts Ungewöhnliches, kam er doch damit offensichtlich ganz nach seinem Vater. Aber Christopher wusste, dass dies nur Äußerlichkeiten waren und es in Wirklichkeit anders war … ganz anders, und Miriam wusste es auch. Deshalb gehörten David und Emily in ihre Welt, zu der ihm der Zugang immer häufiger versperrt blieb. Seine Frau nämlich kannte seine teilweise sehr mühsamen Anfänge, seine fast schon verzweifelten Bemühungen, sich zu etablieren und anerkannt zu werden, das Nicht-einsehen-Wollen, dass man womöglich nicht dazugehörte. Aber er hatte sich schließlich durchgekämpft, hatte sich nie von seinem Weg abbringen lassen und allen klargemacht, dass er sehr wohl zur Spitze gehörte und es nicht nur das Vermögen seiner Eltern war, das ihm den Weg nach Oxford geebnet hatte.

Allerdings fragte er sich in der letzten Zeit immer öfter nach dem Preis, den es dafür zu zahlen galt. Seine zerrüttete Ehe war offensichtlich nur einer davon. David dagegen verkörperte Christophers Traum. Er lebte ohne große Anstrengung das Leben, das eigentlich ihm – seinem Vater – von Anfang an hätte zustehen müssen. Und deshalb war es an der Zeit gewesen, dass Christopher ihm etwas die Grenzen aufgezeigt hatte, dass David spürte, dass sein Vater mit ihm mithalten, nein, ihn sogar übertrumpfen – spielend übertrumpfen – konnte, wenn er wollte. Aber gerade als sein Vater hätte er auch *wissen* müssen, wozu sein Sohn fähig war, wozu er ihn mit diesem Unterfangen getrieben hatte und womöglich noch treiben würde. Christopher musste sich eingestehen, dass er ihn vollkommen unterschätzt hatte. David war völlig unberechenbar geworden, ein Pulverfass, das jeden Moment neu explodieren konnte.

»Ist alles in Ordnung mit Ihnen, Mr. Parson?«

Die Stimme des Hausmeisters und sein gleichzeitiges energisches Klopfen am Autofenster ließen Christopher hochfahren. Ihm war gar nicht bewusst, dass er die ganze Zeit seinen Kopf in den Händen vergraben auf dem Lenkrad abgestützt hatte. Mit einem gezwungenen Lächeln machte er die Fahrertür auf und stieg aus.

»Ja, ja, Mr. Trevis. Hab gestern nur etwas zu tief ins Glas geschaut. Sie wissen schon …«

»Aber, natürlich, Sir. Kann ich irgendetwas für Sie tun?«

»Nein, nein, vielen Dank, es … es geht schon. Sie entschuldigen mich. Ich werde dringend erwartet.«

Und bevor Mr. Trevis noch etwas erwidern konnte, hatte Christopher Parson sich an dem Hausmeister vorbeigeschoben und eilte Richtung historischer Fakultät. Der ging ihm jetzt gerade noch ab! Es reichte ihm schon, dass er diese unmögliche Sharp gleich wieder ertragen musste. Deborah konnte zwar manchmal auch anstrengend sein, aber dafür hatte sie ganz bestimmt andere Qualitäten, dessen war er sich sicher, und deshalb hatte er sie schließlich auch eingestellt. Mochten unter den vielen Bewerberinnen auf seine Anzeige durchaus einige dabei gewesen sein, die mehr fachliche Kompetenz aufwiesen ... Aber was wollte er schon mit einem Vorzimmerbesen à la Sharp?!

Ein müdes Lächeln begleitete seine Gedanken an Deborahs schlanke, aber an den wichtigen Stellen wohlproportionierte Figur, an die leichte Röte, die sich in ihren Wangen breitmachte, wenn wieder etwas schiefgegangen war, was nur allzu häufig der Fall war. Dem Ring an ihrer rechten Hand hatte er entnommen, dass sie verheiratet war, und auf sein Nachfragen hin hatte sie dies auch bejaht. Aber einen glücklichen Eindruck schien sie ihm dabei nicht zu machen, und als er ihren Mann, einen absolut uninteressanten Langweiler, auf der letzten Weihnachtsfeier kennengelernt hatte, wunderte ihn dies auch nicht mehr. Er musste sich dringend ein bisschen mehr um sie kümmern.

Heute würde sich allerdings Dr. Walters' Vorzimmerdrachen das letzte Mal in seinem Büro ausbreiten. Das wollte er dieser alten Jungfer jetzt dann auch gleich unter die Nase reiben. Mit einem hämischen Grinsen dachte er an das Gesicht, das sie dabei machen würde. Er wusste, dass sie ihn nicht mochte, nein ... hasste! Vor allem seit er sich vor ein paar Wochen ihren Dr. Walters gegriffen hatte. Das war auch einer der Sorte, der meinte, es gehe immer im alten Trott weiter. Aber er musste aufpassen. Der Alte war eigentlich ein heller Kopf und seine stärkste Waffe für das neue Forschungsprojekt, und er durfte ihn nicht vergraulen. Nicht jetzt, da er schon genügend andere Sorgen hatte. David war nicht die einzige Front, an der er zu kämpfen hatte, wenn auch die schwerste.

Als er an sein letztes Gespräch mit der jungen Frau dachte, stieg plötzlich eine unglaubliche Wut in ihm auf. Diese Anschuldigungen würde er sich nicht weiter gefallen lassen. Es war eine einzige Farce, ein dummer Witz! Aber so nicht! Er brauchte seine Kraft jetzt wahrlich für wichtigere Dinge. Er würde ein paar Scheinchen drauflegen, und dann war diese leidige Sache ganz schnell erledigt, dessen war er sich sicher. Wenn es um Geld ging, hatte noch niemand nein gesagt. Das würde er dieser Wahnsinnigen auch beim nächsten Mal klarmachen.

Christopher Parson war mittlerweile vor seiner Bürotür angekommen und suchte in seiner Jackettasche nach seinem Schlüssel. Missmutig sperrte er die Tür auf. Es würde alles wieder gut werden ... Irgendwann ... Es konnte doch nicht immer so weitergehen. Obwohl ihn in letzter Zeit ständig Magenschmerzen plagten, ging er nach wenigen

Minuten in die angrenzende Kaffeeküche, um sich einen starken Kaffee zu kochen. Eigentlich sah er das ja nicht als sein Aufgabengebiet an – wie so manches hier –, aber wenn er nur an Deborahs abenteuerliches Gebräu dachte, das sie ihm jeden Tag aufzutischen versuchte, wurde ihm schon schlecht. Und bei Lilly Sharp musste er befürchten, jeden Moment vergiftet zu werden, abgesehen davon, dass er diese Person niemals um etwas bitten würde … ganz im Gegenteil!

Gerade als er die Kaffeemaschine einschalten wollte, glaubte er ein Geräusch aus seinem Büro zu hören. Wer war denn um diese Zeit schon da? Und vor allem – wer marschierte hier, ohne um Erlaubnis zu fragen, direkt in *sein* Allerheiligstes? Deborahs hochhackige Schuhe hätte er doch schon auf der Treppe gehört. Wahrscheinlich diese penetrante Sharp. Umso besser, dann konnte er ihr gleich sagen, was Sache war. Mit energischen Schritten ging er den Korridor entlang und direkt in sein Büro. Doch zu seiner Verwunderung war der Raum leer. Seltsam, dachte er, ich hätte schwören können, jemanden gehört zu haben. Gerade als er sich wieder umdrehen und auf den Gang hinausgehen wollte, nahm er im rechten Augenwinkel eine Bewegung wahr. Aber ihm blieb keine Zeit mehr, darüber nachzudenken, warum sich jemand hinter der Tür versteckt hatte, denn der Stich kam ganz gezielt und traf ihn mitten ins Herz. Er spürte keinen Schmerz, nur Kälte, die sich plötzlich in ihm ausbreitete … furchtbare Kälte.

3. Kapitel

Marc Trevis sagte später bei der Polizei aus, dass er plötzlich einen markerschütternden Schrei aus dem ersten Stock der historischen Fakultät gehört habe, als er gerade die Blumenrabatten vor dem Gebäude bearbeitete. In der Nacht hatte irgendjemand ganz fürchterlich in den Beeten gewütet, wahrscheinlich ein paar betrunkene Studenten, die ihre überstandenen Examen gefeiert und dabei wieder keine Grenzen gekannt hatten. Erst letzte Woche hatte er vor der Archäologie, die sich direkt im Nachbargebäude befand, die unschönen Überbleibsel einer durchzechten Nacht beseitigen müssen.

Wie jeden Morgen so war er auch heute schon gegen halb sieben auf dem Campus. Anders als bei den übrigen Angestellten der Verwaltung und des Lehrbereiches hatte dies bei ihm jedoch nichts mit der allgemeinen Prüfungssituation zu tun. Trevis liebte die morgendliche Ruhe und das um diese Zeit fast menschenleere Gelände. Noch eine Stunde, vielleicht ein bisschen mehr, dann würde hier der tägliche Trubel mit Tausenden von Studenten beginnen. Studenten, die quer über die Rasenflächen liefen, obwohl es verboten war, die ihren Müll einfach irgendwo entsorgten und die nicht selten dumme und herablassende Sprüche für einen Hausmeister wie ihn übrighatten. Pah ... die glaubten wohl, sie wären was Besseres.

Trevis' Eltern hatten nie ein sonderliches Interesse an der Bildung ihrer Kinder gezeigt. Sein Vater war ein ständig arbeitsloser Säufer, an dessen Unglück immer die anderen schuld waren und vor dem man am besten Reißaus nahm, wenn er im Vollrausch nach Hause torkelte. Seine Mutter versuchte verzweifelt, die Familie über Wasser zu halten, und ging jeder nur erdenklichen Tätigkeit nach – Putzfrau, Serviererin, Küchenhilfe, Näherin. Als Kind hatte Trevis immer das Gefühl, dass es nichts gab, was seine Mutter nicht konnte. Aber das Geld reichte gerade einmal, um ihn und seine beiden Geschwister von der Straße fernzuhalten. Sobald sie älter wurden, mussten sie dazuverdienen, und für Schule und Lernen war nie viel Zeit. Seine Schwester und sein Bruder hatten beide ihr Glück in London versucht und fristeten dort jetzt ein mehr oder weniger tristes Dasein.

Trevis jedoch war bei seiner Mutter geblieben. Sein Vater war mittlerweile so unberechenbar geworden, dass er sie nicht mit ihm alleine hatte zurücklassen wollen. Als er eine Lehrstelle auf dem Bau angeboten bekam, hatte Trevis sofort begeistert zugesagt. Endlich eigenes

Geld, vielleicht bald die Möglichkeit, in eine schönere Wohnung zu ziehen. Aber das Schicksal meinte es anders: Chronische Rückenschmerzen machten eine dauerhafte Beschäftigung auf der Baustelle unmöglich. Trevis hatte allerdings den Elan und die Kampfkraft seiner Mutter geerbt und war sich danach für keine Tätigkeit zu schade. Als sich sein Vater eines Tages einen Schnaps zu viel genehmigte und mitten in der Kneipe tot umfiel, verspürte er nur riesengroße Erleichterung und schämte sich seiner Gefühle nicht. Gemeinsam mit seiner Mutter zog er daraufhin in ein kleines Häuschen an den Stadtrand von Canterbury. Obwohl sie ihn immer wieder drängte, doch endlich zu heiraten und eine eigene Familie zu gründen, gefiel ihm sein Leben so, wie es war. Und als die Universität einen Hausmeister für die geschichtliche Fakultät suchte und er den anderen Bewerbern vorgezogen wurde, war sein Glück perfekt!

Was brauchte er einen Universitätsabschluss, um glücklich und zufrieden leben zu können?! Vor allem wenn er an Annie, seine Frau, dachte. Als seine Mutter ein Pflegefall wurde, kam sie jeden Tag über den Sozialdienst zu ihnen und kümmerte sich um sie. Nicht, dass Trevis das nicht selbst hätte machen können. Aber dann hätte seine neue, gut bezahlte Arbeit darunter gelitten und das hätte seine Mutter niemals akzeptiert. Insgeheim vermutete er, dass ihr der externe Pflegedienst in Form von Annie ganz recht kam, denn als sie ihr von ihrer Verlobung berichteten, hatte sie nur zufrieden gelächelt. Kurz nach der Hochzeit war sie gestorben – Gott sei Dank ohne lange leiden zu müssen.

Trevis war gerade dabei, die zertrampelten Blumen zu begutachten, als er im Augenwinkel eine Frau wahrnahm. Als er aufblickte, erkannte er Lilly Sharp, die ihn wie immer freundlich grüßte, bevor sie die Aula betrat. Nette Frau, dachte er. Nicht eine von diesen eingebildeten Vorzimmerdamen, die sich auch für etwas Besseres hielten. Das beste Beispiel kam gerade mit ihrem Kleinwagen auf den Parkplatz gefahren. Diese aufgetakelte Deborah Winter war ihm schon länger ein Dorn im Auge. Auch wenn sie wahrscheinlich tatsächlich immer viel zu tun hatte, musste sie sich noch lange nicht so aufführen, als sei sie Frau Professor persönlich. Er war schließlich auch nicht zu seinem Vergnügen hier.

Zu seiner großen Verwunderung grüßte sie ihn heute jedoch äußerst freundlich und schenkte ihm sogar ein kleines Lächeln. Wenn er nicht gewusst hätte, dass hinter ihm nur das Blumenbeet war, hätte er sich geradewegs umgeblickt, um nach jemand anderem Ausschau zu halten. Vielleicht hatte Mrs. Sharp sie ja zu etwas mehr Freundlichkeit ermahnt. Während seiner gelegentlichen Arbeiten auf dem Stockwerk, auf dem sich auch die Büros der Verwaltung befanden, hatte er hin und wieder mitbekommen, dass sie diesem Modepüppchen wohl öfter unter die Arme greifen musste.

Wie so oft gönnte er sich danach einen sehnsuchtsvollen Blick in Richtung Professor Parsons Wagen. Nicht, dass er direkt um das Auto herumging und es neugierig betrachtete wie so manch anderer. Nein, ein Blick aus der Ferne genügte, um ihn zum Träumen zu bringen. Ein schönes Auto ... Annie und er waren zwar mit ihrem Leben sehr zufrieden, aber einmal in so einem schicken Auto durch die Gegend fahren ... einmal Annie mit einer Cabriofahrt überraschen ... Dieser Parson schien das gar nicht richtig zu würdigen. Schon seltsam, wie er heute Morgen über das Lenkrad gebeugt war. Von wegen zu viel getrunken. Marc Trevis wusste sehr wohl, wie man nach einer feuchtfröhlichen Nacht aussah, davon hatte ihm sein Vater zu viele Beispiele geliefert. Aber was wusste er schon von den Sorgen, die man als Universitätsprofessor hatte?! Und er war wieder einmal sehr froh, nicht zu dieser akademischen Welt zu gehören. Mit einem leichten Kopfschütteln widmete er sich wieder den Blumenrabatten, als er in diesem Moment eine Frau schreien hörte.

»Um Himmels willen ...« Aufgeregt legte er die Harke zur Seite und eilte auf den Haupteingang der historischen Fakultät zu. Der Schrei kam eindeutig aus dieser Richtung. Als er die schwere Eingangstür aufzog und in die Aula eintrat, hörte er in diesem Augenblick eine zweite Person entsetzt aufschreien. Sein Blick schnellte nach oben in den ersten Stock, woher der Lärm kam, und er hastete die Treppe hinauf, immer zwei Stufen auf einmal. Sein Herz raste wie wild.

Als er die Schwingtür zum Verwaltungsbereich aufmachte, sah er Lilly Sharp und Deborah Winter in der geöffneten Tür zu Professor Parsons Büro stehen. Deborah schien einen hysterischen Anfall zu haben, denn sie schrie ununterbrochen: »Oh mein Gott, oh mein Gott, Lilly, oh mein Gott ...«

Lilly hielt sie im Arm, wie eine Mutter ein weinendes Kind tröstet, und versuchte sie verzweifelt aus dem Türrahmen zu ziehen.

»Es wird alles gut, Deborah. Nicht hinschauen, Liebes. Sie können ihm nicht mehr helfen. Kommen Sie weg von hier. Kommen Sie, Liebes. Wir müssen die Polizei ...« In diesem Augenblick fiel ihr Blick auf Mr. Trevis. Ihre Augen waren vor Schreck ganz starr, und sie war leichenblass im Gesicht.

»Oh, Mr. Trevis. Gut, dass Sie da sind. Ich ... Er ...« Sie brach mitten im Satz ab und machte eine verzweifelte Kopfbewegung in Richtung Büro. Trevis stürzte nach vorne und drängte die beiden Frauen zur Seite, Deborah immer noch hysterisch schreiend und weinend.

Der Anblick, der ihn dort erwartete, ließ ihm das Blut in den Adern gefrieren. Professor Parson lag vor ihm mit dem Gesicht nach unten auf dem Boden, seine Arme und Beine in einem seltsamen Winkel von sich gestreckt. Unter seinem Körper hatte sich eine große Blutlache ausgebreitet, und Trevis sah auch die Ursache dafür. Ein silberner Brieföffner, der aus Professor Parsons Rücken ragte. Wie er Annie später erklärte, wusste er im ersten Moment nicht, ob er der Übelkeit standhalten konnte, die sich plötzlich unangenehm in seiner Brust ausbreitete. Dann aber riss er sich zusammen, schließlich wollte er sich vor den beiden Frauen keine Blöße geben und zerrte hektisch sein Mobiltelefon aus seiner Arbeitsjacke. Mit zitternden Händen wählte er 9-9-9 und versuchte dabei krampfhaft, nicht auf die Leiche zu blicken.

»Canterbury Police Department, Nora White, wie kann ich Ihnen helfen?«

Trevis spürte, wie die Übelkeit erneut in ihm hochkam, und atmete heftig.

»Hallo ... Können Sie mich hören? Mit wem spreche ich? Bitte antworten Sie!« Nora Whites Stimme klang freundlich, aber bestimmt.

»Hallo ...« Trevis' Stimme war nur ein Flüstern. Er räusperte sich ehe er fortfuhr. »Marc Trevis hier. Bitte ... bitte kommen Sie schnell an die Universität. Geschichtsgebäude. Professor Parson ... er ... er liegt hier ... Überall ist Blut ... Er ... er ist tot. Erstochen.«

Nora White hatte routinemäßig zuerst einen Streifenwagen auf das Universitätsgelände geschickt, denn nicht selten passierte es, dass sich Jugendliche mit falschen Notrufmeldungen einen Scherz erlaubten und sich vermeintliche Mordopfer als quicklebendig herausstellten. In diesem Fall sah die Situation jedoch etwas anders aus. Die beiden Streifenpolizisten wurden schon von einem heftig winkenden Marc Trevis vor dem betreffenden Gebäude erwartet und anschließend von ihm zum Fundort der Leiche geführt. Fünf Minuten später setzte sich der in solchen Fällen übliche Polizeiapparat in Bewegung.

4. Kapitel

Als Detective Chief Inspector Joseph Philips und sein Kollege Sergeant Brian O'Connor von der Mordkommission auf dem Parkplatz vor der historischen Fakultät eintrafen, hatte sich dort bereits eine kleine Menschenmenge versammelt. Die zahlreichen Polizeiwagen mit eingeschaltetem Blaulicht, die uniformierten Beamten und die weiträumige Absperrung waren den allmählich eintrudelnden Studenten natürlich nicht verborgen geblieben. Der momentane Prüfungssaal, die Sporthalle, befand sich genau gegenüber der Fakultät und blieb trotz des frühen Andrangs an aufgeregten Prüflingen bis kurz vor Examensbeginn um halb zehn geschlossen. Dafür sorgten einige grimm dreinblickende Muskelpakete des universitätseigenen Sicherheitsdienstes, die allerdings angesichts des Polizeieinsatzes und immer neu eintreffender Beamter äußerst verunsichert wirkten. Irgendetwas Ernstes schien sich keine hundert Meter von ihnen entfernt ereignet zu haben, allerdings hatten sie die klare Anweisung erhalten, sich keinen Millimeter vom Haupteingang der Prüfungssäle zu entfernen – egal was sich um sie herum ereignen würde. So manch einem trickreichen Studenten war schließlich alles zuzutrauen.

Das Gebäude der historischen Fakultät war sternförmig angelegt, und obwohl es aus den Siebzigerjahren stammte, hatte es nicht die ungemütliche Ausstrahlung eines reinen Zweckbaus aus Beton, sondern dank eines sehr schönen Innenhofes, der die Mitte des vierzackigen Sternes bildete, und zahlreicher, von Efeu umrankter, kleiner Nischen und Mauervorsprünge durchaus etwas Reizvolles. Die Abteilung für Mittelalter befand sich im westlichen Gebäudetrakt und grenzte somit direkt an den weitläufigen Parkplatz. Philips erkannte das Auto von Polizeiarzt George Brown und vermutete auch die Spurensicherung bereits am Werk. Er nickte dem uniformierten Beamten am Haupteingang kurz zu, wohl wissend, dass es eine äußerst undankbare Aufgabe war, eine neugierige Menschenmenge abzuhalten und bohrenden Fragen auszuweichen.

»Guten Morgen, Gentlemen. Wenn Sie in der Aula stehen, gleich die erste Treppe links hinauf.«

Mit einer schwungvollen Bewegung riss der Beamte dabei die Eingangstür auf und deutete mit einer kurzen Handbewegung den Weg an. Aber der Hinweis hätte sich eigentlich erübrigt, denn Philips und O'Connor mussten nur dem Lärmpegel folgen, der von mittlerweile mehr als einem Dutzend Leuten verursacht wurde. Als sie den Treppenabsatz des ersten Stockes erreicht hatten, kam ihnen schon Dr. Brown mit dem für ihn bekannten Elan aus dem betreffenden Korridor entgegen, in dem sich laut Hinweisschild die Verwaltung und Dozentenbüros befanden.

»Guten Morgen, Kollegen. Ganz üble Geschichte. Soweit ich es bisher sagen kann, Stich von hinten mitten ins Herz. Das Opfer war sofort tot. Die Mordwaffe steckte noch in der Wunde. Es handelt sich um einen Brieföffner und dem Wundkanal nach zu urteilen, dürfte der Täter wahrscheinlich Rechtshänder gewesen sein. Aber, das sind momentan nur erste Vermutungen. Genaueres wie immer nach der Autopsie. Und jetzt entschuldigen Sie mich bitte, ich muss dringend zu einer Verhandlung. Ach ja, ehe ich es vergesse. Der Tote ist ein gewisser Professor Dr. Christopher Parson, und der Gute ist allerhöchstens eine knappe Stunde tot.«

Philips kannte Brown seit mittlerweile fünfzehn Jahren und war an den Telegrammstil des Kollegen ausreichend gewöhnt. Bevor er oder O'Connor etwas erwidern konnten, war der Rechtsmediziner auch schon an ihnen vorbeigeeilt. Allerdings störte sich der Inspector nicht daran, denn das Wichtigste wusste er nun, und bloße Spekulationen und Vermutungen brachten im Anschluss an ein Verbrechen niemanden wirklich weiter. O'Connor hatte jedoch wie immer versucht, den Redefluss von Dr. Brown zu unterbrechen, indem er mehrmals zu einem Zwischenkommentar ansetzte, musste sich jedoch seine verbale Niederlage schließlich eingestehen.

»Den Bericht habe ich allerdings spätestens heute Abend auf meinem Schreibtisch liegen, Doktor«, rief Philips dem davoneilenden Brown hinterher, was dieser mit einem ironischen »Natürlich. Die Rechtsmedizin hat ja sonst keine anderen Fälle zu bearbeiten« quittierte. Doch keine zwei Sekunden später – O'Connor überlegte sich gerade noch einen bissigen Kommentar – legte Brown ein beschwichtigendes »Jaja, Sie kriegen ihn bis heute Abend. Aber lassen Sie mich den Burschen wenigstens noch in Ruhe aufschneiden« nach.

Zwei zu null für Dr. Brown, dachte Philips und musste sich beim Anblick seines Sergeant ein Grinsen verkneifen. Die beiden Beamten arbeiteten seit nunmehr sechs Jahren zusammen und waren nicht nur vom Äußeren her gesehen ziemlich unterschiedlich: Philips, dunkelhaarig (nur ab und zu hatte sich ein graues Haar verirrt), über einen Meter neunzig groß und trotz seiner mittlerweile zweiundfünfzig Jahre immer noch schlank wie im Teenageralter. Brian dagegen war erst Anfang dreißig, etwas kleiner und drahtiger und dank seiner irischen

Herkunft mit jeder Menge Sommersprossen und feuerroten Haaren ausgestattet. Auch was ihre Ermittlungsmethoden anbelangte, waren sie nicht immer einer Meinung – Philips eher ruhig und überlegt, Brian dagegen manchmal etwas zu impulsiv und spontan. Aber trotz oder wahrscheinlich auch gerade *wegen* dieser Unterschiede bildeten die beiden mittlerweile ein sehr gutes und eingespieltes Team.

»Sind Sie etwa für diesen Fall zuständig?«, hörte der Chief Inspector plötzlich eine aufgebrachte Stimme fragen. Als Philips sich erstaunt umdrehte, stand er einem äußerst elegant gekleideten Mittfünfziger gegenüber, der ihn im Moment allerdings mit hochroten Wangen und völlig zerzaustem Haar herausfordernd anstarrte.

»Da liegen Sie völlig richtig. Detective Chief Inspector Philips und mein Kollege Sergeant O'Connor. Wir leiten hier die Ermittlungen, Mr. ...?«

«Professor Dr. James Levingstone. Ich bin Vorsitzender der für die Examen zuständigen Prüfungskommission und außerdem gehöre ich dem Verwaltungsrat der Universität an. Eine Katastrophe ist das hier! Eine einzige Katastrophe! Und das Ganze auch noch mitten in den Abschlussprüfungen. Was machen wir denn jetzt?« Levingstones Stimme schien sich fast zu überschlagen, und seine Wangen wurden noch eine Spur röter.

»Was hätten Sie denn heute unter normalen Umständen gemacht?«, fragte ihn O'Connor, den die offensichtliche Bedeutsamkeit seines Gegenübers wenig interessierte, ungerührt. Der gute Professor Levingstone hielt sich und seine Arbeit für etwas zu wichtig und den Umstand, dass hier ein Mord passiert war, nach Brians Geschmack dagegen für etwas zu trivial.

»Die Examensbögen in Professor Parsons Büro abgeholt und für einen ordnungsgemäßen Ablauf der Prüfung gesorgt – wie die vergangenen fünf Jahre auch. Aber Ihre Leute wollten sie mir ja nicht aushändigen. Dabei sollte ich seit fünfzehn Minuten im Prüfungssaal sein.« Levingstone hatte nur Inspector Philips angesehen, während er sprach, ein Sergeant, wie Brian es war, schien ihm dagegen nicht der geeignete Ansprechpartner zu sein. O'Connor war diese Tatsache nicht entgangen und entsprechend wütend antwortete er ihm jetzt.

»Tut mir leid, Mr. Levingstone, aber wir ermitteln hier in einem Mordfall. Nichts, aber auch gar nichts wird im Moment von diesem Korridor entfernt, bevor wir es nicht genauestens unter die Lupe genommen haben. So, und jetzt entschuldigen Sie uns bitte. Wir haben zu tun.«

Jetzt aber 1:0 für O'Connor, dachte Philips triumphierend. Er wusste genau, dass Brian Wichtigtuer wie diesen Levingstone überhaupt nicht abhaben konnte. Noch dazu schien dem die Tatsache, dass fünf Meter von ihnen entfernt eine Leiche lag, offenbar nicht sehr betroffen zu machen. Sein nächster Kommentar bestätigte Philips' Vermutungen nur.

»Ja wie stellen Sie sich denn das vor?! Wir sind hier schließlich an ganz strikte Zeitpläne und offizielle Abläufe gebunden! Soll ich jetzt vielleicht vor die Studenten treten und denen sagen, die Prüfung fällt heute zur Abwechslung aus?« Seine Stimme war schon wieder nahe daran, sich zu überschlagen. Aber O'Connor war nach dem morgendlichen Zusammentreffen mit Dr. Brown zur absoluten Hochform aufgelaufen.

»Und das alles *nur*, weil jemand umgebracht wurde.« Brian betonte das Wort unverhältnismäßig stark und sprach weiter, ehe Levingstone auch nur zum Lufthohlen kam. »Ganz genau, das werden Sie den Studenten jetzt sagen! Und wie ich Ihre gut organisierte Prüfungskommission einschätze, werden Sie sicherlich einen Nachholtermin ermöglichen können. Und jetzt entschuldigen Sie uns bitte. Wir haben einen Mord aufzuklären. Ihre Aussage können Sie im Übrigen im Polizeipräsidium machen. Eine Vorladung hierzu wird Ihnen zugestellt.«

Brians Stimme hatte allmählich einen sehr bestimmten und fast schon drohenden Tonfall angenommen, der keinen Widerspruch duldete. Das schien auch Professor Levingstone zu verspüren, denn er drehte sich ohne weiteren Kommentar, jedoch mit einem wütenden Schnauben auf dem Absatz um und stürmte nach draußen. Philips meinte noch, ihn irgendetwas von einer Beschwerde murmeln zu hören, aber das kümmerte ihn jetzt wenig.

»Bitte entschuldigen Sie, Sir. Ich ... ich habe mich wohl etwas im Ton vergriffen«, kam der sichtbar zerknirschte Kommentar von O'Connor. »Das wird nicht wieder vorkommen.«

Aber Philips schüttelte nur lächelnd den Kopf. »Kein Problem, Brian. Sie hatten vollkommen Recht. Ich hätte ihm genau das Gleiche gesagt. Allerdings hoffe ich inständig, dass wir auf seine Aussage verzichten können. So, jetzt aber ran an die Arbeit. Wo finde ich den Streifenbeamten, der als Erster am Tatort war?« Er hatte den letzten Satz etwas lauter gesprochen, um sich bei allen Gehör zu verschaffen, und keine drei Sekunden später kam Constable Smith aus Deborahs Sekretariat.

Aber ehe der sich vorstellen und eine erste Zusammenfassung des morgendlichen Geschehens geben konnte, ging erneut die Schwingtür auf und ein Beamter der Spurensicherung kam auf Philips und O'Connor zugeeilt, wobei er aufgeregt mit einer Plastikfolie in seiner rechten Hand winkte.

»Guten Morgen, Inspector, Sergeant. Ich dachte mir, das dürfte Sie beide vielleicht interessieren. Dieses nette kleine Briefchen haben wir gerade hinter dem rechten Scheibenwischer von Professor Parsons Wagen gefunden.« Er reichte Philips die Folie.

»Das ist in der Tat sehr interessant. Hier, Brian, lesen Sie.«

O'Connor warf einen Blick auf das Schreiben. Die Worte darauf waren ohne Zweifel mit einer älteren Schreibmaschine getippt worden, deren Farbband an manchen Stellen schon etwas gelitten hatte. Aber dies tat der Botschaft des Absenders keinen Abbruch.

Nehmen Sie Ihre Familie und verschwinden Sie aus Canterbury. Andernfalls wird Ihre Frau von gewissen Aktivitäten in Kenntnis gesetzt.

Spätestens jetzt schien dieser Mordfall interessant zu werden.

5. Kapitel

Als die beiden Beamten eine Stunde später auf das Revier im Westteil der Stadt zurückkamen, ließ sich O'Connor in seinen Schreibtischstuhl fallen und atmete tief durch. Was für ein Morgen! Nachdem sie den Erpresserbrief wieder an die Spurensicherung zurückgegeben hatten, machten sie sich erst einmal ein Bild vom Tatort. Professor Parsons Angreifer hatte offensichtlich hinter der Tür gewartet und ihn mit seiner Messerattacke vollkommen überrascht, denn es waren keinerlei Kampfspuren zu finden. Auch deutete nichts auf einen Raubmord hin, denn weder die kostbare Rolex noch seine Brieftasche sowie die Bargeldkasse in seinem Schreibtisch waren gestohlen worden.

Allerdings war es bei einem kurzen Blick auf die Leiche geblieben, da die Spurensicherung sich überall ausgebreitet und das gesamte Büro auf den Kopf gestellt hatte. Philips ordnete den Abtransport der Leiche an, denn er brauchte ein schnelles Ergebnis von Dr. Brown. Brian wusste, dass sein Chef an den Tatort zurückkommen würde, aber später, viel später, wenn niemand seine Gedanken stören konnte. Am Anfang hatte er dies insgeheim als Marotte abgetan und schon befürchtet, Philips wäre einer derjenigen, die diesen ganzen psychologischen Kram einer vernünftigen Ermittlung vorzogen.

»Wir müssen einem Mörder nahe sein. So nah wie nur möglich. Und was ist einer der intimsten Orte im Leben dieses Menschen? Dort, wo er zu dem wurde, weswegen wir ihn suchen.« Mehr hatte Philips damals nicht gesagt, als er in das leicht genervte Gesicht seines jungen Kollegen blickte. Aber im Laufe ihrer mittlerweile sechsjährigen Zusammenarbeit hatte O'Connor angefangen zu verstehen. Warum mordet ein Mensch an einer ganz bestimmten Stelle? Er hatte das unbestimmte Gefühl, dass sich auch im Fall Parson diese Frage noch stellen könnte.

Philips war gerade dabei, bei seinem Vorgesetzten, Superintendent Marcus Pierce, Verstärkung für sein Team zu ordern. Es hatte sich bei der ersten Befragung der beiden Frauen schnell herausgestellt, dass eine Vielzahl von Dozenten, Studenten und Verwaltungsangestellten der Universität mit dem Opfer zu tun hatten. Die Jüngere der beiden war offensichtlich Parsons Sekretärin, aber mit der ganzen Situation heillos überfordert. Sie war überhaupt nicht zu beruhigen und fiel von einem Heulkrampf und einem hysterischen Anfall in den nächsten. Philips rief schließlich die Dienststelle an und bat um eine weibliche

Kollegin, damit diese Deborah Winter nach Hause bringen konnte. Ihre Vernehmung wurde für morgen zehn Uhr angesetzt, und er hoffte inständig, dann etwas mehr zu erfahren.

Allerdings hatte sich ihre Kollegin, ein Blick auf seinen Notizzettel sagte ihm, dass es sich dabei um eine gewisse Lilly Sharp handelte, als sehr hilfreich erwiesen. Sie bot sich an, ihnen die notwendigen Listen zu beschaffen – Namen aller Teilnehmer an Professor Parsons Seminaren, aller Dozenten und Kollegen in der historischen Fakultät und an den übrigen Instituten. Jeder Einzelne, der direkt mit ihm in Kontakt stand, musste vernommen, ein eventuelles Motiv und bestehende Alibis überprüft werden. Sollten sie danach noch immer keine Spur haben, musste sich ihre Ermittlungsarbeit auch auf die anderen Fakultäten ausdehnen. Parson war schließlich kein kleines, unbedeutendes Rädchen, sondern einer der führenden Köpfe dieser Universität, von der ihn irgendjemand offensichtlich mit allen Mitteln loswerden wollte. Ging es dem Erpresser nicht schnell genug, und hatte er heute Morgen etwas nachgeholt? Die Zeit drängte, denn die ersten vierundzwanzig Stunden waren in einem Mordfall die wichtigsten.

Dies versuchte Philips gerade seinem Superintendent beizubringen, der in erster Linie an die Kosten für ein entsprechendes Team dachte und wenig begeistert von zusätzlichen Kräften war. Als Philips jedoch das öffentliche Interesse ins Spiel brachte, das dieser Fall ohne Zweifel nach sich ziehen würde, erwischte er Pierce an dessen Achillesferse. Sollte die Presse auch nur annähernd das Gefühl bekommen, die Polizei würde nicht alles Menschenmögliche unternehmen, um den Mord an einem der bekanntesten Professoren der Universität aufzuklären, war die Lawine natürlich am Rollen. Und Pierce verspürte keine Lust, während einer entsprechenden Pressekonferenz auf die bohrenden Fragen der Journalisten nur unzureichende Antworten geben zu können.

»Fünf weitere Leute helfen mir sehr. Vielen Dank, Superintendent.« Philips streckte seinen rechten Daumen nach oben, als Brian ihn neugierig und fragend ansah.

»Dieser alte Geizhals! Hat nur die zusätzlichen Kosten im Kopf. Okay, Brian, trommeln Sie mir die Leute zusammen, die wir ab sofort mit im Team haben. Hier sind die Namen der Kollegen. Treffen in zehn Minuten im großen Besprechungssaal. Und danach fahren wir beide sofort zu seiner Familie.«

Das Haus der Parsons befand sich in einem der mondänen Stadtteile im Süden Canterburys, der sich seit etwa zehn Jahren zu einer wahren Enklave für Londons High Society entwickelt hatte, die sich dort ihres Zweitwohnsitzes für ein Wochenende fern des Großstadttrummels erfreute. Der parkähnliche Garten des Anwesens war von einer fast ein Meter hohen und sehr dichten Hecke umgeben, die vorbeigehenden Passanten die Sicht auf das Wohnhaus fast völlig versperrte.

Als Christopher Parson vor einem Jahr die Professur an der Universität von Kent angeboten worden war, zögerte er nicht lange, als er in einem Maklerbüro den Neubau entdeckt hatte. Miriam machte anfangs furchtbare Anstalten, als er die Familie vom bevorstehenden Umzug unterrichtete, obwohl sie ihrem Mann schon die ganze Zeit mit einem Ortswechsel in den Ohren gelegen hatte. Aber sie hatte so sehr auf eine Stelle in London und ein damit verbundenes Leben in der Großstadt gehofft – stattdessen zogen sie von Plymouth nach Canterbury –, vom Regen in die Traufe, wie sie ihm während einer ihrer zahlreichen hitzigen Auseinandersetzungen an den Kopf geworfen hatte.

Immerhin war London nur eine gute Autostunde von ihrem neuen Domizil entfernt, und die Aussicht auf einen Villenneubau mit eigenem Pool hatte sie schließlich etwas besänftigt. David und Emily hielten sich dagegen mehr oder weniger völlig aus den Diskussionen ihrer Eltern heraus – wie so oft in den vergangenen Jahren. Außerdem hätte Christopher einem Einwand seiner Kinder sowieso kaum Beachtung geschenkt. Sie besuchten beide seit ihrem elften Lebensjahr ein Internat und hatten deshalb nie eine besondere Bindung zu ihrem Elternhaus aufgebaut, wo auch immer es sich gerade befinden mochte. Es war der Ort, an dem man ab und zu seine Ferien verbrachte, wenn man ausnahmsweise nicht bei irgendwelchen Klassenkameraden weilte, die quer über England verstreut zu Hause waren. David hatte sowieso nur noch ein Schuljahr vor sich und würde dann die Universität besuchen – Oxford, wenn es nach Christopher ging. Also waren sie alle – inklusive Mariella, der sprichwörtlich guten Seele des Hauses – nach Canterbury umgezogen.

Als Miriam jetzt am Frühstückstisch saß und das vergangene Jahr gedankenverloren Revue passieren ließ, spürte sie plötzlich die in den vergangenen Wochen so vertraut gewordene Wut in sich hochsteigen. Sie ertappte sich dabei, wie sie ihre rechte Hand um das Orangensaftglas gekrampft hatte, und mit einem lauten »Verdammt noch mal« knallte sie es samt Inhalt auf den Boden des Esszimmers. Danach vergrub sie ihr Gesicht in ihren Händen und blieb minutenlang regungslos sitzen.

Sie blickte erst auf, als David durch die Terrassentür hereinkam. Ihr Sohn war ein hochgewachsener Mann von gerade einmal neunzehn Jahren. Seine dunklen, fast schwarzen Haare sahen aus, als hätten sie seit Wochen keine Bürste gesehen, aber sie wusste nur zu gut, dass er die unzähligen Wirbel von ihr geerbt hatte. Genau wie die blauen Augen, die normalerweise vor Tatkraft und Elan regelrecht strahlten. Heute jedoch sahen sie nur traurig und müde aus, wie so oft in den letzten Wochen. Sein sonst so verschmitztes Lächeln war ebenfalls völlig verschwunden, und ein verbitterter Zug hatte sich um seinen Mund ausgebreitet. Und dabei war vor gar nicht allzu langer Zeit alles scheinbar noch so perfekt gewesen: Als einer der Besten seines Abiturjahrgangs lag eine glanzvolle akademische Laufbahn vor ihm. Er musste nur noch die Tür dazu aufmachen und hindurchgehen. Wie viele zukünftige Studenten beneideten ihn um diese Möglichkeiten? Wie stolz wären seine Eltern auf ihn gewesen, wenn ...

»Mum, was ist denn hier passiert? Der ganze Boden ist ja voller Saft!« Davids vorwurfsvoller Ton riss sie aus ihren Gedanken.

»Hallo, David. Entschuldige, ich ... ich habe mein Glas fallen lassen.«

David blieb stehen, wo er war, und starrte sie einige Sekunden regungslos an, als ob er auf eine weitere Erklärung wartete. Hastig blickte sie nach unten, um seinem bohrenden Blick zu entgehen, und spielte nervös mit ihrer Kaffeetasse. Als sie spürte, dass er sie immer noch prüfend musterte, platzte ihr schließlich der Kragen.

»Mein Gott, was starrst du mich denn so an? Ist dir das denn noch nie passiert? Wo kommst du eigentlich her um diese Zeit? Und wie siehst du überhaupt aus?«, herrschte sie ihn wütend an.

Erst jetzt war Miriam aufgefallen, dass ihr Sohn ganz verschwitzt und völlig außer Atem war, so als ob er längere Zeit gelaufen wäre. Er trug allerdings keine Sportklamotten, sondern Jeans und T-Shirt.

»Ich hab schlecht geschlafen und musste an die frische Luft.«

Wütend setzte David sich auf einen der Stühle und schenkte sich Kaffee ein. Dabei kippte er die Kanne so heftig, dass sich ein Schwall heiße Flüssigkeit über den Frühstückstisch ergoss.

»Verdammte Scheiße.«

»David, bitte, reg dich nicht auf. Das ... das ist nicht schlimm. Das Tischtuch kommt gleich in die Waschmaschine und ...«

Miriam brach mitten im Satz ab. David starrte sie bitterböse an, und sie fügte leise hinzu: »Ich weiß doch, dass das alles unerträglich für dich ist.« Vorsichtig streckte sie ihre Hand nach ihm aus, aber er wehrte ihre Berührung mit einer heftigen Armbewegung ab.

»Ach ja. Was weißt du denn schon? Und jetzt fang nicht wieder mit der alten Geschichte an. Das ist vorbei für mich. Endgültig. Du wirst es wahrscheinlich nicht glauben, aber es gibt für mich außer Studium und Oxford auch noch andere Gesprächsthemen und außer Vater auch noch andere Menschen auf der Welt.«

Zu ihrer Verwunderung sah Miriam plötzlich Tränen in den Augen ihres Sohnes aufblitzen. »Um Gottes willen, was ist denn los? David, so rede doch!«

»Was los ist? Ich hab mich zum absoluten Idioten gemacht. Das ist los! Aber irgendwie scheine ich ja dafür perfekt geeignet zu sein.« Davids letzte Worte ließen Miriam zusammenzucken.

»Bei wem hast du dich zum Idioten gemacht? David, raus damit!« Während sie ihren Sohn prüfend musterte, kam Miriam plötzlich ein ganz bestimmter Verdacht. Als er auf ihre Aufforderung hin nicht antwortete, fragte sie zögernd und ganz vorsichtig: »Hast du ... hast du etwa versucht, mit diesem ... diesem Mädchen wieder Kontakt aufzunehmen?«

Miriam konnte sich nicht überwinden, ihren Namen auszusprechen. Es gab momentan nur einen einzigen Menschen auf der Welt, den sie noch mehr verabscheute als diese Person.

»Melanie? Wie kommst du denn auf diese Schnapsidee?« David hatte offensichtlich nicht so viel Scheu, die Dinge beim Namen zu nennen, und funkelte sie stattdessen umso zorniger an.

»Entschuldige bitte, aber du ... du bist vorletzte Nacht nicht nach Hause gekommen, und da dachte ich, du hast vielleicht ...«

Sie brach mitten im Satz ab, denn David war plötzlich zusammengezuckt und noch eine Spur blasser geworden. Aber nach einem kurzen Augenblick hatte er sich wieder im Griff und sagte in leicht zerknirschtem Tonfall: »Es tut mir leid, wenn du dir meinetwegen Sorgen gemacht hast. Aber mein Liebesleben geht dich nichts an, Mum, okay?« Und nach einer kleinen Pause fügte er hastig hinzu: »Außerdem hat es sich sowieso schon wieder erledigt. War ... war nur ein ... ein kleiner Partyflirt.«

Bevor Miriam jedoch etwas darauf erwidern konnte, wurde kräftig an der Haustür geläutet. Sie blickte verwirrt auf ihre Armbanduhr.

»Wer kommt denn schon so früh am Morgen? Und unsere gute Mariella scheint wieder nichts zu hören und zu sehen.«

Kopfschüttelnd stand sie auf und ging aus dem Esszimmer. Im Hausflur hörte sie aus Richtung der Küche die Klänge italienischer Musik und Mariellas Stimme, laut dazu mitsingend. Sie musste mit ihrer Haushälterin unbedingt ein ernstes Wörtchen reden. Eine Minute später hörte David Stimmengemurmel in der Eingangshalle, und seine Mutter stand plötzlich von zwei Männern flankiert in der Tür.

»Bitte nehmen Sie doch Platz. Entschuldigen Sie die Unordnung. – David, diese Herren sind von der Polizei. David Parson, mein Sohn.«

»Polizei? Ist etwas passiert?« David blickte die beiden Besucher verwirrt an. Der Ältere von ihnen wartete, bis auch seine Mutter sich wieder gesetzt hatte, bevor er zu sprechen anfing.

»Mrs. Parson, David ... Ich muss Ihnen leider eine sehr schlimme Nachricht überbringen.« Weiter kam er nicht, denn Miriam war plötzlich aufgesprungen. Ihr Gesicht hatte jede Farbe verloren und sie stieß ein ersticktes »Emily« hervor.

»Ist irgendetwas mit meiner Schwester passiert?«, murmelte David heiser. Der Beamte schüttelte hastig den Kopf.

»Nein, nein, wir kommen nicht wegen Emily. Es geht um Ihren Mann beziehungsweise Vater, Christopher Parson. Es tut mir sehr leid, Ihnen das sagen zu müssen, aber ... er wurde heute Morgen tot in seinem Büro aufgefunden. Er ist ermordet worden.«

Dad ... ermordet ... aber er wollte doch nicht ... er musste ...

David hatte plötzlich das Gefühl, nicht in diesen Raum zu gehören. Er starrte die Beamten völlig fassungslos an und spürte einen riesigen Kloß in seinem Hals wachsen. Den entsetzten Gesichtsausdruck seiner Mutter nahm er überhaupt nicht wahr, als er wie in Trance durch die geöffnete Terrassentür nach draußen taumelte, wo er sich würgend erbrach.

6. Kapitel

An das Überbringen von Todesnachrichten würde Brian O'Connor sich nie gewöhnen, dessen war er sich sicher. Obwohl er mittlerweile schon zwölf Jahre bei der Polizei arbeitete und davon die letzten sechs in der Mordkommission, hasste er es immer wieder aufs Neue, Familienangehörige von Opfern aufzusuchen. Aber er wusste, dass es dem Inspector nicht anders erging.

»Das wird für mich niemals Routine werden, Brian, niemals. Und wenn ich hundert Jahre bei der Polizei bin.« Er hatte diese Worte von Philips noch gut im Gedächtnis und war froh darüber, dass es noch so etwas wie zwischenmenschliche Gefühle in ihrem Beruf gab, auch wenn diese manchmal die Arbeit nicht unbedingt erleichterten.

Als sich die beiden nach der Lagebesprechung im Revier zu den Parsons aufmachten, herrschte die ersten fünf Minuten im Auto nachdenkliches Schweigen. Brian konzentrierte sich auf die Straße, denn obwohl der morgendliche Berufsverkehr mittlerweile abgeebbt war, herrschte immer noch reger Betrieb auf den Straßen. Er wollte Philips jetzt kein Gespräch aufdrängen, sondern wartete geduldig, bis dieser anfing zu reden. Parson war laut Personalakte der Universität verheiratet und hatte zwei Kinder. Er beneidete den Chief Inspector nicht um seine Aufgabe, der Familie beibringen zu müssen, dass der Ehemann und Vater ermordet worden war. Ein Todesfall an sich war schon schlimm, aber Mord war für viele Angehörige einfach unbegreiflich. Ein Blick in den Polizeicomputer sagte ihnen außerdem, dass offensichtlich niemand in der Familie bisher mit dem Gesetz in Konflikt geraten war.

»Sobald die Familie Bescheid weiß, rufen Sie bitte die Spurensicherung an, Brian. Parson hatte bestimmt ein Arbeitszimmer zu Hause, das wir unbedingt unter die Lupe nehmen müssen, bevor eventuell etwas verschwindet.«

»Natürlich, Sir. Vielleicht hat er ja schon einmal so ein Briefchen bekommen. Wollen Sie seine Frau eigentlich gleich darauf ansprechen?«

»Ja, das kann ich ihr nicht ersparen. Aber wer weiß, vielleicht ist sie ja längst dahintergekommen, und wir sagen ihr nichts Neues. Wir werden sehen.«

»Was sie durchaus zu einer Tatverdächtigen machen könnte. Aber davon könnte es jede Menge geben, oder was denken Sie, Chef?«

»Hm …« Philips ließ die ersten Eindrücke vom Tatort und vor allem sein Gespräch mit Lilly Sharp noch einmal Revue passieren. Anders als Deborah Winter war sie zwar auch etwas mitgenommen, schien aber die ganze Angelegenheit insgesamt gefasster aufzunehmen. Er und Brian hatten die Gelegenheit deshalb gleich genutzt und ihr die ersten Fragen gestellt, während sie ihnen die Namenslisten und sonstige Unterlagen fertigstellte. Zehn Minuten später stand fest, dass sie definitiv keine Freundin von Christopher Parson war und mit dieser Abneigung auch nicht hinter dem Berg hielt. Aber damit nicht genug. Wenn es stimmte, was Lilly Sharp sagte, dann war das Opfer allgemein nicht sehr beliebt am Institut, aber das würden sie spätestens heute Mittag genauer wissen, wenn das Team die ersten Dozenten und Studenten verhört hatte. Lilly Sharp und Marc Trevis waren für heute Nachmittag ins Polizeirevier bestellt, denn sie waren die ersten am Fundort der Leiche und bisher Philips' wichtigste Zeugen.

Deborah Winter würde dann, in einer hoffentlich stabileren Verfassung, morgen Vormittag erscheinen. Er war gespannt, was sie über das Opfer auszusagen hatte, denn laut Lilly Sharp war er nicht gerade das, was man einen korrekten Vorgesetzten nannte. Und dann gab es ja auch noch diesen Erpresserbrief – ein ziemlich eindeutiger Hinweis darauf, dass jemand über Parsons Anwesenheit in Canterbury alles andere als erfreut war.

Aber jetzt galt es, zuerst das Augenmerk auf die Familie zu richten. Ehepartner gehörten immer zu den Verdächtigen, das hatten ihm unzählige Beispiele in der Vergangenheit aufgezeigt. Seitensprünge, Eifersucht, Habgier, unterdrückte Wut, die irgendwann in grenzenlosen Hass umschlug, es gab viele Motive. Ob eines davon auch auf Miriam Parson zutraf, würden sie hoffentlich bald herausfinden. Brian bohrte nicht weiter, denn er merkte, dass Philips über irgendetwas brütete.

Wahrscheinlich darüber, was diese Lilly Sharp ihnen erzählt hatte. Schon nach wenigen Sätzen war ihm klar, was diese von Parson hielt – nämlich gar nichts. Vielleicht hätten sie beiläufig erwähnen sollen, dass sie das durchaus zu einer Tatverdächtigen machen könnte, aber dazu hatten sie ja heute Nachmittag noch Gelegenheit. Besser nicht die Pferde scheu machen, bevor es nicht irgendeinen konkreten Verdacht gab. Außerdem hatte sie anscheinend ein Alibi, denn sie war laut eigener Aussage noch im Bus zum Campus, als Parson gemäß Dr. Browns Berechnung erstochen wurde. Nun ja, das würden sie nachprüfen. Ebenso ihre nicht gerade freundlichen Bemerkungen, Professor Parson hätte andere für sich arbeiten lassen und selten einen Finger gerührt. Wen sie mit »anderen« meinte, war Brian schnell klargeworden, als ein gewisser Dr. Walters mitten in ihr Gespräch platzte und Lilly Sharp plötzlich in hektische Betriebsamkeit ausbrach. Es war nicht das erste Mal, dass eine Sekretärin in ihren Chef verliebt war, und in diesem Fall schien er eine geradezu magische Wirkung auf die gute Mrs. Sharp zu haben. Was wohl ihr Mann dazu sagte?

Brian verlangsamte die Geschwindigkeit, denn sie waren bereits in der Straße angekommen, in der sich Professor Parsons Haus befinden musste. Es war eine sehr einladende Gegend mit modernen Bungalows zur Linken und Rechten, soweit man dies durch die teilweise sehr hohen Hecken erkennen konnte. Die Straße selbst erweckte den Eindruck einer Allee, denn auf beiden Seiten waren hohe Laubbäume gepflanzt, die jetzt im Frühsommer in voller Blüte standen. Eine durchaus angemessene Wohngegend für einen Universitätsprofessor. Brian wusste, dass er seine instinktive Abneigung gegenüber »der besseren Gesellschaft«, wie er es selbst formulierte, noch in den Griff bekommen musste. Persönliche Aversionen waren das Letzte, was er für die Ermittlungen in einem Mordfall brauchen konnte.

»Hier ist es. Hausnummer 25. Nettes kleines Häuschen.« Den Kommentar konnte er sich einfach nicht verkneifen, aber Philips schüttelte nur lächelnd den Kopf.

Als sie vom Auto weg auf das schmiedeeiserne Eingangstor zugingen, wäre O'Connor beinahe mit einer vorbeigehenden Passantin zusammengestoßen, so sehr war sein Blick in Richtung Villa der Parsons gerichtet. Er entschuldigte sich rasch und warf Philips einen zerknirschten Blick zu.

»Das ganze schöne Anwesen hier hilft Parson jetzt auch nichts mehr, vergessen Sie das nicht, Brian.«

»Entschuldigen Sie, Sir, Sie haben ja Recht. Aber staunen wird man ja noch dürfen.«

Das Eingangstor ließ sich sofort öffnen, was eigentlich etwas erstaunlich war. O'Connor hatte insgeheim mit aufwändigeren Sicherheitsmaßnahmen gerechnet. Automatischer Türöffner, Kameraüberwachung, Sprechanlage, Wachhund. Wobei er auf Letzteren durchaus verzichten konnte. Das Haus befand sich im hinteren Drittel eines großen, fast parkähnlichen Grundstücks. Der Rasen und die Blumenrabatten waren in tadellosem Zustand, ebenso wie die in regelmäßigen Abständen gepflanzten Sträucher und die als Sichtschutz dienende Hecke. Bestimmt steckte da die Handschrift eines Gärtners dahinter, dachte Brian. Allerdings mochte er diese penibel gepflegten Anlagen nicht besonders. Sie hatten trotz der Vielzahl an Pflanzen, die sich darin tummelten, so etwas Unwirkliches und Unnatürliches an sich. Da war ihm der leicht verwilderte Garten seiner Mutter viel lieber.

Links neben dem Haus, etwas nach unten versetzt, konnte er ein Schwimmbecken erkennen. Rechts befand sich eine Doppelgarage – Christophers Audi war offensichtlich nicht das einzige Auto der Parsons. Ein makellos gepflegter Kiesweg führte direkt auf die von zwei weißen Säulen eingefasste Vordertür, die Brian instinktiv an eine Südstaatenvilla erinnerten. Philips drückte den Klingelknopf, der sich auf einem goldenen Namensschild befand, und atmete tief durch. Kurze Zeit später hörten sie Schritte und die Tür wurde von einer sehr attraktiven Frau Anfang vierzig geöffnet. Sie hatte volles braunes Haar mit dichten Locken und war selbst zu dieser relativ frühen Tageszeit schon perfekt geschminkt. Ihr beigefarbener, eleganter Hosenanzug war ohne Zweifel ein Designerstück, das erkannte sogar O'Connor.

»Guten Morgen, Madam. Bitte entschuldigen Sie die frühe Störung. Ich bin Chief Inspector Philips, und das ist mein Kollege Sergeant Brian O'Connor vom Canterbury Police Department. Mrs. Miriam Parson?«

Brian war nicht entgangen, dass es Philips noch vermieden hatte zu erwähnen, dass sie beide von der Mordkommission waren.

Die Frau starrte ihn etwas ungläubig an, bevor sie nickte. »Ja, das bin ich. Ist etwas passiert?« Und nach einer kleinen Pause: »Aber bitte kommen Sie doch herein.«

Miriam führte die beiden Polizeibeamten durch eine vom morgendlichen Licht durchflutete Eingangshalle in das Esszimmer, in dem sie offensichtlich gerade gefrühstückt hatte. Ein junger Mann saß am Tisch und Brian sah sofort, dass vor ihrer Ankunft irgendetwas vorgefallen sein musste. Auf dem Boden lag ein zerbrochenes Glas, und eine gelbe, klebrige Flüssigkeit – wahrscheinlich Orangensaft – hatte sich überall ausgebreitet. Der Frühstückstisch selbst sah nicht viel besser aus, nur dass es sich hier um Kaffee handelte. Miriam war O'Connors Blick nicht entgangen, denn sie entschuldigte sich hastig für die Unordnung, bevor sie ihnen einen Platz anbot. Brian begann sich unauffällig im Zimmer umzusehen. Sein Einsatz, Fragen zu stellen, würde später kommen, jetzt war erst einmal Philips an der Reihe, und er war nicht undankbar deswegen.

Der Raum war, wie auch schon die Eingangshalle zuvor, sehr mondän und stilvoll eingerichtet, jedoch fehlte ihm jede Gemütlichkeit und Wärme. An der Wand ihm gegenüber hingen zwei Gemälde moderner Künstler – bestimmt Originale –, allerdings war sich Brian nicht ganz sicher, was genau sie darstellen sollten. Der Stuhl, auf dem er saß, fühlte sich eher an wie ein Folterinstrument. Die hohe Lehne bohrte sich schmerzhaft in seinen Rücken und ließ ihn instinktiv etwas nach vorne rücken. Während der Chief Inspector vorsichtig den Zweck ihres Kommens zu erklären begann, beobachtete Brian den jungen Mann, der ihnen als David Parson vorgestellt wurde, aus den Augenwinkeln und konnte ihm nur noch hilflos hinterherlaufen, als dieser wenig später leichenblass auf die Terrasse stürzte.

7. Kapitel

Brian wartete geduldig, bis David sich wieder einigermaßen erholt hatte.

»Soll ich Ihnen ein Glas Wasser holen?« Er bemühte sich, seiner Stimme einen aufmunternden Klang zu geben, denn der Junge war immer noch kalkweiß im Gesicht. Nur unter seinen Augen waren die Schatten, die Brian vorher schon aufgefallen waren, noch dunkler hervorgetreten. David schüttelte den Kopf, während er krampfhaft seine Jeans nach einem Taschentuch durchsuchte.

»Hier, nehmen Sie die.« O'Connor hatte beim Hinauslaufen geistesgegenwärtig eine Papierserviette vom Frühstückstisch geklaut, die er David jetzt freundlich lächelnd entgegenstreckte.

»Danke.«

»David – ich darf doch David sagen, oder?«, begann O'Connor vorsichtig, nachdem sie beide eine Weile stumm auf der Terrasse gestanden hatten. Der Junge nickte. »Klar.«

»Gut. Ich weiß, dass das eine furchtbare Nachricht für Sie sein muss, aber uns wäre sehr geholfen, wenn Sie uns ein paar Fragen zu Ihrem Vater beantworten würden. Wir wollen den Täter so schnell wie möglich verhaften, aber dazu brauchen wir Ihre Mithilfe.«

David nickte stumm und blickte dann fragend zur geöffneten Terrassentür. »Meine Mum, ich ... ich glaub, ich geh besser wieder rein. Ich ...«

Als die beiden ins Esszimmer zurückkamen, saß Miriam immer noch starr und unbeweglich in ihrem Stuhl. Philips schüttelte unmerklich seinen Kopf. »Haben noch nichts besprochen« sollte dieses Zeichen für Brian bedeuten.

Als sie Schritte hinter sich hörte, sprang sie jedoch plötzlich auf, drehte sich um und drückte David fest an sich. »Oh mein Gott, David. Oh mein Gott. Ermordet ...« Ihre Stimme war nur ein heiseres Flüstern. Ihr Sohn antwortete nicht, sondern erwiderte nur ihre Umarmung. Er war immer noch sehr blass und O'Connor befürchtete, dass er ihnen bald zusammenklappen würde. »Ich hol schnell Wasser aus der Küche«, flüsterte er Philips zu, was dieser nur mit einem Nicken quittierte.

Es dauerte etwas, bis Brian, mit zwei Gläsern und einer Mineralwasserflasche bewaffnet, wieder zurückkam. Sein kleiner Ausflug hatte sich jedoch durchaus gelohnt. Nicht nur, dass er sich auf der

Suche nach der Küche noch beiläufig ein bisschen im Haus umsehen konnte – die Einrichtung war ganz bestimmt von einem dieser Designer entworfen worden, die, wenn man gewissen Trendsettermagazinen glauben durfte, neuerdings absolut angesagt waren. Wer sonst würde auf die Idee kommen, von der Wohnzimmerdecke Kerzen herabhängen zu lassen, deren gläserne Untersetzer nur mit einem fast durchsichtigen Draht an derselbigen befestigt waren?! Schließlich in der Küche angekommen, musste er wild gestikulierend auf sich aufmerksam machen, um gegen die Klänge von »amore« und »passione« anzukommen, bevor er die Bekanntschaft von Mariella Benadotti machen konnte – langjährige Haushälterin der Parsons, wie sie sich ihm selbst vorstellte.

Brian, der nach der futuristischen Wohnzimmereinrichtung mit einem silberglänzenden Hightechraum ähnlich einem Chemielabor gerechnet hatte, war etwas enttäuscht von der Tatsache, dass es sich um eine ganz gewöhnliche Einbauküche ohne jegliche Spuren von Trend und Style handelte. Er vermutete insgeheim, dass die Parsons sich wohl dem Wunsch ihrer Hausangestellten gebeugt hatten, und beim Anblick von Mariella, die gerade dabei war, mit kräftigen Armbewegungen, die einer Hammerwerferin bei ihren Aufwärmübungen gleichkamen, einen Teig auszurollen, konnte er diese Entscheidung durchaus nachvollziehen. Ihm war vor dem südländischen Temperament der Italienerin etwas bange, und so versuchte er die Anwesenheit der Polizei im Haus, die ihr anscheinend bisher entgangen war, und die Geschehnisse rund um Professor Parson ganz behutsam zu erklären.

Seine Sorge war allerdings unbegründet. Mariella musste sich zwar auf einen der Küchenstühle setzen und murmelte ein entsetztes »terribile«, aber sonst trug sie die Nachricht vom Tod ihres Arbeitgebers mit großer Fassung. Als er jedoch den Zweck seines Auftauchens in der Küche nannte, wollte sie sich sofort persönlich um »Signora Parson« und »Davide« kümmern und konnte nur mit Mühe davon abgehalten werden, ins Esszimmer zu stürzen. Selbstverständlich mussten die beiden Beamten auch ihr anschließend noch ein paar Fragen stellen, und Brian hoffte inständig, dass sie sich bis dahin wieder beruhigt hatte. Er kritzelte eine kurze Notiz auf seinen Block, den er immer bei sich trug, und steckte dem Chief Inspector den Zettel unbemerkt unter dem Tisch zu, als er jetzt neben ihm Platz nahm. David hatte sich in der Zwischenzeit wieder hingesetzt und starrte Philips an, als würde er durch ihn hindurchsehen. Dieser räusperte sich kurz, bevor er vorsichtig zu sprechen begann.

»Mrs. Parson, David, wir wissen, dass das eine sehr schwere Situation für Sie beide ist und Sie wahrscheinlich jetzt lieber alleine gelassen würden. Aber je mehr wir über den Ablauf des heutigen Morgens herausfinden, umso größer ist die Wahrscheinlichkeit, den Täter bald zu fassen. Bitte versuchen Sie, sich so genau wie möglich zu erinnern. Haben Sie beide Ihren Ehemann beziehungsweise Ihren Vater heute Morgen noch gesehen, bevor er das Haus verließ?«

O'Connor hatte David während Philips' kleiner Ansprache nicht aus den Augen gelassen, aber der Junge zeigte keinerlei Reaktion. Sein Gesicht wirkte regelrecht versteinert. Er sah nur unheimlich müde, ja fast schon erschöpft aus. Miriam erwachte als Erste aus ihrer Lethargie.

»Nein. Mein Mann geht …«, sie stockte abrupt, bevor sie mühsam weitersprach, »… ging in letzter Zeit sehr früh außer Haus. Es ist Examenszeit, und … und er musste schon gegen halb acht am Institut sein. Ich … ich habe um diese Zeit noch geschlafen.«

»Und Sie, David?« Brian hatte das Gefühl, irgendwie für den Jungen zuständig zu sein.

»Ich habe ihn gestern Abend das letzte Mal gesehen.« Die Antwort kam wie von einem Band abgespult.

»Gut. Wissen Sie, ob er irgendwelche Feinde hatte? Hat er vielleicht etwas von einer Drohung erwähnt oder, dass er das Gefühl hatte, jemand wolle ihm schaden?«

Philips stellte diese Fragen routinemäßig, aber er näherte sich dabei auch dem heiklen Thema »Erpresserbrief« vorsichtig an. Brian entging nicht, dass sich Davids Blick ruckartig seiner Mutter zuwandte. Meinte der Junge vielleicht jemanden Bestimmten? Miriam antwortete jedoch nicht gleich, sondern räusperte sich erst, bevor sie zu sprechen begann. Philips hatte das Gefühl, dass sie ihre Worte dabei ganz genau wählte.

»Nun ja, mein Mann war sehr erfolgreich in seinem Beruf und Universitätsprofessor. Sie müssen verstehen … in seiner Position gibt … gab es immer irgendwelche Neider. Kollegen, die ihm den Erfolg nicht gönnten, aber ich … ich wüsste niemanden, der ihn … deshalb … deshalb …« Miriam versagte die Stimme. Philips wollte sie nicht weiter quälen und wandte sich stattdessen an den Jungen.

»David, hat er Ihnen gegenüber vielleicht etwas in diese Richtung erwähnt?«

»Ich … nein. Wir haben nie viel über seine Arbeit gesprochen. Ich kann Ihnen nur das Gleiche wie meine Mum sagen.« Er vermied es tunlichst, den beiden Polizisten in die Augen zu blicken, als er antwortete.

»Hatte Ihr Mann ein Arbeitszimmer hier im Haus?«

Philips ließ sich von diesen äußerst einsilbigen Antworten jedoch nicht aus der Ruhe bringen. Er hatte insgeheim schon mit einem derartigen Verhalten gerechnet und keine große Mithilfe erwartet. Selbst wenn Angehörige etwas wussten, gaben sie dies selten bei der ersten Vernehmung preis.

»Ja, natürlich. Er ... er hat oft zu Hause gearbeitet.« Miriam sagte dies fast so, als müsse sie ihren Mann in Schutz nehmen, und Brian fiel unfreiwillig das Gespräch mit Lilly Sharp wieder ein. Sollte die Gute ihm etwa Unrecht getan haben? War es vielleicht nur ihre persönliche Abneigung ihm gegenüber, die sie zu ihrer Aussage getrieben hatte, das Opfer habe ständig andere für sich arbeiten lassen. Das Verhör am Nachmittag versprach interessant zu werden.

»Das dachte ich mir schon, Mrs. Parson. Unsere Kollegen der Spurensicherung müssten es sich genauer anschauen. Ich wäre Ihnen deshalb sehr verbunden, wenn Sie uns Zugang zu dem betreffenden Raum gewähren würden.« Philips legte eine fast schon übertriebene Höflichkeit an den Tag, aber O'Connor ahnte, dass dies nur die Vorhut für weitere Aktionen war.

»Ja natürlich. Es ... es ist im ersten Stock. Die zweite Tür links, nach der Treppe.«

»Vielen Dank. David, würden Sie mit meinem Kollegen gleich nach oben gehen und ihm das Zimmer zeigen? Je eher wir anfangen, desto besser.«

David blickte zuerst Philips und dann seine Mutter fragend an. Ihm war nicht entgangen, dass ihn der Chief Inspector elegant aus dem Zimmer manövrieren wollte, und das schien ihm überhaupt nicht zu passen.

»Ich wüsste nicht, was ich Ihren Leuten großartig helfen könnte. Ich ... ich war das letzte Mal vor Monaten in diesem Raum ...«

»David, bitte. Begleite Mr. ...« Miriam blickte Brian fragend an.

»O'Connor«, half er ihr elegant aus der kleinen Zwickmühle.

»Oh ja, natürlich. Begleite Mr. O'Connor in das Arbeitszimmer deines Vaters. Ich komme hier schon klar. Mach dir um mich keine Sorgen.«

David schienen die Worte seiner Mutter zwar nicht zu beruhigen, aber immerhin stand er, wenn auch äußerst missmutig, auf und begleitete den Sergeant aus dem Zimmer hinauf in den ersten Stock.

»Danke, Mrs. Parson. Ich müsste nämlich kurz alleine mit Ihnen sprechen.«

»Das war mir klar. Und David im Übrigen auch. Mein Sohn ist schließlich kein Dummkopf.« Miriams Antwort klang regelrecht trotzig.

Sie bestätigte damit nur Philips' Vermutung, dass sein Plan den Anwesenden nicht entgangen war, aber wenn sie in diesem Fall vorwärtskommen wollten, musste er schnell zur Sache kommen, und solange Mutter und Sohn gemeinsam in einem Raum waren, war dies definitiv nicht möglich.

»Umso mehr weiß ich Ihre Kooperation zu schätzen. Ich will ganz direkt und offen zu Ihnen sein und hoffe, Sie sind es auch zu mir.« Philips wartete ein paar Sekunden, um seine Worte auf Miriam wirken zu lassen, ehe er schließlich fortfuhr.

»Mrs. Parson, wie war es um die Ehe zwischen Ihnen und Ihrem Mann bestellt? Ist es möglich, dass er eine Beziehung zu einer anderen Frau hatte?«

Miriams Reaktion überraschte Philips. Er hatte mit einem entrüsteten Protest gerechnet, einem Wutausbruch oder auch völliger Ahnungslosigkeit. Aber nicht mit einem zynischen Lächeln, das sich jetzt auf ihren Lippen zeigte. Mit herausfordernder Stimme sagte sie: »*Eine* andere Frau? Mr. Philips, mein Mann hatte ständig irgendwelche ›Beziehungen‹, wie Sie es so charmant auszudrücken pflegen. Und dies seit etwa fünfzehn Jahren. Und um Ihrer nächsten Frage gleich vorwegzugreifen: Nein, es hat mir nichts ausgemacht. Wir haben ziemlich bald nach der Hochzeit festgestellt, dass wir eigentlich überhaupt nicht zusammenpassen, aber wie soll ich sagen ... aus Bequemlichkeit, der Kinder zuliebe, wie auch immer, wir sahen keine Veranlassung, uns scheiden zu lassen, bis heute nicht. Meine Kinder und meine Arbeit sind das Wichtigste in meinem Leben – nicht mein Mann. Das macht mich wohl jetzt zu einer Verdächtigen?«

Miriams Antwort war klar und deutlich, und ihre Stimme hatte die ganze Zeit, während sie sprach, kein einziges Mal gezittert. Philips war ihr für ihre Aufrichtigkeit durchaus dankbar, aber er konnte ihre abschließende Frage dennoch nicht gänzlich verneinen.

»In diesem frühen Stadium der Ermittlungen ist grundsätzlich jeder verdächtig. Das schließt leider auch Familienmitglieder nicht aus. Trotzdem bin ich Ihnen für Ihre Offenheit sehr dankbar. Darf ich weiterfragen, ob das Privatleben Ihres Mannes, nun ja, auch anderen Leuten bekannt war ... Verwandten, Freunden der Familie, Arbeitskollegen?« Philips wusste, dass er sich nach wie vor auf dünnem Eis bewegte, und versuchte seine Fragen so vorsichtig wie möglich zu formulieren.

»Das, Inspector, hat mich nicht sonderlich interessiert. Unsere Verwandtschaft ist sehr klein. Mein Vater und seine Eltern sind schon lange tot. Christopher hatte keine Geschwister, und meine Schwester lebt schon seit fast zwanzig Jahren in Kanada. Was den Rest anbelangt, meine Freunde hatten im Allgemeinen nichts mit Christopher zu tun, und seine gingen mich nichts an. Inwiefern man am Institut darüber Bescheid wusste, kann ich Ihnen nicht sagen, und es ist mir auch vollkommen egal.

Ich habe ihn auf diverse Veranstaltungen als die Frau an seiner Seite begleitet und somit meinen Dienst getan. Falls Sie eine Schlammschlacht in aller Öffentlichkeit vermuten, muss ich Sie leider enttäuschen. Und um gleich etwas klarzustellen: Ich habe meinen Mann zwar nicht geliebt, aber ich habe ihn deshalb nicht umgebracht. Und das Gleiche gilt für meine Kinder.«

Miriam hatte den letzten Satz ihrer kleinen Rede ungewohnt heftig ausgesprochen und kurzzeitig ihre bis dahin so bewundernswerte Haltung verloren. Philips war diese Reaktion nicht entgangen, aber er fragte nur ganz unbekümmert: »Kinder ist ein gutes Stichwort. Sie haben zwei, nehme ich an?« Er kannte die Antwort darauf bereits, wollte Miriam jedoch damit wieder in etwas ruhigeres Fahrwasser bringen. Dies gelang allerdings nicht ganz.

»Ja, David und Emily. Oh mein Gott, ich habe meiner Tochter ja noch gar nicht Bescheid gesagt. Ich muss sie sofort anrufen. Nicht, dass sie es von jemand anderem erfährt. Sie ist doch erst fünfzehn.« Miriam bewegte sich hektisch in Richtung Tür.

»Erlauben Sie mir noch zwei, drei Fragen? Danach können Sie sofort mit Ihrer Tochter telefonieren. Wo ist sie eigentlich um diese Zeit?« Miriams Antwort bestätigte seine Vermutung.

»Sie ist im Internat. St. Edmunds in Tunbridge Wells. Dort war auch David bis zu seinem Abitur vor ein paar Wochen. Ich ... ich müsste sie jetzt aber wirklich anrufen.«

Philips spürte, dass Miriam nicht mehr lange durchhielt. Auf ihren Wangen waren plötzlich rote Flecken zu sehen, und sie begann sich mit zittrigen Händen etwas Mineralwasser einzuschenken, trank jedoch nicht davon.

»Zwei Fragen noch, Mrs. Parson. Zwei, danach sind Sie mich los. Versprochen!« Das Eis war jetzt kurz vor dem Brechen, aber noch hielt die Decke stand.

»Wussten Ihre Kinder, wie es um Ihre Ehe bestellt war?«

Miriam schwieg einige Sekunden, bevor sie schließlich bekümmert mit dem Kopf nickte. »Ja, das ließ sich trotz aller Bemühungen meinerseits nicht vermeiden. Mein Mann und ich schlafen seit einigen Jahren in getrennten Zimmern, und nun ja, wie soll ich sagen, Kinder spüren auch so, dass etwas nicht in Ordnung ist, auch wenn meine beiden selten zu Hause sind.«

Philips hatte ihren Seitenhieb durchaus verstanden. Christopher schien sich demnach nicht bemüht zu haben, seine Affären vor seinen Kindern geheimzuhalten. Galt dies auch in Bezug auf sein übriges Umfeld? Wie viel Sinn machte dann der gefundene Erpresserbrief?

»Mrs. Parson, wie versprochen nur noch eine Frage. Aber dafür eine sehr wichtige. Hat Ihr Mann Ihnen gegenüber jemals Erpresserbriefe erwähnt?«

Miriams Kopf ging ruckartig nach oben. »Wie kommen Sie denn auf so einen Unsinn? Wer sollte ihn denn erpressen? Es gibt keinen Grund, so etwas zu behaupten.«

Ihre Reaktion überraschte ihn erneut. Sie schien über seine Frage regelrecht wütend zu sein. Die roten Flecken auf ihren Wangen waren noch stärker hervorgetreten, und ihre Augen blitzten angriffslustig. Philips bemühte sich nach wie vor um einen ruhigen Tonfall.

»Bitte entschuldigen Sie, Madam, aber ich behaupte das nicht einfach so. Wir haben heute Morgen hinter dem Scheibenwischer seines Wagens einen derartigen Brief gefunden. Jemand drohte ihm damit, seine Liebesaffäre publik zu machen, wenn er nicht innerhalb kürzester Zeit aus Canterbury verschwinden würde.«

Dass der Erpresser auch Parsons Familie mit einbezogen hatte, behielt der Inspector vorläufig noch für sich. Miriam gab nur ein kurzes, unfreundliches Lachen von sich.

»Das ist ja wohl das Lächerlichste, was ich jemals gehört habe. Christopher wäre nie auf so eine alberne Drohung eingegangen. Er hätte den Brief zerrissen und weggeschmissen, das ist alles.«

»Er hat also Ihnen gegenüber ein derartiges Schreiben nie erwähnt? Nie irgendwelche Andeutungen gemacht?«

»Nein, nie.« Ihre Stimme klang sehr bestimmt.

»Und Sie können sich auch nicht vorstellen, wer sich so etwas ausdenken könnte?«

»Wahrscheinlich hat ihn irgendjemand mit einer dieser kleinen Schlampen gesehen und denkt jetzt, er könnte Profit daraus schlagen. Vielleicht ein enttäuschter Student oder ein Dozent, der sich benachteiligt fühlt, was weiß denn ich.«

Philips war Miriams ungewohnt heftige Wortwahl nicht entgangen. Von wegen die Seitensprünge ihres Mannes hatten ihr nichts ausgemacht! Die betrogene und sitzengelassene Ehefrau spielte schließlich niemand gerne. Er würde ihr ein erneutes Verhör in diese Richtung wohl nicht ersparen können, aber für heute hatte er genug gehört. Für Miriam war das Thema jedoch noch nicht zu Ende diskutiert, denn sie redete einfach weiter.

»Eigentlich kann es nur jemand sein, der uns nicht besonders gut kennt. Jemand, der denkt, dass diese Drohung bei Christopher funktioniert hätte, jemand …«

Sie stockte kurz, starrte den Chief Inspector mit großen Augen an und murmelte dann fast unhörbar: »Glauben Sie etwa, dieser Erpresser hat ihn umgebracht? Weil er gemerkt hat, dass seine Drohung nicht funktionierte?«

Sie kombinierte sehr schnell, das musste Philips zugeben. Er bemühte sich deshalb um einen bewusst ungezwungenen Tonfall, als er ihr jetzt antwortete.

»Das ist nur eine von momentan sehr vielen Spuren, der wir aber natürlich nachgehen werden. Ich bin mir allerdings ziemlich sicher, dass Ihr Mann besagtes Schreiben vor seinem Tod nicht mehr gelesen hat. Er hätte es wohl kaum an seinem Auto zurückgelassen. Umso wichtiger ist es deshalb für uns, herauszufinden, ob es noch mehr solcher Briefe gibt. Sie sind also wirklich sicher, dass er *niemals* irgendetwas in dieser Richtung erwähnt hat?«

Den letzten Satz sprach er mit äußerstem Nachdruck, aber Miriam hätte auch so verstanden.

»Ja, ganz sicher, Inspector. Und ich bin mir auch sicher, dass er es nicht vor mir verheimlicht hätte. Ich … ich war immer noch seine Frau.« Mit ihrer Haltung war es endgültig vorbei. Tränen schossen in ihre Augen und in einer verzweifelten Geste schlug sie die Hände vors Gesicht.

8. Kapitel

Philips stand wie ein begossener Pudel in der Küche und wartete geduldig darauf, bis sich Mariella wieder etwas beruhigt hatte. Nach Miriams Beinahe-Zusammenbruch war der Chief Inspector schnellstens in die Küche geeilt, wo sich laut Brians versteckter Nachricht noch ein weiteres weibliches Wesen befinden musste, um nach einem starken Kaffee und moralischem Beistand für Miriam zu bitten. Mariella ließ ihn jedoch gar nicht erst ausreden. Mit einem vorwurfsvollen und gestenreichen »Mamma Mia, was haben Sie mit Signora gemacht?« stürzte sie am verdutzten Chief Inspector vorbei.

Philips war froh, dass in diesem Augenblick die Kollegen der Spurensicherung eintrafen, denn so konnte er dem brodelnden Vulkan erst einmal entgehen. O'Connor und David war Mariellas Geschrei natürlich auch nicht entgangen, und so tummelte sich in Hausflur und Esszimmer plötzlich eine etwas unüberschaubare Menschenmenge. Brian floh mit den eingetroffenen Kollegen schleunigst zurück in den ersten Stock – die Hammerwurf-Aufwärmbewegungen waren ihm noch zu gut in Erinnerung! David wurde von Philips gebeten, seine Schwester anzurufen, was dieser auch überraschenderweise prompt und ohne zu murren erledigte. Der Chief Inspector hatte mit einer äußerst wütenden Reaktion des Jungen gerechnet, schließlich hatte er seine Mutter von vorneherein nur sehr widerwillig in seiner Obhut gelassen. Aber wahrscheinlich war er die etwas emotionalen Ausbrüche von Mariella gewohnt und ebenfalls froh, ihnen zumindest zeitweise entkommen zu können. Jetzt saß er neben Miriam, die von Mariella auf die Wohnzimmercouch gebettet worden war, passte geradezu rührend auf, dass sie ihren starken Kaffee trank und berichtete ihr vom Telefonat mit Emily.

»Ich habe Ihre Kollege zuvor gesagt, dass ich mich um Signora kümmern muss, aber er wollte mich nicht lassen zu ihr.«

Mit einem lauten Knall donnerte sie den Teig auf die Arbeitsfläche und knetete wütend auf ihn ein. Philips ließ sie geduldig eine Weile vor sich hin schimpfen und warf nur ab und zu ein »Sie haben ja Recht« ein, aber erst sein »Ich bin mir sicher, dank Ihres wunderbaren Kaffees erholt sie sich bald wieder« stimmte Mariella etwas freundlicher. Sie hörte schließlich auf, den Teig zu malträtieren, und bot ihm sogar großzügig eine Tasse ihres Wundermittels an. Dazu sagte Philips nicht nein. Mit einem lauten Seufzer setzte sie sich zu ihm an den Küchentisch.

»Was ist das nur für eine Haus? Signore Parson ermordet! Signora ganz krank, und erst die armen Bambini! Terribile! Wie soll es jetzt gehen weiter?«

Philips sah ernsthafte Sorge in ihren Augen. Sie war wahrscheinlich schon seit Jahren so etwas wie die gute Seele im Haus.

»Signora Benadotti, ich wäre Ihnen sehr dankbar, wenn Sie mir einige Fragen beantworten könnten. Wie lange sind Sie denn schon bei den Parsons angestellt?«

»Schon acht Jahre, Signore. Bin sogar umgezogen mit ihnen von Plymouth. Und war immer gute Arbeit. Signora sehr freundlich zu mir, kommt immer zu Kaffeetrinken in Küche. Bambini leider nicht oft hier, sind im Internat, müssen Sie wissen.« Sie trank einen Schluck Kaffee und schüttelte wieder den Kopf. »Terribile, furchtbar, einfach nur furchtbar.«

»Hatten Sie selbst viel Kontakt zu Professor Parson? War er oft zu Hause?«

»Signore Parson? Nein, zwar auch sehr nett zu mir – er liebte italienische Küche, müssen Sie wissen – aber er war nicht oft da. Immer viel Arbeit, und viele … hm … und viel zu tun, war schließlich Professore an Universität.«

Philips war ihr leichtes Stocken jedoch nicht entgangen. Er war sich sicher, Mariella wollte »viele Frauen« sagen, aber hatte es sich im letzten Augenblick dann doch noch anders überlegt. Zumindest sprach sie hinter dem Rücken ihres Arbeitgebers nicht schlecht von ihm, das rechnete ihr der Inspector hoch an. Er beschloss, trotzdem die Karten auf den Tisch zu legen, und sagte ganz offen, was er von Miriam erfahren hatte. Mariella seufzte tief auf, bevor sie mit bekümmerter Stimme antwortete.

»Ja, ist richtig. Es waren Probleme in Ehe, aber sie haben nie gestritten vor mir oder den Bambini – niemals. Aber Emilia und Davide haben natürlich gemerkt. Sind nicht dumm und spüren Probleme … Armer Junge.«

»Was meinen Sie mit ›armer Junge‹? Hat David besonders unter dieser Situation gelitten?« Philips erinnerte sich, dass Miriam erwähnte, ihr Sohn hätte dieses Jahr seinen Schulabschluss gemacht. Wahrscheinlich war er deshalb momentan viel öfter zu Hause als sonst und wurde automatisch in ihre schwelende Ehekrise mit hineingezogen. Mariella bestätigte seine Vermutungen teilweise.

»Ich weiß nicht, aber seit er ist fertig mit Schule, er ist oft hier und alles nicht immer so einfach für ihn. Urlaub war auch nicht gut, schon nach vier Tagen wieder zu Hause … mitten in mein Putzen. Können Sie sich das vorstellen?«

Philips konnte sich momentan überhaupt nichts darunter vorstellen und fragte deshalb vorsichtig nach. »Wann war David im Urlaub? Und warum war er nach vier Tagen schon wieder hier?«

»Warum er war zurück so schnell, weiß ich nicht. Er hat nichts gesagt. Stand plötzlich hier mit Tasche und war böse. Ich war so froh, dass ich konnte putzen ganze Haus ohne famiglia. Nicht, dass Sie denken, hier ist nicht sauber!«

Philips schüttelte eifrig den Kopf. Er wollte Mariella auf keinen Fall das Gefühl geben, er würde ihre haushälterischen Fähigkeiten anzweifeln. Wo sie sich doch gerade etwas beruhigt zu haben schien und ihn nicht mehr als das personifizierte Böse betrachtete.

»Aber einmal im Jahr ich mache großes Putzen, wenn famiglia ist in Urlaub. Immer zusammen in Provence. Wenn sie sind weg, dann ich haben Platz, Sie verstehen. Kann machen Teppiche und alle Vorhänge und Schränke.«

Philips sah schon einen Schnellkurs in Sachen Hauswirtschaft auf sich zurollen, deshalb unterbrach er Mariellas Redefluss mit einem mutigen »Die Familie fuhr also gemeinsam in den Urlaub? Alle vier zusammen, und David kam alleine und ... und böse wieder zurück?«

»Si, und war so ... *so* wütend. Nicht zu mir, aber überhaupt. Wollte nichts sagen, und immer wenn ich nach Signore Parson oder Signora gefragt habe, ob alles ist in Ordnung, er ist richtig böse geworden und hat geschimpft. Und hat gemeint, ich soll das fragen seine Vater und nicht ihn. Habe ich natürlich nicht gemacht. Probleme in famiglia gehen mich nichts an.« Mit einer resoluten Handbewegung untermauerte sie ihren letzten Kommentar.

»Das verstehe ich. Haben Sie trotzdem eine Ahnung, was in diesem Urlaub passiert sein könnte?«

»No, aber Signore Parson und Davide sehr böse miteinander. Habe gehört Schreien und Schimpfen ... und ...« Mariella brach ab und zuckte nur resignierend mit den Schultern, bevor sie sehr leise fortfuhr: »Professore und ... und Frauen waren, glaube ich, großes Problem. Habe immer gehört einen Namen ... und dann wieder Schreien und Schimpfen und sehr böse Worte zwischen ihm und Davide.«

Der Chief Inspector versuchte sein wachsendes Interesse nicht zu sehr zu zeigen. Mariella lieferte ihm gerade, ohne es zu wissen, einen ganz neuen und sehr vielversprechenden Aspekt.

»Wissen Sie vielleicht noch, um welchen Namen es ging?«

Philips setzte keine allzu große Hoffnung in diese Frage, wurde jedoch positiv überrascht, als Mariella mit bekümmerter Miene nickte.

»Si. Habe immer gehört Name von dieser Melanie«, und als Philips sie fragend anblickte, fügte sie flüsternd hinzu: »War früher Freundin von Davide. Aber nicht nett, immer sehr ... wie sagt man ... hm ... Egal ... war eine richtige Primadonna. Sie verstehen?«

Philips nickte eifrig. Das Ganze wurde immer interessanter. »Sie sagten gerade, diese Melanie *war* die Freundin von David Parson. Ich schließe daraus, die beiden sind jetzt nicht mehr zusammen?«

»Nein, sind wir nicht. Haben Sie sonst noch irgendwelche Fragen zu meinem Privatleben?«, hörte er plötzlich eine schneidende Stimme hinter sich.

David war unbemerkt von Philips in die Küche gekommen und starrte den Chief Inspector wütend an. Mariella sprang erschrocken auf.

»Beruhigen Sie sich, Signora Benadotti. Sie haben mir nur ehrlich auf meine Fragen geantwortet, und das erwarte ich in einem Mordfall von *jedem*.« Die letzten Worte waren eindeutig an David gerichtet, und der nahm die Herausforderung auch ohne Zögern an.

»Sie haben mich bisher nicht nach meinem Privatleben gefragt, Inspector.«

»Das ist richtig, David. Dafür frage ich Sie jetzt! Gibt es einen bestimmten Grund, warum Sie vorzeitig aus dem Urlaub zurückgekehrt sind und es danach immer wieder zum Streit zwischen Ihnen und Ihrem Vater gekommen ist?«

Philips' Tonfall machte eigentlich unmissverständlich klar, wer hier das Sagen hatte. Aber David schien dies nicht sonderlich zu beeindrucken. Er zuckte nur gleichgültig mit den Schultern, bevor er antwortete.

»Das kann ich Ihnen gerne sagen. Ich habe mich mit meiner Freundin zerstritten, mich noch in Südfrankreich von ihr getrennt und hatte danach auf einen gemeinsamen Urlaub keine Lust mehr, falls Sie das nachvollziehen können. Deshalb bin ich alleine nach England zurückgekommen. Das hat allerdings meinem Vater nicht sonderlich gepasst, und er meinte, mir das wiederholt sagen zu müssen.«

»Darf ich den genauen Grund für Ihre Trennung erfahren?« Philips ließ nicht locker. Er hatte bereits eine dunkle Vorahnung, aber wollte die ganze Geschichte von David selbst hören. Dieser schaltete jedoch auf stur.

»Nein, dürfen Sie nicht. Das ist meine Privatangelegenheit und hat mit dem Tod meines Vaters nichts zu tun.« Seine Stimme war schneidend und voller Wut.

»Dies zu beurteilen, überlassen Sie bitte mir. Noch leite *ich* hier die Ermittlungen.«

Mariella wurde die Auseinandersetzung der beiden allmählich zu viel. Sie murmelte etwas Unverständliches auf Italienisch und eilte an David vorbei zur Küche hinaus. Philips wollte die folgenden Worte eigentlich nicht sagen, aber der Junge ließ ihm keine andere Wahl.

»David, ich kann auch Ihre Mutter und Ihre Schwester zu diesem Streit und zu dem, was da im Urlaub vorgefallen ist, befragen, wenn Ihnen das lieber ist.«

Davids Augen blitzten vor Zorn. Er war wieder so kalkweiß im Gesicht wie eine Stunde zuvor, als sie sich im Esszimmer gegenübersaßen, diesmal allerdings war rasende Wut der Grund.

»Lassen Sie bloß meine Schwester aus dem Spiel! Sie weiß sowieso nichts davon! Ich kann Ihnen sagen, was passiert ist. Wenn Sie das zufriedener macht, bitte sehr!« Seine Stimme hatte mittlerweile fast etwas Drohendes an sich.

»Mein ehrenwerter Herr Vater hatte während unseres gemeinsamen Urlaubs nichts Besseres zu tun, als hinter meinem Rücken mit meiner Freundin ins Bett zu steigen. Nur leider Gottes war ich nicht ganz so dumm, wie er dachte, und habe meine Augen auch nicht so schön zugemacht, wie meine Mum das normalerweise tut. Ich hatte so eine verdammte Wut auf ihn, ich hätte ihn am liebsten umgebracht.« Und mit einer heftigen Handbewegung fegte er das Kaffeegeschirr vom Küchentisch, das dabei klirrend zu Boden fiel und in unzählige Scherben zerbrach.

9. Kapitel

»Warum haben Sie den Jungen nicht gleich verhaftet, Sir? Er hat Ihnen sein Motiv sozusagen auf dem Silbertablett serviert, und außerdem hat er alles andere als ein hieb- und stichfestes Alibi!?«

Die beiden Polizeibeamten waren mittlerweile wieder auf dem Rückweg zum Präsidium. O'Connor glaubte seinen Ohren nicht zu trauen, als ihm der Chief Inspector erzählte, was sich in der Küche alles zugetragen hatte. Nach dem was er bisher schon alles ausgesagt hatte, würde David bei einem entsprechenden Verhör letztendlich ein Geständnis ablegen, dessen war sich Brian sicher. Der Mordfall war also sozusagen gelöst.

Das Einsatzteam auf dem Campus könnte zurückbeordert werden, und er selbst und die Spurensicherung hätten sich nicht länger durch Parsons Arbeitszimmer wühlen müssen – ein Vorgang, der angesichts endloser Aktenordner, Zeitungsartikel und handschriftlicher Notizen, die bis in die eigene Studentenzeit des Opfers zurückgingen, einer Sisyphusarbeit gleichkam. Er hatte Glück, dass er mit Philips zurückfahren durfte, aber die Kollegen waren bestimmt noch volle zwei Tage mit der Durchsuchung beschäftigt. Aber was sollten sie dort schon Verdächtiges finden, nachdem das Opfer offensichtlich von seinem eigenen Sohn ermordet worden war? Für Brian war dies alles sinnloser Zeitvertreib und eine unnötige Vergeudung von Steuergeldern. Kein Wunder, dass die Polizei in der Öffentlichkeit oft so ein negatives Image hatte!

»Eben deshalb. Würden Sie offen zugeben, dass Sie allen Grund hatten, Ihren Vater umzubringen? Ich bestimmt nicht. Außerdem hätte er als Täter sicher ein besseres Alibi vorbereitet und nicht ausgesagt, dass er zur Tatzeit – alleine und ohne Zeugen – in seinem Bett lag.«

Aber Brian ließ sich nicht von Philips' Gedankengang anstecken. Es tat ihm zwar sehr leid um den Jungen, aber er hatte sich nach dieser Aussage zweifellos zum Hauptverdächtigen entwickelt.

»Das hätten Sie getan, Inspector, weil Sie sich mit Mordfällen und Alibis auskennen. Aber der Junge doch nicht. Er hatte wahrscheinlich heute Morgen wieder Streit mit seinem Vater, ist ihm ins Büro hinterher, das Ganze ist dort eskaliert, und dann hat er im Affekt zugestochen.«

»Brian, Sie vergessen dabei aber, dass Parson laut unserem Dr. Brown von hinten erstochen wurde, und das sieht mir nun gar nicht nach einer Affekthandlung aus, sondern dass der Täter wahrscheinlich seelenruhig auf sein Opfer gewartet hat. Außerdem hat niemand David gesehen, wie er das Institut betreten und wieder verlassen hat.«

»Das Gebäude hat bestimmt Notausgänge und einen davon wird er benutzt haben.« Brian wollte den Starrsinn des Chief einfach nicht wahrhaben. Dass der aber auch alles immer hundertmal drehen und wenden musste.

»Um die vorhandenen Zugangsmöglichkeiten hat sich die Spurensicherung heute Morgen schon gekümmert. Das Ergebnis müsste im Präsidium auf uns warten. Und vergessen Sie den Hausmeister nicht. Er hat seit seinem Dienstbeginn direkt vor dem Haus gearbeitet und von dort aus auch die Hilfeschreie der beiden Frauen gehört. Wäre es im ersten Stock zu einer, wie Sie es annehmen, lautstarken Auseinandersetzung zwischen David und seinem Vater gekommen, bin ich mir sicher, hätte man dies bis nach draußen gehört.«

»Vielleicht *hat* er ja etwas gehört und auch jemanden ganz Bestimmten gesehen und es uns nur nicht gesagt. Und wenn ich so recht überlege, er hatte außerdem einen idealen Zugang zu Parsons Auto. Vielleicht hat er dort heute Morgen ein kleines Erpresserbriefchen deponiert. Und nachdem er feststellen musste, dass er Parson senior nicht mehr unter Druck setzen kann, wird er es jetzt vielleicht beim Junior versuchen. Wir sollten die Wohnung von diesem Trevis sofort nach der Schreibmaschine durchsuchen, wenn Sie mich fragen, und ich bin mir auch sicher, wir finden etwas. Wahrscheinlich ist das erste Briefchen zu David Parson schon unterwegs.« Brian platzte fast vor Stolz und blickte Philips Beifall heischend an. Er hatte den Fall mehr oder weniger soeben zu Ende gebracht, daran zweifelte er nicht im Geringsten. Aber Philips ließ sich von seiner Begeisterung nicht so recht anstecken.

»Wir werden sehen. Ich habe Mrs. Parson sowieso angehalten, jede verdächtige Post sofort zu uns zu bringen. Und außerdem kommt Mr. Trevis heute Nachmittag wegen seiner Aussage ins Präsidium, dann können wir ihn ja dazu befragen.«

O'Connor hatte das Gefühl, dass Philips eine Ruhe an den Tag legte, die schon fast an Arroganz grenzte. Warum konnte er nicht zugeben, dass er, Brian, auf der richtigen Spur war? Warum wollte er diese Gelegenheit so ungenutzt verstreichen lassen?

»Heute Nachmittag! Sie wollen tatsächlich bis heute Nachmittag warten? Bis dahin hat der sich doch in aller Ruhe eine Geschichte zurechtgelegt, die er uns dann auftischen kann, und womöglich wertvolles Beweismaterial verschwinden lassen!«

»Vorsicht, Brian!«

Brian war außer sich und hätte deshalb beinahe ein Stoppschild überfahren. Im letzten Moment kam der Wagen mit quietschenden Reifen zum Stehen. »Entschuldigen Sie, Sir. Aber ich verstehe Sie nicht. Bei dieser klaren Beweislage ...«

Philips schüttelte nur den Kopf. »Was für großartige Beweise haben wir denn schon? Die Aussage eines emotional vollkommen aufgelösten jungen Mannes, das ist auch schon alles! Und die Tatsache, dass er für die Tatzeit kein eindeutiges Alibi hat. Wie zum Beispiel auch seine Mutter, die laut eigener Aussage ebenfalls noch im Bett lag – ebenfalls alleine.« Philips sagte die letzten Worte mit einem gewissen Unterton in der Stimme, aber bevor Brian darauf etwas erwidern konnte, fuhr er auch schon fort.

»Und was das Motiv anbelangt, so müssen wir auch hier bei Miriam Parson nicht lange suchen. Ihr Mann war ein notorischer Fremdgänger, und wer sagt uns denn, dass sie dem wirklich so gleichgültig gegenüberstand, wie sie es uns vorzumachen versucht? Sie sehen also, Brian, die üblichen Verdächtigen und noch lange nicht der Zeitpunkt, irgendjemanden voreilig zu verhaften. Ich bin vielmehr gespannt, was unsere Leute auf dem Campus so alles erfahren haben. Können Sie bitte dafür sorgen, dass sich alle um halb zwei wieder im Konferenzraum treffen? Ich gehe erst mal Mittag essen, das sollten Sie übrigens auch tun.«

Und damit war für Philips die Diskussion beendet. Brian merkte dies sofort an seinem äußerst bestimmten Tonfall, der so gar keinen Widerspruch duldete. Er wagte deshalb auch keinen weiteren Einwand mehr in diese Richtung, obwohl er innerlich noch ziemlich kochte.

Philips war sich dessen durchaus bewusst und hatte beim Verlassen des Parson-Anwesens auch mit einer derartigen Reaktion seines Sergeant gerechnet. Er musste zugeben, Brians Denkanstöße waren nicht schlecht, und er hatte selbst kurzzeitig überlegt, David vorläufig in Untersuchungshaft zu nehmen, nachdem dieser ihm das scheinbar perfekte Mordmotiv offenbart hatte. Aber die Sache lief ihm zu glatt. Er würde sich zuerst die Berichte von den Kollegen anhören, die sich den ganzen Vormittag auf dem Campus aufgehalten hatten. Lilly Sharps Andeutungen ließen keinen Zweifel daran, dass Parson nicht sehr beliebt war, und es könnte durchaus eine Reihe Verdächtiger am Institut geben. Und dem wollte Philips zuerst auf den Grund gehen.

Lilly konnte beim besten Willen nicht dazu gebracht werden, nach Hause zu gehen und sich auszuruhen. Selbst Dr. Walters schaffte es nicht, sie davon zu überzeugen. Dabei war an ein geregeltes Arbeiten überhaupt nicht zu denken, denn der gesamte Gebäudetrakt war nach wie vor abgesperrt und wimmelte von zahlreichen Polizisten, die entweder nach Spuren suchten oder den Mitarbeitern hartnäckige Fragen stellten. Nachdem ihnen endlich wieder erlaubt worden war, sich einigermaßen normal im Büro zu bewegen, und nicht bei jedem Handgriff erst nachgefragt werden musste, klingelte das Telefon praktisch im Minutentakt – besorgte Eltern, Vertreter der Prüfungskommission, neugierige Reporter von irgendwelchen Lokalblättern, die die große Sensation witterten, und nicht zu vergessen natürlich die Universitätsleitung und zahlreiche Kollegen aus anderen Fakultäten. Insgeheim war Dr. Walters Lilly sehr dankbar, dass sie ihn, so gut es ging, versuchte zu entlasten und ihm die lästigen Anrufe weitestgehend vom Hals hielt. Trotzdem war ihm nicht entgangen, dass ihre Hände merklich zitterten und sie ziemlich blass um die Nase war. Kein Wunder – der Anblick des ermordeten Professor Parson musste grauenhaft gewesen sein.

»Dr. Walters, ein Herr von der Polizei würde Sie jetzt gerne sprechen.« Ihre sonst so lebhafte und kräftige Stimme hörte sich seltsam gequält an, als stünde sie kurz davor, in Tränen auszubrechen. Sie sollte wirklich nach Hause gehen! Aber gegen ihren Dickkopf kam er einfach nicht an.

»Ja, natürlich. Er soll reinkommen. Und bitte sorgen Sie dafür, dass wir während unseres Gesprächs nicht gestört werden.«

»Selbstverständlich.« Der Klang in Lillys Stimme sagte ihm, dass seine letzte Bemerkung völlig überflüssig war und die ganze Situation nicht wirklich verbesserte. Sie würde natürlich dafür sorgen, dass Dr. Walters sich ungestört mit der Polizei unterhalten könnte. Und wenn sie dafür eigenhändig seine Bürotür verbarrikadieren musste.

Aber Lilly nahm ihm seine Worte nicht wirklich übel. Wie für alle hier am Institut bedeutete dieser Mordfall auch für Dr. Walters eine absolute Ausnahmesituation. Der Arme, ihm blieb aber auch nichts erspart! Und er wollte sie doch tatsächlich nach Hause schicken! Aber das hatte sie ihm schnell ausgeredet. Man konnte ihn in dem ganzen Chaos doch nicht alleine lassen! Wenn doch nur die Polizisten mit ihren Pinseln und unzähligen Behältern endlich fertig wären.

Da Deborah von einer Polizistin nach Hause gebracht worden war, war plötzlich niemand mehr für das Sekretariat zuständig, und Lilly sah es natürlich als ihre Aufgabe an auszuhelfen. Sie hatte Deborahs

Apparat auf ihr Telefon umgestellt und war insgeheim froh, dass sie unentwegt mit der Annahme von Anrufen beschäftigt war. Das gab ihr eine gute Gelegenheit, sich abzulenken und nicht immer an das denken zu müssen, was ein paar Stunden zuvor passiert war. Wenn das Ganze doch nur rückgängig zu machen wäre! Das gleiche Gefühl der Übelkeit, das sie auch heute Morgen schon verspürt hatte, drohte wieder in ihr aufzusteigen. Was würde Derek nur denken? Und was fast noch schlimmer war – wie würde Dr. Walters reagieren, wenn er es erfuhr? Lillys Hände fingen so stark zu zittern an, dass sie fast nicht in der Lage war, sich um das gerade ankommende Telefonat zu kümmern.

Hoffentlich war das nicht wieder einer dieser lästigen Reporter! Woher wussten die nur immer so schnell Bescheid? Sie atmete tief durch, bevor sie den Hörer abnahm. Aber zu ihrer Erleichterung war es nur Derek, der sich fürsorglich nach dem Befinden seiner Frau erkundigte. Lilly hatte einige Mühe, ihn davon zu überzeugen, dass es ihr gutging, aber dass sie jetzt unmöglich alles liegen und stehen lassen konnte. Sie musste ihm jedoch versprechen, nach der Vernehmung bei der Polizei sofort nach Hause zu kommen und nicht zurück an die Universität zu fahren.

Ein Blick auf ihre Armbanduhr sagte ihr, dass es allmählich Zeit wurde, aufzubrechen. Der Chief Inspector erwartete sie um zwei Uhr bei sich im Präsidium. Da Dr. Walters nicht gestört werden wollte, ließ sie eine kurze Nachricht auf ihrem Schreibtisch für ihn zurück und stellte ihr Telefon auf die Zentrale um. Die Telefonistin dort tat ihr jetzt schon leid. Aber sie besann sich darauf, dass es jetzt wichtigere Dinge gab. Ihr stand ein Polizeiverhör bevor – nichts anderes war diese sogenannte Vernehmung Lillys Ansicht nach nämlich – und das musste sie irgendwie heil überstehen, koste es, was es wolle.

10. Kapitel

Auf dem Polizeipräsidium hatte sich Brian O'Connors Laune wieder etwas gebessert. Nicht, dass er sich inzwischen Philips' Meinung angeschlossen hätte, aber die ungehaltene Reaktion von Superintendent Pierce auf die nicht durchgeführte Verhaftung bestätigte ihn nur in seiner Theorie. Philips' Vorgesetzter spürte natürlich den wachsenden Druck der Öffentlichkeit und hatte deshalb für sechzehn Uhr eine Pressekonferenz angeordnet. Nichts wäre ihm lieber gewesen, als bis dahin schon eine Verhaftung zu vermelden, aber der Chief Inspector konnte ihn anscheinend noch einmal vertrösten. Alles nur eine Frage der Zeit, dachte Brian grimmig.

Pünktlich um halb zwei hatten sich, wie von Philips gewünscht, alle im Konferenzraum zur Lagebesprechung versammelt. Die Zeit drängte, denn gleich danach waren erst Lilly Sharp und dann Marc Trevis zur Vernehmung bestellt. Dr. Brown hatte Wort gehalten und sich noch am Vormittag um die Obduktion der Leiche gekümmert. Triumphierend lächelnd wedelte er mit den ersten Ergebnissen vor Brians Gesicht, was dieser allerdings vorsorglich nicht kommentierte. Eine Niederlage gegen dieses Verbalgenie am Tag war genug!

»Die Todeszeit kann ich dank des schnellen Auffindens der Leiche auf einen Zeitraum von etwa einer Viertelstunde beschränken. Parson wurde zwischen sieben und sieben Uhr fünfzehn ermordet. Der Stich war – eindeutig von hinten – durch den noch in der Wunde steckenden Brieföffner verursacht. Das Opfer wurde mitten ins Herz getroffen und war auf der Stelle tot. Keine Anzeichen von Kampfspuren, keine Blutergüsse, keine Druckstellen oder Ähnliches. Ich denke, er wurde von seinem Angreifer vollkommen überrascht.«

»Dem Hausmeister gegenüber erwähnte er übermäßigen Alkoholgenuss am gestrigen Abend. Können Sie dazu schon etwas sagen?«

Philips war dem Doktor mehr als dankbar für seine schnellen Ergebnisse. Er hoffte, die Leiche bald freigeben zu können. Miriam hatte bei der Verabschiedung in der Villa schon danach gefragt, und er wollte sie nur ungern vertrösten.

»Ja, kann ich. Da hat er Ihrem Hausmeister auf alle Fälle nicht die Wahrheit gesagt. Dem einwandfreien Zustand der Leber und der Nieren nach zu schließen, liegt die letzte Alkoholzufuhr schon mehrere Tage zurück, und auch dann war es höchstwahrscheinlich kein übermäßiger Genuss. Die betreffenden Organe sind vollkommen in

Ordnung. Was allerdings nicht für den Magen gilt. An der Magenschleimhaut haben wir ein Geschwür entdeckt, ob es sich dabei um ein Karzinom handelt, kann ich Ihnen frühestens morgen Vormittag sagen. Er müsste allerdings in der letzten Zeit schon Beschwerden gehabt haben, denn die Schleimhaut weist eine starke Entzündung auf. Das wär's so weit von meiner Seite. Ich denke, spätestens morgen Mittag sind wir ganz fertig, und die Leiche kann dann freigegeben werden. Meinen endgültigen Bericht lasse ich Ihnen zukommen.«

Philips hatte Dr. Browns Bericht aufmerksam zugehört und ihm war nicht entgangen, dass Brian bei der Erwähnung des Hausmeisters heftig mit dem Kopf nickte, so als wolle er sagen: »Na bitte, da haben's wir doch. Wahrscheinlich haben die beiden gar nicht miteinander gesprochen, sondern Trevis war wegen eines ganz anderen Grundes am Wagen.« Aber er wollte jetzt nicht darauf eingehen, sondern zog es vor, die Berichte der übrigen Kollegen zu hören.

Etwa zwanzig Minuten später war sowohl dem Chief Inspector wie auch Sergeant O'Connor nur allzu klar, dass der gute Professor Dr. Parson zu seinen Lebzeiten wohl zu den unbeliebtesten Personen an der Universität zählte. Weder Dozenten noch Studenten hielten sich mit ihren Meinungen zurück. Waren vor allem Letztere zu Beginn der Vernehmung noch etwas zurückhaltender und tauten erst nach vorsichtigem Nachfragen auf, hielten Parsons Kollegen ihre Ansichten nicht lange verborgen.

Die Palette reichte von »Sonnenkönig, der gerne andere für sich arbeiten ließ, aber selbst fleißig den Ruhm erntete« bis hin zu »der hatte doch von der Materie überhaupt keine Ahnung, sondern wusste sich nur geschickt zu präsentieren«. Diesen Aussagen nach zu urteilen, hatte mindestens ein Dutzend Leute ein gutes Motiv für die Tat. Wissenschaftliche Hilfskräfte, deren Hoffnungen auf eine baldige Anstellung am Institut sich trotz mehrmaliger Versprechungen Parsons nicht erfüllt hatten, Dozenten, die weder angebliche Forschungsprojekte noch die versprochenen Seminare erhielten, die Liste war schier endlos.

Die meisten hatten für die frühmorgendliche Tatzeit jedoch Alibis, die sich, anders als bei David Parson, auch einwandfrei nachweisen ließen, sodass nach Aussortierung aller Personen nur wenig Brauchbares übrig blieb. Ein Name fiel allerdings in den Berichten immer wieder. Fast alle Vernommenen hatten das Gefühl, dass es insbesondere ein gewisser Dr. Walters war, der unter Parson gelitten habe und von diesem benachteiligt und brüskiert worden sei.

»Sein letztes Projekt, das er angeblich so glorreich an Land gezogen hatte, ist doch das beste Beispiel dafür«, ereiferte sich ein gewisser Stewart Richards, seines Zeichens ambitionierter Jungdozent, dem von Parson angeblich mehrmals Unterstützung für eine glänzende Universitätskarriere versprochen wurde.

»Wissen Sie, wie lange Dr. Walters schon auf der Suche nach Quellen dafür war? Wie viel er mit uns schon an diesem Thema gearbeitet hat? Und dann kommt dieser Lackaffe daher und tut so, als wäre alles sein Verdienst.«

Was Philips allerdings noch viel interessanter fand, war die Tatsache, dass ausgerechnet besagter Dr. Walters derjenige war, der zum Zeitpunkt des Mordes – angeblich – *alleine* zu Hause war und noch seinen morgendlichen Kaffee genoss. Wie er den Aufzeichnungen des Kollegen entnehmen konnte, war Stephen Walters seit fünf Jahren verwitwet und lebte seit dem Tod seiner Frau sehr zurückgezogen. Grund genug für den Chief Inspector, sich mit dem Mann in aller Ruhe zu unterhalten, hatten sie doch beide eine traurige Gemeinsamkeit.

Brian musste zugeben, dass die Ermittlungen der Kollegen sehr aufschlussreich waren, obwohl er David Parson noch längst nicht als Nummer eins auf seiner Liste der Verdächtigen gestrichen hatte. Er gestand sich auch ein, dass er Lilly Sharp wohl etwas Unrecht getan hatte. Dieser Parson war offensichtlich einer der ganz üblen Sorte, und ihre Negativmeinung über ihn nicht nur auf ihre Schwärmerei für Dr. Walters zurückzuführen – von der er jedoch nach wie vor überzeugt war. Aber gleich würde die Gute ja zur Vernehmung kommen.

Lilly Sharp machte einen etwas angeschlagenen Eindruck, und Philips hatte das Gefühl, sie wollte das Gespräch mit ihnen möglichst schnell über die Bühne bringen. Aber das war angesichts des morgendlichen Ereignisses auch kein Wunder. Wahrscheinlich hatten sie ihr mit der eilig vorgeschlagenen Vernehmung doch etwas zu viel zugemutet. Sie wiederholte eigentlich nur das, was sie ihnen auch am Vormittag schon erzählt hatte.

Dass sie wie immer zuerst den Zug aus Broadstairs und dann vom Bahnhof aus den Bus zum Campus genommen hatte, dann direkt zum Institut ging, ihr eigenes Büro und das von Dr. Walters aufsperrte, etwa fünf Minuten später Deborahs Schritte hörte und dann, von ihrem Schrei aufgeschreckt, in das Büro am Ende des Korridors eilte. Nein, sie sei vor Deborahs Ankunft nicht in das Büro von Professor

Parson gegangen – dies versuchte sie nach Möglichkeit immer zu vermeiden, wie sie, nicht ohne Nachdruck, hinzufügte, und sie habe auch niemanden im Gebäude gehört oder gesehen. Brian konnte sich die Frage nach David Parson natürlich nicht verkneifen, aber Lilly musste zugeben, dass sie zwar wusste, dass Parson verheiratet war und zwei Kinder hatte, aber bisher seine Frau nur einmal kurz gesehen hatte – auf der letztjährigen Weihnachtsfeier des Instituts. Abgesehen davon sei ihr kein junger Mann im Gebäude oder auf dem Universitätsgelände begegnet.

Als Philips jedoch den allgemeinen Ruf des Opfers am Institut ansprach, taute Lilly endlich auf und kam so richtig in Fahrt. Brian hatte inzwischen das Gefühl, der Kummerkastentante einer dieser Frauenzeitschriften gegenüberzusitzen, von so vielen Beschwerden und Problemen rund um das Institut wusste sie zu berichten. Natürlich vergaß Lilly nicht darauf hinzuweisen, welche Unverschämtheiten vor allem Dr. Walters über sich ergehen lassen musste, und es dauerte eine Weile, bis sie sich wieder etwas beruhigt hatte. Sie waren beinahe schon am Ende des Gesprächs angelangt, als Philips noch eine scheinbar harmlose Frage einfiel.

»Nur der lieben Ordnung halber, Mrs. Sharp. Welchen Eingang haben Sie eigentlich benutzt?«

»Eingang? Oh, ich benutze immer den Haupteingang. Der liegt nämlich direkt auf meinem Weg von der Bushaltestelle. Wir Angestellte dürften auch die Seiteneingänge benutzen, aber das wäre nur ein unnötiger Umweg für mich.«

»Wenn ich mich recht entsinne, dann kommen Sie auf Ihrem Weg doch direkt am Dozentenparkplatz vorbei, oder?«

»Ja, das ist richtig. Ich habe auch sein Auto gesehen, falls Sie das meinen – dieses protzige Cabrio, das er im Sommer immer fährt.« Lilly Sharps Stimme klang aufgeregt und regelrecht erbost, und ihre Hände zitterten.

Protziges Cabrio, dachte O'Connor missmutig, die gute Frau hatte wirklich keine Ahnung. Einen Audi TT als Dienstwagen würde *er* bestimmt nicht ablehnen. Aber wahrscheinlich zog sie eher einen alten, klapprigen Ford Marke Dr. Walters vor. Philips' Stimme riss ihn jedoch abrupt aus seinen Gedanken.

»Sie scheinen ja eine richtige Hellseherin zu sein, Mrs. Sharp. Genau sein Auto meine ich nämlich. Hm … ist Ihnen am Wagen des Professors irgendetwas aufgefallen? Ein Kratzer vielleicht oder eine Delle?«

Philips versuchte betont harmlos zu klingen und erkundigte sich ganz bewusst nicht nach dem verräterischen Stück Papier hinter dem

Scheibenwischer. Denn er hatte es schon zur Genüge erlebt, dass Zeugen steif und fest behaupteten, eine gewisse Person oder einen gewissen Gegenstand ganz sicher gesehen zu haben, wenn sie genau danach gefragt wurden. Nein, er wollte ganz allgemein Lillys Aufmerksamkeit auf das Auto lenken. Vielleicht hatte er ja Glück.

Lillys nächste Worte sagten ihm allerdings, dass dies nicht der Fall war. Ihre Stimme hatte inzwischen einen fast schrillen Klang angenommen, und zerknirscht musste sich Philips eingestehen, dass die Gute offensichtlich mit ihrer Kraft am Ende war. »Aufgefallen – mir? Nein, nicht dass ich wüsste. Ich habe dieses Auto aber auch nicht so genau angeschaut. Mir hat gereicht zu wissen, dass er schon im Büro war, wenn Sie verstehen.« Sie war nach wie vor äußerst aufgebracht, und ihr letzter Satz untermauerte ihre zuvor geäußerte Abneigung dem Opfer gegenüber nur noch.

O'Connor rang noch etwas mit sich, entschloss sich dann aber doch, seine Frage zu stellen, die ihm schon die ganze Zeit unter den Nägeln brannte, auch wenn ihm der Chief wahrscheinlich den Kopf dafür abreißen würde. Mit einer übertrieben freundlichen Stimme fragte er deshalb ganz unschuldig: »Mrs. Sharp, Ihren Bemerkungen entnehme ich immer deutlicher, dass Sie Professor Parson nun wirklich nicht besonders gut leiden konnten. Das ist doch richtig, oder?« Philips starrte seinen Sergeant wütend an. So war die Vernehmung nicht geplant gewesen.

»Ja, aber ...« Lilly blickte O'Connor etwas verschreckt an.

»Ich hoffe, Ihnen ist bewusst, dass Sie sich damit durchaus, wie soll ich sagen, verdächtig machen.«

»Was wollen Sie damit sagen? Dass ich ihn etwa umgebracht habe?« Eine dunkle Röte breitete sich auf Lillys Wangen aus, und ihre Stimme überschlug sich fast vor Aufregung.

»Sergeant O'Connor will damit nichts dergleichen sagen, Mrs. Sharp. Bitte beruhigen Sie sich wieder. Beim jetzigen Stand der Ermittlungen sind wir nur leider gezwungen, jede erdenkliche Spur zu verfolgen.« Philips würde Brian eine Strafpredigt verpassen, die sich gewaschen hatte.

»Aber ich habe ihn nicht getötet. Ich mochte ihn nicht, das ist richtig. Aber niemand mochte ihn, alle haben sie ihn gehasst! Alle!«

Lillys Stimme hatte jetzt einen lauten und hysterischen Klang angenommen, und bei ihren letzten Worten war sie hektisch aufgesprungen. Philips war eifrig bemüht, O'Connors Scherbenhaufen aufzusammeln, indem er mit geradezu väterlicher Stimme auf sie einredete. »Mrs. Sharp, bitte beruhigen Sie sich wieder. Niemand verdächtigt Sie hier. Sollte Ihnen jedoch noch irgendetwas einfallen, dann rufen Sie mich bitte *persönlich* unter dieser Nummer an. Ich lasse Sie jetzt von einer Kollegin nach Hause bringen, und dort ruhen Sie sich aus, versprochen?«

Lilly wollte zuerst dankend ablehnen, ließ sich dann aber doch dazu überreden. Der Chief Inspector telefonierte kurz vom Nebenzimmer aus mit einer Beamtin. Die beiden Frauen waren kaum zur Tür hinaus, als er Brian wütend zur Rede stellte.

»O'Connor, was sollte das eben? Warum schüchtern Sie die Frau mit irgendwelchen wilden Verdächtigungen ein? Wenn das hier überhaupt irgendjemand macht, bin ich das, und sonst keiner.« Dass Philips Brian beim Nachnamen nannte und ihm seine Position als sein Vorgesetzter nur allzu deutlich vor Augen hielt, zeigte seine aufgebrachte Stimmung umso mehr.

»Entschuldigen Sie, Sir, aber ich dachte, wir *beide* vernehmen sie. Das sieht doch wohl ein Blinder, dass die bis über beide Ohren in ihren Chef verknallt ist. Und dass der und Parson nicht die besten Freunde waren, wissen wir ja mittlerweile nur zu gut. Außerdem – wer hat mir heute Morgen ausführlichst gepredigt, für alles und jeden offen zu sein und sich nicht frühzeitig auf einen Hauptverdächtigen einzuschießen? Ich versuche nur, die Dinge objektiv zu betrachten.«

Brians Stimme hatte, während er sprach, einen fast schon trotzigen Unterton angenommen. Philips sah seinen Sergeant kopfschüttelnd an. Er hatte plötzlich das Gefühl, vor einem Schuljungen zu stehen, den er gerade beim Klauen erwischt hatte.

»Jetzt spielen Sie hier nicht die beleidigte Leberwurst, Brian. Die Kollegen sind gerade noch dabei, alle Eingänge und Schlösser des Gebäudes zu überprüfen. Dass Lilly Sharp David Parson nicht gesehen hat, macht ihn nicht unverdächtiger, allerdings spricht es auch nicht unbedingt für seine Schuld. Aber das heißt nicht, dass jetzt der nächste Kandidat an der Reihe ist.«

Der Chief Inspector hatte sich wieder einigermaßen beruhigt. O'Connor wusste auf seine Worte momentan nichts zu erwidern, sodass es für kurze Zeit ganz still im Raum war.

»Ich weiß sehr genau, wozu Frauen fähig sein können, wenn sie glauben, einen Mann verteidigen zu müssen. Mit Panikmache und unter Druck setzen erreichen wir jedoch bei einer Person wie Lilly Sharp überhaupt nichts. Und, Brian, eines dürfen Sie nicht vergessen: Objektivität heißt nicht, planlos von einem Hauptverdächtigen zum nächsten zu springen und wahllos irgendwelche Anschuldigungen durch den Raum zu schmeißen. Es wird wohl oder übel noch einige Zeit dauern, bis wir uns durch dieses Geflecht gekämpft haben, in das Christopher Parson ohne Zweifel verstrickt war.«

Und als Brian immer noch schwieg, fügte er leise hinzu: »Ich will diesen Fall auch so schnell wie möglich lösen, aber wir dürfen deshalb nicht übers Ziel hinausschießen.«

»Natürlich, Sir. Bitte entschuldigen Sie. Das wird nicht wieder vorkommen.« Brian klang zerknirscht, war aber innerlich immer noch sehr wütend. Anscheinend konnte er Philips heute gar nichts recht machen. Hauptsache, der Chief blieb stur auf seiner Linie.

»Davon gehe ich aus. Was übrigens unseren nächsten Zeugen anbelangt – ich habe ihn als potenziellen Erpresser nicht vergessen, okay?« Philips lächelte seinem Sergeant dabei aufmunternd zu. Bevor Brian jedoch noch etwas erwidern konnte, klopfte es auch schon an die Tür und Marc Trevis trat ein.

11. Kapitel

Das Gespräch mit ihm hatte sich, wie Brian missmutig feststellen musste, als äußerst ermüdend herausgestellt. Trevis sagte zwar aus, dass er wie immer gegen halb sieben auf dem Parkplatz vor der historischen Fakultät eingetroffen war und dann sofort das zerstörte Blumenbeet gesehen hatte, aber er wusste beim besten Willen nicht mehr, wann genau er wo gestanden und wen er auf die Minute genau wo gesehen hatte. Ja, es sei richtig, Professor Parson sei als Erster gekommen – überraschend früh, das sei ihm aufgefallen –, aber wie viel Zeit bis zu Lillys und Deborahs Ankunft vergangen sei, könne er nun wirklich nicht sagen, vielleicht zehn Minuten, vielleicht auch zwanzig. Er habe schließlich jede Menge zu tun gehabt und nicht dauernd seine Armbanduhr kontrollieren können.

O'Connor fragte ihn äußerst eindringlich nach Parsons Auto, aber Trevis hatte anscheinend niemanden dort gesehen, und außer den beiden Frauen hatte auch, bis der Tumult im ersten Stock losging, niemand weiteres das Gebäude betreten. Brian beobachtete ihn genau, während er über Parsons Auto sprach, musste aber feststellen, dass Marc Trevis vollkommen ruhig blieb und keinerlei verdächtige Anzeichen zeigte. Er war entweder ein besonders gerissener Lügner oder …

Brian musste dann noch einen weiteren Dämpfer hinnehmen, denn Trevis sagte weiter aus, dass er keinen David Parson kenne und diesen auch noch nie gesehen habe. Dass seine Aussage zum Thema Schreibmaschine ebenfalls negativ ausfiel – Trevis hatte anscheinend einen Computer zu Hause, an dem aber meistens seine Frau arbeitete –, war schon fast eine logische Konsequenz. Alles in allem ein sehr unbefriedigendes Gespräch, wie O'Connor insgeheim feststellen musste. Ein Blick auf Philips sagte ihm, dass der Chief wie so oft ganz anderer Meinung war. Er blätterte gedankenverloren seine Notizen durch, bevor er ein energisches »Nun gut« vernehmen ließ.

»Ich hoffe, die Presse nagelt Pierce nicht zu sehr fest, denn bisher haben wir nur einzelne Bruchstücke, und die kann ich beim besten Willen noch nicht verbinden.« Philips warf erneut einen kritischen Blick auf seinen Block.

»Lassen Sie uns alles kurz zusammenfassen, Brian, bevor ich zum Superintendent muss. Wir müssen zwar noch das Ergebnis vom Erkennungsdienst abwarten, aber ich denke, wir können davon ausgehen, dass der Täter nicht durch den Haupteingang ins Gebäude spaziert ist – immer vorausgesetzt natürlich, unser Mr. Trevis sagt die Wahrheit und versucht nicht, irgendjemanden zu decken.« Philips sagte die letzten Worte mit besonderem Nachdruck, was O'Connor wieder etwas beruhigte.

»Womit ich allerdings noch gar nichts anfangen kann, ist dieser Erpresserbrief. Laut Spurensicherung handelt es sich um ein ganz gewöhnliches weißes Blatt Papier, das man in jedem Schreibwarenladen kaufen kann. Außerdem waren keinerlei Fingerabdrücke darauf. Die große Frage ist jetzt: Wann wurde er an der Windschutzscheibe angebracht? Vor sieben Uhr fünfundzwanzig, also vor dem Auffinden der Leiche, dann hat uns Trevis etwas verschwiegen und versucht, jemanden zu decken, oder er hat schlicht und einfach in einem kurzen Moment der Ablenkung jemanden übersehen, oder ...«

An dieser Stelle machte Philips eine kurze Pause und wandte sich direkt an Brian, ehe er in seinen Ausführungen fortfuhr. »... oder sogar das Briefchen selbst dort angebracht. Dass Lilly Sharp es nicht bemerkt hat, muss nicht unbedingt etwas bedeuten.«

Philips brach mitten in seinem Gedankengang ab und blätterte noch einmal seine Aufzeichnungen durch. Brian zögerte eine Sekunde, wagte es dann aber doch, für den Inspector zu Ende zu überlegen.

»Zweite Möglichkeit ist nach sieben Uhr fünfundzwanzig, aber welchen Sinn macht es, Professor Parson zuerst umzubringen und ihn anschließend zu erpressen?« O'Connor beantwortete sich seine eigene Frage gleich selbst. »Doch nur, wenn Mörder und Erpresser nicht identisch sind.« Und in Gedanken fügte er noch hinzu: »Wenn, zum Beispiel, David Parson der Mörder ist«, aber diesmal wagte er es nicht, laut weiterzusprechen.

»Verzeihen Sie, Sir, aber wenn ich Sie mir so ansehe, habe ich das Gefühl, Sie hatten diesen Gedanken auch schon – oder irre ich mich etwa?« David Parson hin oder her, der Chief brütete ebenfalls an diesem Kuckucksei, dessen war sich Brian sicher. Philips saß mit gerunzelter Stirn an seinem Schreibtisch.

»Nein, Brian, Sie irren sich durchaus nicht. Und auch auf die Gefahr hin, dass es mächtig Ärger gibt, werde ich den Brief Pierce gegenüber noch nicht erwähnen. Ich will nicht, dass die Presse davon schon Wind bekommt. Wir müssen das erst noch genauer überdenken.«

Brian wusste zwar nicht, was es dank der äußerst spärlichen Informationen, die sie bisher hatten, noch Genaueres zu überlegen gab, murmelte aber nur etwas, das wie eine Zustimmung klang. Während der Chief Inspector den unweigerlichen Gang zum Superintendent antreten musste, wollte er die Angaben von Marc Trevis und Lilly Sharp überprüfen. Zu seiner Überraschung hatte Philips auch nichts dagegen, sondern hielt dies sogar für eine äußerst gute Idee. Einen Durchsuchungsbefehl für Marc Trevis' Haus wollte er ihm allerdings nicht besorgen. Wozu auch?, dachte Brian voller Sarkasmus. Die Idee, selbst beim Staatsanwalt vorstellig zu werden, verwarf er dann allerdings ganz schnell wieder. Eine Standpauke am Tag war schließlich genug! Phillips hatte ihn außerdem gebeten einen persönlichen Termin mit Dr. Walters zu vereinbaren.

»Bin ja gespannt, ob sein innigster Fan gleich mit auftaucht oder ob der Gute tatsächlich alleine zur Vernehmung kommen darf«, murmelte Brian zynisch, als er alleine im Büro zurückblieb.

Mariella Benadotti saß traurig am Küchentisch. Sie hatte beide Arme um die weinende Emily Parson gelegt und wiegte das Mädchen sanft wie ein Baby. Emily war vor einer halben Stunde völlig aufgelöst zu Hause angekommen, ihrem Bruder noch im Hausflur regelrecht in die Arme gefallen und hatte seit der Zeit ununterbrochen vor sich hin geweint. Miriam fühlte sich nicht nur absolut hilflos, sondern das erste Mal in ihrem Leben auch vollkommen verzweifelt. Sie hätte Emily so gerne getröstet, aber wusste beim besten Willen nicht, wie sie das anstellen sollte, ohne vor ihrer Tochter als furchtbare Heuchlerin dazustehen.

Emily wusste natürlich, wie es um die Ehe ihrer Eltern bestellt war, und sie wusste auch, dass Liebe dort schon lange keine Rolle mehr gespielt hatte. Immer wieder hatte sie ihre Mutter deshalb in der Vergangenheit gefragt, ob sie sich von Christopher scheiden lassen wolle und ob sie und David eigentlich noch einen Platz im Leben ihrer Eltern hätten. Miriam erinnerte sich noch mit Entsetzen an diese Gespräche mit Emily, musste aber schon damals insgeheim zugeben, dass ihre Tochter nicht ganz Unrecht hatte.

Natürlich liebte Miriam ihre Kinder über alles, aber der jahrelange Ehekrieg mit Christopher hatte seinen Tribut gefordert. Sie spürte irgendwann, dass sie die beiden nicht mehr erreichte, dass sie ihr allmählich fremd wurden. Wie oft hatte sie sich deshalb vorgenommen, David und Emily aus dem Internat zu nehmen, um wieder mehr Zeit mit ihnen verbringen zu können, um wieder ein Teil ihres Lebens zu werden. Aber jedes Mal, wenn sie sich dazu durchgerungen hatte, musste sie sich eingestehen, dass sie eigentlich ganz froh war, die beiden nicht immer um sich herum zu haben. Sie hatte sich im Laufe der Jahre völlig auf sich selbst und ihre Arbeit konzentriert und allmählich die Kraft verloren, für ihre Kinder da zu sein.

Trotzdem wollte sie gerade jetzt ihrer Tochter in ihrem Schmerz und ihrer Trauer ganz nahe sein und fühlte sich doch wie eine Ausgestoßene in Emilys Welt. David und seine Mutter hatten vor ein paar Wochen eine Art stille Übereinkunft getroffen, Emily nicht zu erzählen, was sich wirklich während des gemeinsamen Urlaubs ereignet hatte. Sie war an jenem furchtbaren Tag mit einem Mädchen aus dem benachbarten Ferienhaus unterwegs gewesen und kam erst nach Hause, als David schon wutentbrannt abgereist war und Melanie gerade von einem Taxi abgeholt wurde. Christopher wusste nur zu gut, dass er sich auf das Schweigen seiner Frau verlassen konnte, er wusste, dass sie vor lauter Liebe zu Emily nichts sagen würde, wie sie es eben immer getan hatte im Laufe ihrer Ehe. Miriam fragte sich, ob man eigentlich ohne jegliche Form menschlichen Gewissens existieren konnte. Christopher kam dieser Lebensform zumindest sehr nahe.

Warum hatte sie nicht schon viel früher eingegriffen und dafür gesorgt, dass dieses Flittchen nicht mit in die Provence kam? Die schreckliche Vermutung, dass Christopher sie zu einer Art Kräftemessen mit David missbrauchte, hegte Miriam doch vorher schon. Ihr Mann hatte im Laufe der Jahre eine regelrecht krankhafte Eifersucht auf seinen Sohn entwickelt. Welch ein Triumph musste es gewesen sein, ihm endlich seine Grenzen aufzuzeigen, auch wenn es nur um diese kleine Schlampe ging. Christopher hatte immer das Gefühl gehabt, vom eigenen Leben betrogen worden zu sein, und nahm sich einfach das, was ihm seiner Meinung nach zustand, egal um welchen Preis. Was für eine jämmerliche Gestalt er doch abgab.

Was Davids Schweigen Emily gegenüber anbelangte, war er sich jedoch anfangs seiner Sache nicht so sicher. Christopher wurde sich erst allmählich auf ungute Art und Weise der ganzen Wut seines Sohnes bewusst, und Miriam erinnerte sich mit Schaudern an die schlimmen Auseinandersetzungen zwischen den beiden, nachdem sie alle wieder zurück waren. Es grenzte an ein Wunder, dass es bis jetzt zu keiner körperlichen Gewalt zwischen den beiden gekommen war. Bis jetzt. Davids Beschützerinstinkt für seine kleine Schwester und seine Zuneigung zu ihr waren viel stärker, als dass er sie mit der ganzen schmerzlichen Wahrheit konfrontiert hätte. Und Christopher hatte dies schamlos ausgenutzt und nicht einen Hauch schlechten Gewissens gezeigt. Aber er hatte David ganz gewaltig unterschätzt. Sie selbst hatte schon lange eine derartige Reaktion befürchtet, dafür kannte sie ihren Sohn, im Gegensatz zu Christopher, viel zu gut. Manchmal hatte Miriam das Gefühl, in einen blutigen Krieg verwickelt zu sein, aus dem keiner als Sieger hervorgehen konnte, der nur Opfer forderte, der irgendwann tödlich enden würde.

Das Klingeln des Telefons schreckte sie aus ihren trüben Gedanken. Hoffentlich war das nicht schon wieder jemand von der Presse. Sogar vor dem Haus hatten sich seit den Mittagsstunden einige Reporter verschanzt und sich wie die Geier auf jeden gestürzt, der dem Haus nahe kam. Selbst vor Emily hatten sie nicht Halt gemacht. Miriam starrte das Telefon einige Sekunden bitterböse an, entschloss sich dann aber doch zu antworten. Zuerst glaubte sie schon, jemand hätte sich einen üblen Scherz erlaubt, denn am anderen Ende der Leitung blieb es vollkommen ruhig.

»Hallo, wer ist denn da? So sagen Sie doch endlich etwas!«, fauchte sie deshalb mit wütender Stimme. Mit ihrer Geduld war es dieser Tage nicht weit her.

»Hallo«, kam es plötzlich leise aus dem Hörer. »Bitte entschuldigen Sie die Störung. Könnte … könnte ich bitte mit David sprechen?«

Die Stimme der Frau war nur ein Flüstern. Miriam dachte zuerst, es wäre Melanie, und wollte schon zu einer entsprechenden Bemerkung dieser unverschämten Person gegenüber ausholen, als die Frau fortfuhr: »Ich … ich bin eine … eine Bekannte Ihres Sohnes und müsste ihn dringend sprechen.«

Konnte es sein, dass dieses Mädchen der Grund für Davids schlechte Laune heute Morgen war? Er hatte etwas von einem Partyflirt gemurmelt, und sie war gerade dabei gewesen, ihm auf den Zahn zu fühlen, als sie durch die Ankunft der Polizei unterbrochen worden waren. Mit eisiger Stimme fragte sie deshalb: »Darf ich fragen worum es geht? Mein Sohn fühlt sich im Moment nämlich nicht sehr wohl.«

»Kann ich bitte selbst entscheiden wie ich mich fühle, Mum.«

David stand mit wütendem Blick in der Wohnzimmertür und starrte sie ähnlich herausfordernd an wie einige Stunden zuvor den Chief Inspector. Warum hatte man eigentlich in diesem Haus ständig das Gefühl, ihn vor irgendetwas beschützen zu müssen? Er war schließlich kein kleines, unmündiges Kind mehr!

»Natürlich, Liebes, ich dachte nur, du willst jetzt vielleicht nicht telefonieren. Bitte sehr. Sie meinte sie wäre eine Bekannte von dir.« Miriam hielt ihrem Sohn den Hörer hin und verharrte einige Sekunden, bevor sie zögernd aus dem Wohnzimmer ging.

David, der bei Emily und Mariella in der Küche gesessen und lustlos in einer Portion Spaghetti herumgestochert hatte, war beim Läuten des Telefons sofort aufgesprungen. Sollte dies wieder einer dieser penetranten Reporter sein, würde er jetzt vor Wut platzen! Als er sich dem Wohnzimmer näherte, hörte er jedoch plötzlich, wie seine Mutter sich mit jemandem über ihn unterhielt. Als Miriam dann eine »Bekannte«

erwähnte, wusste er sofort, wer am anderen Ende der Leitung war. Den Hörer schon in der Hand, wartete er jetzt, bis er alleine war.

»Was willst du noch von mir?« Seine Stimme klang irgendwie heiser, und er musste sich plötzlich räuspern.

»Hallo David, ich ... ich habe soeben das mit deinem Vater erfahren. Es ... es tut mir so leid. Ich ... wenn ich irgendetwas für dich tun kann ...«

Komm einfach nur zu mir, dachte er, aber er sagte stattdessen nur mit schneidender Stimme: »Vielen Dank, aber ich wüsste wirklich nicht, was du noch für mich tun könntest.«

»David, ich weiß, dass du wütend auf mich bist, und du hast nach dem, was vorgefallen ist, auch allen Grund dazu. Aber ... aber ich muss dir noch etwas sagen, es ... es ist wirklich wichtig. Vielleicht verstehst du dann ...«

»Ich denke, ich habe schon sehr gut verstanden. Du hast dich ja auch klar genug ausgedrückt.«

»Aber es ist alles ganz anders. Es hat etwas mit deinem Vater ...«

David ertrug es nicht mehr, ihre Stimme zu hören, und fiel ihr rüde ins Wort: »Dominique, erspar mir dein falsches Mitleid und deine Erklärungen. Und jetzt entschuldige mich bitte, aber ich muss mich um meine Familie kümmern! Und ruf nie wieder hier an!«

Bevor sie noch etwas erwidern konnte, hatte er auch schon aufgelegt. Als Miriam vorsichtig ins Wohnzimmer zurückkam und sich nach seinem Befinden erkundigte, rannte er nur wütend an ihr vorbei und hinauf in sein Zimmer.

»Könnt ihr mich nicht einfach alle in Ruhe lassen, verdammt noch mal!«

»Brian, der Erkennungsdienst ist fertig. Sergeant Pells kommt jetzt gleich mit seinem Bericht vorbei. Das dürfte Sie bestimmt auch interessieren.«

O'Connor, der gerade auf dem Weg in die Kantine war, um dort noch ein Sandwich zu ergattern, hätte beinahe eine schmerzhafte Begegnung mit der Bürotür gemacht, die Philips in diesem Augenblick schwungvoll aufriss. Resignierend musste er sich eingestehen, dass heute definitiv nicht sein Tag war! Philips war auf dem Rückweg vom Superintendent, als er Martin Pells auf dem Flur begegnete. Dieser hatte fast den ganzen Tag auf dem Campus verbracht und traf kurze Zeit später entsprechend genervt in der Mordkommission ein.

»Was für ein Tag! Also, um es schon gleich vorwegzunehmen, es sieht nicht sehr gut für Sie aus, Gentlemen. Die Universität ist zwar sicherheitstechnisch ziemlich modern ausgestattet, allerdings hilft Ihnen das wahrscheinlich in diesem besonderen Fall nicht viel weiter.«

Philips und Brian sahen ihn fragend an. Pells war allgemein bekannt dafür, immer erst ganz weit auszuholen, bevor er zur Sache kam.

»Das heißt im Klartext?« Der Chief Inspector verspürte wenig Lust auf einen ellenlangen Vortrag, und wenn er in Brians Gesicht blickte, sah er darin nur Bestätigung.

Pells zog genervt die Augenbrauen hoch, bevor er mit etwas pikierter Stimme fortfuhr. »Der Sicherheitsdienst trifft gewöhnlich um halb acht auf dem Gelände ein, während der sechswöchigen Examenszeit allerdings schon eine Stunde früher. Die Alarmanlagen in allen Verwaltungsgebäuden, Bibliotheken, Laboren et cetera werden dann von ihm abgeschaltet, was im Allgemeinen nicht länger als zwanzig Minuten dauert. Die Wachleute haben übrigens keine verdächtigen Personen rund um das Tatortgebäude entdeckt. Allerdings liegt die historische Fakultät gleich am Anfang der Runde, die sie immer zu absolvieren haben. Der betreffende Wachmann konnte mir bestätigen, dass bereits gegen sechs Uhr vierzig das Gebäude von allen Haupt-, Seiten- und sonstigen Nebeneingängen ...«

»... für jeden frei zugänglich war«, vollendete Brian missmutig den Satz.

Pells, der es nicht gewohnt war, dass man ihm ins Wort fiel, blickte O'Connor wütend an. »In der Tat, Sergeant. Ich hätte es nicht besser sagen können. Eingeschaltet werden die Anlagen um halb elf. Das alles ist übrigens auf großen Hinweisschildern an den betreffenden Gebäuden angebracht, sodass im Grunde genommen jeder darüber Bescheid wusste. Wer in den folgenden acht Stunden, durch welche Tür auch immer, rein- oder rauswill, kann dies nur durch Deaktivierung der Alarmanlage. Hier ist eine Liste aller Personen, die dazu einen Code haben. Leider hat die Auslesung der Geräte am Tatortgebäude keine derartige Deaktivierung ergeben. Tja, das war's schon von meiner Seite aus. Hier ist bereits der komplette erkennungsdienstliche Bericht.«

Sergeant Pells blickte den Chief Inspector Beifall heischend an, doch dieser nahm nur die ihm angebotene Mappe entgegen und murmelte etwas Unverständliches. Als er bemerkte, dass er in diesem Büro nicht die ihm zustehende Aufmerksamkeit bekommen würde, drehte sich Pells wütend auf dem Absatz um und stolzierte nach draußen. Dass die Mordkommission sich aber auch immer für etwas Besseres halten musste!

Philips sah Brian müde an. »Es wäre wohl auch zu viel verlangt gewesen, wenn der Täter über eine der Codekarten versucht hätte hineinzukommen.«

»Aber darauf hoffen darf man ja zumindest noch. Was schlagen Sie also vor, Chef? Seiteneingänge nochmals genau unter die Lupe nehmen?«

»Ja, Brian, sehr gut. Die Spurensicherung soll, sobald es morgen früh hell wird, nicht nur die einzelnen Eingänge selbst, sondern die ganze nähere Umgebung nochmals durchkämmen. Wenn Trevis nicht gelogen hat, müssen wir davon ausgehen, dass der Täter in der Nähe von einem von ihnen gewartet hat bis er ungehindert ins Gebäude reinkam. Reifenspuren, Schuhabdrücke, Zigarettenstummel – irgendetwas muss da draußen sein. Der Mörder kam schließlich nicht durch den Kamin geflogen.«

12. Kapitel

Lilly Sharp war froh, als gegen fünf Uhr morgens endlich die Sonne aufging. Sie hatte die ganze Nacht kein Auge zugetan und sich nur unruhig von einer Seite auf die nächste gewälzt. Eine sehr nette Polizistin hatte sie tags zuvor nach der Vernehmung auf dem Polizeipräsidium nach Hause gebracht, wo schon ein ganz besorgter Derek ungeduldig auf sie gewartet hatte. Er kümmerte sich rührend um seine Frau und hielt seine drängenden Fragen äußerst geduldig zurück. Nachdem er ihr eine starke Tasse Tee gemacht und Lilly sich etwas auf dem Sofa ausgeruht hatte, erzählte sie ihm die Geschehnisse des Tages. Sie hätte sich eigentlich am liebsten nur noch in ihr Bett verkrochen und wollte niemanden mehr sehen und auch nichts mehr erklären und erzählen müssen. Aber ein Blick in Dereks Augen sagte Lilly, dass er ganz krank vor Sorge um sie war, und so hatte sie beschlossen, sich zusammenzureißen. Als sie jedoch die Fragen von Sergeant O'Connor erwähnte, hatten plötzlich Tränen in ihren Augen gestanden und mit ihrer Beherrschung war es endgültig vorbei.

Derek war außer sich vor Wut, und Lilly konnte ihn nur mit Mühe davon abbringen, im Präsidium anzurufen und eine Beschwerde gegen »diesen jungen, unverschämten Schnösel« vorzubringen. Sie hätte gestern Abend doch eine Schlaftablette nehmen sollen, dachte sie jetzt, als sie Dereks leises Schnarchen neben sich hörte. Aber vielleicht war dies die Strafe, die ihr zustand. Vielleicht war das die Buße, die sie tun musste für das, was sie getan hatte. Würde sie sich in Zukunft jede Nacht damit quälen oder würden diese schlimmen Gedanken eines Tages aufhören? Würde ihre Tat sie bis an ihr Lebensende verfolgen?

Das erste Mal seit fünfzehn Jahren graute es Lilly davor, ins Büro zu fahren. Selbst die Aussicht, mit Dr. Walters zusammenarbeiten zu können, konnte sie heute nicht aufheitern. Langsam stand sie auf, um ins Bad zu gehen. Was würde er sagen, wenn er davon erfuhr? Würde er überhaupt jemals wieder mit ihr sprechen? Dabei hatte sie es doch auch für ihn getan! Und Derek erst! Sie warf einen liebevollen Blick auf ihren schlafenden Mann! Wie ahnungslos er dalag, nicht wissend, dass er mit einer Kriminellen unter einem Dach lebte! Statt ins Bad zu gehen, beschloss Lilly, sich erst eine Tasse Tee zu kochen. Mit zittrigen Händen füllte sie den Kessel mit Wasser und stellte ihn auf den Herd.

Wahrscheinlich ließe er sich sofort scheiden, wenn sie ihm davon erzählen würde. Bei dem Gedanken wurde ihr ganz schlecht. Sie waren seit über dreißig Jahren verheiratet, und Lilly konnte sich ein Leben ohne ihn, ohne ihren Derek, überhaupt nicht mehr vorstellen. Aber sie könnte ihm seinen Entschluss nicht verübeln. Sie würde einsam und allein in einem Gefängnis sitzen. Womöglich jahrelang, vielleicht sogar bis an ihr Lebensende. Oh mein Gott, was habe ich nur getan! Das Pfeifen des Teekessels ließ Lilly aufschrecken, und sie wollte zum Herd laufen. Aber plötzlich spürte sie, wie ihr schwarz vor Augen wurde und eine Welle der Dunkelheit sie überrollte.

Derek fand seine Frau ein paar Minuten später ohnmächtig auf dem Küchenboden. Er war von einem durchdringenden Pfeifton aufgewacht, brauchte allerdings erst einen Augenblick, um zu registrieren, dass es der Teekessel und nicht der Wecker war, der den Lärm verursachte. Als er das leere Bett neben sich sah, ahnte er schon, dass etwas mit Lilly nicht stimmte. Mit schnellen Schritten eilte er nach unten, wo sie ohnmächtig und mit kalkweißem Gesicht auf dem Küchenboden zusammengesackt war.

Nachdem er sie vorsichtig auf das Sofa gebettet und ihren Hausarzt angerufen hatte, wählte er die bekannte Nummer an der Universität und hinterließ Dr. Walters eine entsprechende Nachricht auf dem Anrufbeantworter. Der würde eben auch einmal ohne Lilly auskommen müssen, sie hatte schließlich in den letzten fünfzehn Jahren keinen einzigen Tag gefehlt! Und sobald der Arzt weg war, würde er bei diesem Inspector Philips anrufen und sich gehörig über dessen Sergeant beschweren! Nach allem, was der seiner Frau vorgeworfen hatte, war es wirklich kein Wunder, dass sie ohnmächtig zusammengebrochen war!

Chief Inspector Philips ahnte zu diesem Zeitpunkt noch nichts von seinem Glück, sondern fuhr von zu Hause aus geradewegs an die Universität. Es war erst kurz nach halb sieben Uhr morgens, aber er hatte, sehr zu Brians Missfallen, das wusste er nur zu genau, am Vorabend noch einen Ortstermin mit Marc Trevis vereinbart. Der Hausmeister wollte wie gewöhnlich seinen morgendlichen Dienst antreten, und Philips beschloss, die Gelegenheit zu nutzen und die Abläufe vom Vortag noch einmal zu rekonstruieren. Auch wenn die Vernehmung von Trevis auf den ersten Blick nicht viel Brauchbares ergeben hatte, so würde er sich vielleicht vor Ort an etwas erinnern können.

Da Philips dabei kein Publikum gebrauchen konnte, nutzte er die Gunst der frühen Stunde, bevor später unzählige Studenten und wahrscheinlich auch lästige Reporter das Gelände bevölkerten. Brian war gerade zu Hause angekommen, als ihn der Anruf des Chief erreichte. Er war alles andere als begeistert, als er von dessen Plänen hörte, aber versprach, wenn auch widerwillig, am nächsten Morgen um kurz nach halb sieben an der historischen Fakultät zu sein. Das war wieder ein typischer Philips-Plan, dachte er missmutig. Als ob dieses Theaterspielen irgendetwas bringen würde! Sie trafen fast gleichzeitig auf dem Parkplatz ein, auf dem vierundzwanzig Stunden zuvor auch Christopher Parson sein Auto abgestellt hatte. Marc Trevis stand, mit einer Harke bewaffnet, neben dem betreffenden Blumenbeet und begrüßte die beiden Polizisten freundlich.

»Guten Morgen, Gentlemen. Freut mich, dass Sie auch schon so früh unterwegs sind.« Ein Blick auf O'Connor sagte Philips, dass dieser Trevis' Freude nicht unbedingt teilte. Um nicht unnötig Zeit zu verlieren, bat er den Hausmeister, sich den gestrigen Morgen genau zu vergegenwärtigen.

»Okay, Mr. Trevis. Es ist jetzt exakt sechs Uhr vierzig. Laut unseres Wissens wurde das Gebäude vom Sicherheitsdienst um diese Zeit entschärft. Haben Sie den Wachmann eigentlich noch gesehen?«

»Ja, ich bin gerade aus dem Geräteschuppen dahinten gekommen, als er an mir vorbeiging.« Trevis zeigte auf einen kleinen, fensterlosen Bau direkt neben der historischen Fakultät.

»Gut, dann nehme ich an, ist wenig später Professor Parson eingetroffen?«

Auch dies konnte Trevis bestätigen, wenn auch nicht auf die Minute genau. Aber das spielte für Philips momentan keine so große Rolle. Er bat Brian, sich mit seinem Vauxhall genau auf den Platz zu stellen, auf den tags zuvor noch der Audi TT des Professors gestanden hatte, und im Wagen sitzen zu bleiben. O'Connor verzog zwar etwas genervt die Augenbrauen, tat aber, was der Chief Inspector ihm auftrug.

»So, Mr. Trevis, und jetzt machen Sie genau das, was Sie gestern auch getan haben.«

Der Hausmeister überlegte einen kurzen Moment. »Ich hab von ungefähr hier aus zu ihm hinübergesehen. Ist schon ein toller Wagen, den er da gefahren hat.« Trevis blickte etwas versonnen vor sich hin, wurde jedoch schlagartig aus seinen Gedanken gerissen, als er plötzlich O'Connors Vauxhall dort stehen sah. Er räusperte sich hastig, bevor er in seinen Erklärungen fortfuhr.

»Als ich dann keine Wagentür hörte, hab ich mich umgedreht und gesehen, dass Parson immer noch im Auto saß. Ich dachte mir, ihm ist vielleicht schlecht geworden, weil er so komisch über dem Lenkrad hing.« Während er dies sagte, ging er, dicht gefolgt von Philips, auf Brians Auto zu.

»Brian, legen Sie sich bitte über das Lenkrad.«

»Waaaas?« Ungläubig starrte O'Connor den Chief Inspector an. Er glaubte seinen Ohren nicht zu trauen. Was um Himmels willen war das nur für ein Zirkus! Und das alles um sieben Uhr morgens! Die Zeit hätte er auch sinnvoller verbringen können – mit Schlafen zum Beispiel! Philips ging jedoch auf seinen Sergeant und dessen schlechte Laune überhaupt nicht ein.

»Nun machen Sie schon! Mr. Trevis, wir haben Sie das zwar gestern schon gefragt, aber können Sie sich jetzt eventuell an ein Stück Papier erinnern, das unterm Scheibenwischer hing?«

Philips wusste, dass die Chance zwar gering, es aber trotzdem nicht gänzlich unmöglich war, dass die unheilvolle Nachricht schon bei den Parsons am Auto angebracht wurde – Garten- und Garagentür waren, wie sie selbst hatten feststellen müssen, nicht verschlossen – und Parson den Zettel beim Einsteigen und auch während der Fahrt nicht bemerkt hatte. Wie schon am Vortag musste Marc Trevis jedoch auch jetzt diese Frage verneinen, und wiederum war er dabei die Ruhe selbst und zeigte keinerlei Anzeichen von Nervosität oder Verunsicherung. Er beschrieb ihnen sein kurzes Gespräch mit Parson, erklärte, wie dieser ausstieg – O'Connor kam sich vor wie eine Marionette – und dann zur Fakultät eilte. Er selbst sei dann zu seinem Blumenbeet zurück und habe weitergearbeitet.

»Das Auto steht nur zwanzig Meter entfernt. Brian, bitte nehmen Sie ein Stück Papier und nähern Sie sich Ihrem Auto von hinten. Bringen Sie dann den Zettel am rechten Teil der Windschutzscheibe an. Und Sie, Mr. Trevis, nehmen genau die Arbeitsposition von gestern ein. Los geht's!«

O'Connor erinnerte das ganze an einen schlechten Hollywoodfilm. Sollte der Chef jetzt auch noch auf die Idee kommen, die Szene mehrmals wiederholen zu lassen, würde er sich schlichtweg weigern. Aber Philips schien mit den Protagonisten seiner kleinen Inszenierung durchaus zufrieden zu sein.

»Mr. Trevis, wann genau haben Sie Lilly Sharp gesehen?«

»Na ja, so richtig aufgeblickt habe ich erst, als ich ihre Schritte gehört habe. Da war sie schon fast an der Eingangstür. Warum fragen Sie mich denn so genau nach Mrs. Sharp? Die arme Frau hat doch nichts mit diesem grauenhaften Mord zu tun, oder?« Marc Trevis hatte eine

Augenbraue argwöhnisch nach oben gezogen und blickte Philips jetzt prüfend an. »Die ist nämlich immer freundlich und zuvorkommend, wenn Sie wissen, was ich meine. Nicht so wie dieses andere eingebildete Vorzimmerhuhn – diese Winter.«

»Keine Angst, Mr. Trevis, ich will es einfach nur ganz genau wissen – alte Polizeikrankheit. Apropos Mrs. Winter … die dürfte ja wohl als Nächste angekommen sein, oder?«

Philips ordnete Brian an, mit seinem Vauxhall eine Runde zu drehen, sich anschließend auf Deborah Winters Parkplatz zu stellen und auf den Haupteingang zuzugehen. Marc Trevis nickte missmutig mit dem Kopf.

»Allerdings, die kam kurz nach Mrs. Sharp an. Hält es ja normalerweise nicht für nötig, guten Morgen zu sagen. Hab mich deshalb schon gewundert, dass sie gestern plötzlich so nett war. Na ja, wahrscheinlich hatte sie Mrs. Sharp darauf angesprochen. Die weiß nämlich noch, wie man sich benimmt.«

Der Rest war dann schnell erledigt. Trevis war sich vollkommen sicher, bis zum ersten Aufschrei niemanden mehr auf dem Parkplatz gesehen zu haben. O'Connor atmete erleichtert auf, als Philips sich beim Hausmeister für seine Zusammenarbeit bedankte. Er hatte schon befürchtet, auch noch die kreischende Deborah nachahmen zu müssen.

»Sir, entschuldigen Sie bitte meine Frage, aber was hat uns dieses Laientheater an neuen Erkenntnissen gebracht? Sind Sie jetzt etwa schlauer als gestern?« Sein Tonfall hatte ohne Zweifel etwas Vorwurfsvolles an sich. Philips sah seinen Sergeant prüfend an.

»Auch wenn Sie heute mit den Hühnern aufgestanden sind, Brian, überlegen Sie doch mal in aller Ruhe.«

O'Connor wusste beim besten Willen nicht, was es jetzt Großartiges zu überlegen gab. Er war froh, dass der Chief Inspector anscheinend keine Antwort von ihm erwartete, sondern von selbst fortfuhr.

»Gestern sind wir zu dem Ergebnis gekommen, dass es nur zwei Möglichkeiten für unseren Erpresser gibt, falls er seine kleine Botschaft vor dem Auffinden der Leiche hinterlassen hat. Entweder Marc Trevis hat uns etwas verschwiegen, oder er hat schlicht und einfach jemanden übersehen. Ich denke aber, es besteht noch eine dritte Möglichkeit.«

Philips brach mitten in seinen Überlegungen ab und ging mit energischen Schritten auf Brians Wagen zu, unter dessen Scheibenwischer immer noch der von ihm angebrachte Zettel steckte. O'Connor lief ihm verdutzt hinterher.

»Eine dritte Möglichkeit? Aber was meinen Sie damit?«

Philips nahm das Stück Papier an sich und schlug damit gedankenverloren gegen seinen Handrücken.

»Immer vorausgesetzt, Marc Trevis sagt uns die Wahrheit, kann es denn nicht einfach so gewesen sein, dass er durchaus jemanden über den Parkplatz, vorbei an Professor Parsons Auto, gehen sah und dass dieser jemand einfach nicht auffiel, weil er immer diesen Weg benutzt.« Und nach einer kurzen Pause: »Weil es der kürzeste Weg von der Bushaltestelle bis zum Haupteingang ist. Sie hat es uns gestern noch selbst gesagt.«

Brian starrte Philips mit offenen Mund an. Konnte es wirklich sein? Der Chief Inspector seufzte leise. »Und dabei hätte ich gestern im Gespräch mit Miriam Parson schon draufkommen müssen. Sie hat mir die Lösung mehr oder weniger auf dem Tablett serviert.«

»Miriam Parson, wieso Miriam Parson? Ich verstehe nicht ganz.« O'Connor schüttelte verblüfft den Kopf. Was wollte der Chief jetzt mit der Ehefrau des Ermordeten? Für einen kurzen Augenblick dachte er, er hätte Philips' Gedankengang folgen können.

»Sie werden gleich verstehen, Brian. Miriam vermutete in unserem Gespräch, der Erpresser könne nur ein Außenstehender sein, jemand, der die Familie und die Eheprobleme der Parsons nicht so genau kennt. Jemand, der wahrscheinlich durch Zufall Professor Parson mit einer seiner zahlreichen kleinen Affären irgendwo gesehen hatte und gedacht hat, hier läge die Lösung des Problems. Jemand, dem es nicht ums Geld ging, denken Sie an den Text, Brian, sondern ganz gezielt darum, dass Parson aus Canterbury und somit auch von der Universität verschwand.«

Brian hörte wie gebannt Philips' Ausführungen zu, die frühmorgendliche Theaterinszenierung war längst vergeben und vergessen.

»Jemand, der selbst sehr konservativ aufgewachsen ist und für den ein Seitensprung noch einen richtigen Skandal bedeutet«, murmelte der Chief leise vor sich hin.

»Und dieser jemand sah darin seine große Chance, Parson endlich aus dem Institut zu jagen, wo er seit seinem ersten Arbeitstag nur für Zwietracht und Uneinigkeit sorgte?«

»Ganz genau. Brian, rufen Sie bitte bei der Spurensicherung an und fragen Sie, um welchen Schreibmaschinentyp es sich bei dem Erpresserschreiben handelt.«

»Ja, natürlich, Sir. Soll ich auch gleich beim Staatsanwalt wegen eines Durchsuchungsbefehls anklopfen?« Was frage ich da noch lange, dachte O'Connor. Der verstand sich doch wohl von selbst – und der Haftbefehl kam gleich dazu. Er war jetzt Feuer und Flamme, stand der Fall doch offensichtlich kurz vor der Aufklärung. Aber der Chief Inspector schien es wieder einmal nicht so eilig zu haben.

»Nein, Brian, das wird nicht nötig sein. Ich denke, Lilly Sharp wird uns alles freiwillig erzählen.«

13. Kapitel

Die beiden Beamten beschlossen, zuerst vor dem Institut auf Lilly zu warten, aber als um kurz nach halb acht immer noch keine Spur von ihr zu sehen war, rief Philips, von einer gewissen inneren Unruhe getrieben, bei ihr zu Hause an. Was er dann von Derek zu hören bekam, überraschte ihn nicht wirklich. Allerdings vermutete er die Ursache für Lillys Zusammenbruch nicht in der rüden Vernehmung seines Sergeant – so sehr diese ihn selbst am Vortag gestört hatte. Er kündigte seinen und O'Connors sofortigen Besuch an, was jedoch bei Derek alles andere als freundlich aufgenommen wurde. Als ob seine Frau nicht schon genug durchgemacht hätte!

Philips seufzte nach diesem Telefonat tief auf. Sie würde in naher Zukunft noch viel mehr durchmachen müssen, aber das konnte er ihr leider nicht ersparen. Oder vielleicht doch? Die beiden Polizisten waren kaum vor dem Haus der Sharps in Broadstairs angekommen, als auch schon die Haustür aufflog und ein wütender Derek herausstürzte. Er musste am Fenster auf sie gewartet haben. Philips hatte O'Connor bereits vorgewarnt, was wohl auf ihn zukommen würde, wobei er Dereks tatsächlichen Wortlaut geflissentlich verschwieg. Er wollte Brian nach der morgendlichen Aktion auf dem Campus nicht noch mehr verstimmen. Lilly Sharps Ehemann zeigte sich äußerst streitlustig und weigerte sich schlichtweg, die beiden Polizisten zu seiner Frau zu lassen. Philips sah sich schon mit einem Haftbefehl in der Hand wieder auftauchen, was er Lilly gerne erspart hätte.

Diese stand jedoch plötzlich in der Küche. Sie war so weiß im Gesicht, dass Brian sofort an David Parson erinnert wurde. Allerdings zeigte Lilly trotz ihrer Schwäche einen sehr resoluten Gesichtsausdruck, und ihre Stimme klang klar und kräftig, als sie sagte: »Es ist in Ordnung, Liebling, ich habe mir schon gedacht, dass die beiden Herren mich noch einmal sprechen wollen. Machst du uns bitte eine Tasse Tee?«

Sie wollte ihn nicht dabei haben – nicht hier und nicht jetzt, das war Philips klar. Derek schien zuerst etwas erwidern zu wollen, beugte sich dann aber dem Willen seiner Frau.

»Ich bin gleich nebenan, und wenn Sie sie wieder so einschüchtern, werde ich dazwischenfunken, darauf können Sie sich verlassen.« Die Worte waren eindeutig an O'Connor gerichtet, verfehlten ihre Wirkung bei diesem jedoch vollkommen. Armer, gutgläubiger Trottel, dachte er nur, wenn du wüsstest.

Als Lilly mit den beiden Beamten endlich alleine war, setzte sie sich vorsichtig auf das Sofa. Sie hatte einen altmodischen brokatfarbenen Morgenmantel an und wirkte darin wie ein kleines, zerbrechliches Porzellanpüppchen. Aber in ihren Augen war immer noch dieser sehr bestimmte und klare Ausdruck.

»Sie wissen, warum wir hier sind, Mrs. Sharp?«, fragte Philips leise, nachdem er und Brian in zwei Fernsehsesseln Platz genommen hatten.

»Ja, und ich bin froh, dass es endlich vorbei ist.« Ihre Stimme zitterte nicht, als sie dies sagte.

»Sagen Sie meinem Sergeant bitte, wo er Ihre Schreibmaschine findet.«

»Sie ist in unserem Büro. Wenn Sie im Flur stehen, das zweite Zimmer auf der linken Seite.«

»Brian« Philips nickte O'Connor kaum merklich zu. Brian stand nur ungern auf, hatte er doch das unbestimmte Gefühl, während des Verhörs wohl besser anwesend zu sein.

Der Chief Inspector lächelte Lilly aufmunternd an. »Erzählen Sie mir einfach Ihre Geschichte, Mrs. Sharp. Einfach alles, von Anfang an. Und ich werde nur zuhören.« Es war einige Sekunden ganz still im Raum, bevor Lilly zu sprechen begann, erst noch sehr zögerlich, dann aber immer mutiger.

»Seit Professor Parson bei uns am Institut war, herrschte nur noch Unfrieden und schlechte Stimmung. Er war … er war so rücksichtslos uns allen gegenüber, verstehen Sie?! Er beleidigte, er stieß die Leute vor den Kopf, er hielt seine Versprechen nicht ein, er war ein einziges, nicht enden wollendes Ärgernis. Das alles hätte ich sogar noch irgendwie schlucken können, ich hatte ja auch nie so viel mit ihm direkt zu tun. Aber als er dann anfing, Dr. Walters zu beleidigen, und seine Arbeit anzweifelte, ausgerechnet er, der wahrscheinlich noch nie in seinem Leben irgendetwas geleistet hatte, da war es um mich geschehen. Ich war so wütend auf ihn, vor allem weil Dr. Walters einfach nichts getan hat, verstehen Sie!? Nichts! Er hat einfach alles geschluckt ohne sich zu wehren. Und sich auch noch bereit erklärt, für den feinen Herrn Professor zu arbeiten.«

Die Blässe war, während sie sprach, vollkommen aus ihrem Gesicht gewichen, und ihre Wangen glühten jetzt geradezu. Philips zeigte nur ein verständnisvolles Nicken.

»Zuerst war da nur grenzenlose Wut auf diesen furchtbaren Menschen. Tun konnte ich ja nichts. Aber dann habe ich ihn ein paar Tage später zufällig mit einem jungen Mädchen in Dover gesehen, und mir war natürlich gleich klar, was zwischen den beiden lief.« Ihre Stimme klang bei den letzten Worten, als ob sie darin eine Art Bestätigung für Christopher Parsons Lebenswandel sähe.

»Und plötzlich war da dieser Gedanke, ihn damit vielleicht loswerden zu können. Jeder hat hinter seinem Rücken immer nur geschimpft, aber keiner hat etwas getan! Keiner hat sich getraut, den Mund aufzumachen. Und auf einmal ergab sich scheinbar eine Möglichkeit.«

Philips nutzte Lillys Pause, um eine wichtige Frage loszuwerden. »Sie haben nur diesen einen einzigen Brief geschrieben und ihn dann gestern Morgen an seinem Auto angebracht?«

»Ja, ich habe die ganze Nacht überlegt, wie ich es überhaupt formulieren sollte, und dann in einem meiner alten Agatha-Christie-Romane so einen Text gefunden. Dabei wollte ich das mit seiner Familie eigentlich gar nicht schreiben, denn ich fand seine Frau damals sehr nett. Ich habe den Brief gestern Morgen heimlich hier getippt und ihn dann unter den Scheibenwischer geklemmt. Ich habe die Handschuhe aus unserem Erste-Hilfe-Kasten dazu verwendet.«

Philips konnte sich ein kleines Lächeln nicht verkneifen. Agatha Christie, Handschuhe, Lilly Sharp legte durchaus Verbrecherqualitäten an den Tag.

»Zuerst hatte ich tagelang überlegt, ob ich es wirklich tun sollte. Ich bin doch keine Kriminelle! Aber dann war er vorgestern wieder so unausstehlich. Zugegeben, Deborah müsste mittlerweile wirklich wissen, dass man bis Mittag Unterlagen aus dem Archiv bestellen muss, wenn man sie am gleichen Tag noch einsehen will, ich habe ihr das auch bestimmt schon zehnmal gesagt, aber sie ist einfach ein kleiner Schussel. Er war natürlich anderer Meinung und behauptete, ich hätte sie nicht richtig eingewiesen. Danach hatte es mir endgültig gereicht. Irgendetwas musste doch geschehen!«

Die letzten Worte hatte Lilly ungewohnt heftig ausgesprochen, und ihre Stimme hatte einen fast drohenden Klang angenommen, den Philips noch gar nicht bei ihr kannte. Er blieb jedoch ganz ruhig und fragte nur: »Er hat den Brief aber nie zu Gesicht bekommen?«

»Nein, nie! Eine Viertelstunde später hat Deborah ihn auch schon tot in seinem Büro gefunden. Der Anblick war so grauenhaft. Das ganze Blut und der Brieföffner in seinem Rücken ... wie bei einer Hinrichtung. Ich dachte mir nur die ganze Zeit, ihn so sehen zu müssen, das ist deine gerechte Strafe!«

»Haben Sie irgendjemandem von diesem Brief erzählt? Ihrem Mann vielleicht oder Dr. Walters?« Lilly blickte ihn entsetzt an.

»Um Himmels willen, nein! Dr. Walters hätte dieser Sache niemals zugestimmt und mein Verhalten als absolut unwürdig empfunden, und Derek ... nein ...« Sie brach mitten im Satz ab und schüttelte verzweifelt den Kopf.

»… das konnte ich ihm nicht antun. Ich wollte den Brief danach auch schnellstmöglich wieder an mich bringen, aber es ging einfach nicht. Deborah hing wie ein kleines Kind an mir, die Arme war ja vollkommen fertig mit den Nerven, und Mr. Trevis war außerdem die ganze Zeit in der Nähe. Und dann kamen auch schon Ihre Kollegen an. Aber jetzt wird es wohl alle Welt erfahren müssen.«

»Das liegt ganz bei Ihnen, Mrs. Sharp, ob Sie es denn herumerzählen wollen. Aber ich denke, wir sollten Dr. Walters und Ihren Mann nicht unnötig beunruhigen, oder was meinen Sie?« Philips blickte Lilly lächelnd an.

»Aber Ihr Sergeant meinte doch gestern schon, ich hätte ihn umgebracht, und er sucht gerade die Schreibmaschine, und …« Ihre Stimme überschlug sich fast, so aufgeregt war sie mittlerweile.

»Ach wissen Sie, Brian schießt manchmal gerne ein bisschen übers Ziel hinaus. Wir stehen in dieser Sache unter enormem Druck, und er wollte es einfach besonders gut machen. Und was die Schreibmaschine anbelangt, das ist einfach nur Formsache. Ich denke, die Spurensicherung wird morgen damit fertig sein, und dann können Sie sie bei uns abholen.« Philips war bei seinen letzten Worten aufgestanden und reichte einer völlig verdutzten Lilly Sharp die Hand zum Abschied.

»Ich bin nicht verhaftet? Ich muss nicht ins Gefängnis?«, flüsterte sie verständnislos.

»Normalerweise gehen wir mit Erpressern nicht zimperlich um, schreiben Sie sich das hinter Ihre Ohren, Mrs. Sharp. Aber da Ihr Brief nun offensichtlich keinen Schaden mehr anrichten konnte, denke ich, können wir – ausnahmsweise – von einer strafrechtlichen Verfolgung absehen.«

Schon an der Tür angekommen, drehte sich Philips noch einmal um. »Und jetzt trinken Sie eine schöne Tasse starken Tee, und danach lassen Sie sich von Ihrem Mann ans Institut bringen. Dr. Walters braucht Sie doch.«

Brian hätte fast die Schreibmaschine fallen gelassen, als Philips – ohne Lilly Sharp in Handschellen – an ihm vorbei zum Auto spazierte.

»Sagen Sie jetzt nichts, Brian. Sagen Sie einfach mal gar nichts! Wir sehen uns im Präsidium. Bis später.«

Dominique Leroux wachte vom Klingeln des Telefons auf und wusste im ersten Moment überhaupt nicht, was passiert war. Sie stellte fest, dass sie vollkommen bekleidet auf dem Sofa geschlafen hatte. Das Telefon klingelte weiter hartnäckig so, als ob der Anrufer wüsste, dass sie noch nicht Herr ihrer Sinne war. Ein Blick auf ihre Armbanduhr sagte ihr, dass es bereits neun Uhr morgens war, und allmählich dämmerten ihr die Geschehnisse des gestrigen Abends. Sie hatte nach dem von David so abrupt beendeten Telefonat stundenlang vor sich hin geweint, bis sie irgendwann eingeschlafen sein musste. Bei dem Gedanken an David stiegen ihr auch jetzt schon wieder Tränen in die Augen. Mühsam stand sie auf, um den Hörer abzunehmen, entschloss sich dann jedoch anders und ließ es einfach weiterklingeln. Sie wollte jetzt mit niemandem sprechen, sondern einfach nur alleine sein.

Warum ausgerechnet Christopher Parsons Sohn? Sie wusste nicht, wie oft sie sich in den letzten achtundvierzig Stunden diese Frage gestellt hatte. Welch grausames Spiel hatte sich der Zufall da ausgedacht? Es waren fast hundert Leute auf der Party – warum musste sie ausgerechnet mit ihm zusammenstoßen? Und was war eine Woche zuvor im Schwimmbad? Dort hat es doch schon angefangen, flüsterte eine leise Stimme in ihrem Hinterkopf, die sich einfach nicht zum Schweigen bringen ließ.

Warum muss ich ausgerechnet dann schwimmen gehen, wenn er trainiert? Sie war schon eine Ewigkeit nicht mehr im Hallenbad gewesen, warum an jenem Nachmittag? Sie machte eigentlich viel lieber im Freien Sport, hatte sich schließlich aber doch von Sophie, ihrer besten Freundin und Lieblingskommilitonin, überreden lassen mitzukommen. Mit Sophie etwas zu unternehmen bedeutete immer einen Heidenspaß! Wären sie doch nur Kaffee trinken gegangen, da hätte es auch genug zu lachen gegeben.

Sie nutzten das fast leere Becken und alberten wie die Teenager herum, als nach einiger Zeit eine Gruppe junger Männer zum Schwimmtraining erschien. Sophie und sie schenkten ihr zuerst kaum Beachtung, doch als sie sich am Beckenrand eine kleine Auszeit genehmigten, spürte sie plötzlich unter Wasser eine Hand an ihrer Hüfte. Davids letzte Kraulzüge waren etwas von der Bahn abgekommen, und er tauchte gerade noch auf, bevor er richtig mit ihr zusammenstieß. Er entschuldigte sich völlig verlegen, und Sophie meinte später nur lächelnd, sie hätte die Funken zwischen ihnen förmlich fliegen sehen. Aber als sie aus der Sauna kamen, war die Trainingsgruppe und mit ihr der schöne Unbekannte leider schon weg. Dominique konnte Sophie gerade noch davon abhalten, zur Kasse zu stiefeln und sich nach den Schwimmern zu erkundigen. Obwohl sie zugeben musste, dass es ihr nichts ausgemacht hätte, wenn David noch öfter von seiner Bahn abgekommen wäre.

Wenn sie doch da schon gewusst hätte, wer er war! Hätte sie doch Sophie nur nicht aufgehalten, als sie nach ihm fragen wollte. Aber wie der Zufall so spielte – oder war es doch Schicksal? –, trafen sie sich fünf Tage später auf der Fakultätsparty der Archäologie. Dominique und Sophie hatten gerade erfolgreich ihren Masterabschluss in frühchristlicher Archäologie gemacht – wahrlich kein leicht verdauliches Thema! Wie viele Tage und Nächte hatten sie in letzter Zeit durchgearbeitet und durchgelernt. Natürlich war die bestandene Prüfung ein Grund mehr zum Feiern, und sie hatten sich nach all den anstrengenden Wochen und Monaten ein bisschen Spaß redlich verdient!

Als sie für sich beide Nachschub an der Bar holen wollte, wäre sie beinahe das zweite Mal mit David zusammengestoßen. Die vielzitierten Funken sprangen noch heftiger als bei ihrer ersten Begegnung, und sie verbrachten den ganzen restlichen Abend miteinander. Irgendwann verabschiedete sich Sophie mit einem vielsagenden Augenzwinkern von ihr – im Schlepptau einen der jungen Doktoranden, auf den sie schon das ganze Jahr ein Auge geworfen hatte. Sie raunte ihr nur ein »Morgen Nachmittag Kaffeeklatsch bei mir« ins Ohr, bevor sie mit ihrer eigenen Eroberung von dannen zog.

David und sie hatten über Gott und die Welt geredet, nur über seine Familie hatte er fast gar nichts erzählt, wie ihr jetzt im Nachhinein erst auffiel. Aber das störte sie an diesem Abend nicht wirklich. Er war anscheinend vor kurzem bei seiner Aufnahmeprüfung in Oxford durchgefallen, was Dominique unheimlich leid für ihn tat, aber sie vermied es tunlichst, in diese Richtung weiterzufragen. Dass seine Eltern davon nicht begeistert gewesen waren, verstand sich von selbst.

Im Laufe ihres Gesprächs erwähnte er kurz, dass er die letzten Jahre im Internat war, was auch erklärte, warum sie sich nicht schon viel früher in Canterbury getroffen hatten, und das genügte ihr vollkommen. Sie hatte schließlich auch nicht ihre ganze Familiengeschichte vor ihm ausgebreitet. Nicht an diesem Abend, an dem alles so perfekt war. David hatte sie anschließend noch nach Hause gebracht, aber sie war keine fünf Minuten alleine in ihrer Wohnung, als es an der Tür klingelte und er nur mit einem vielsagenden Grinsen vor ihr stand und fragte, ob er nicht einfach hier bleiben könnte.

Als sie am nächsten Morgen aufgewacht war, lag er noch tief schlafend neben ihr, und sie war ganz vorsichtig aufgestanden, um ihn nicht zu wecken. Als sie seine Klamotten vom Boden aufhob, war sein Geldbeutel aus seiner Jeans gefallen und mit ihm sein Führerschein. Sie hatte nur einen kurzen Blick auf die kleine Plastikkarte geworfen, aber dieser genügte, um ihr einen Stich zu versetzen, der durch Mark und Bein ging – der auch jetzt immer noch wehtat.

David *Parson* ... sie hatte wie gebannt auf seinen Nachnamen gestarrt. Das konnte einfach nicht sein, das durfte nicht sein! Nicht er! Auch wenn es bestimmt viele Parsons in England gab, sie hatte sofort gewusst, dass er *sein* Sohn war! Dominique erinnerte sich dunkel daran, dass er am Abend zuvor beiläufig erwähnt hatte, sein Vater arbeite an der Universität. Warum hatte sie nur nicht gleich nachgefragt? Warum hatte sie sich nicht genauer nach ihm erkundigt? Aber sie wusste die Antwort darauf nur zu gut. Weil der Beruf ihrer Eltern in diesem Moment überhaupt nicht wichtig war und sie von Professoren, Dozenten und Uni wahrlich genug hatte. Sie wollte sich nicht die Party damit verderben lassen und nicht an akademische Pflichten und Aufgaben denken, sondern einfach nur den Abend genießen.

Parson ... der Name hatte sich die letzten Wochen und Monate in ihr Gedächtnis eingebrannt, dass sie manchmal befürchtete, regelrecht den Verstand zu verlieren. Sie hatte es nicht einmal gewagt, Sophie einzuweihen, der sie normalerweise alles anvertraut hätte, aber diese Sache ging nur sie selbst etwas an. Sie hatte verzweifelt zu David hinübergeblickt, der noch ahnungslos in ihrem Bett geschlafen hatte. Sie musste die Sache jetzt schnell hinter sich bringen, bevor es unmöglich wurde, bevor es noch mehr weh tat als ohnehin schon. Auch heute, zwei Tage später, konnte sie es immer noch nicht richtig begreifen. Es war vollkommen unmöglich und doch die schmerzliche Wahrheit. Er war tatsächlich der Sohn des Mannes, den Dominique bis zu seinem Tod so sehr gehasst hatte wie niemanden sonst auf dieser Welt.

14. Kapitel

Auch David Parson hatte eine äußerst ungemütliche Nacht hinter sich und starrte jetzt düster auf die Zimmerdecke. Nach Dominiques Anruf gestern Abend war er nur wütend an seiner Mutter vorbeigerauscht und in sein Zimmer gestürmt. Er wollte nichts erklären müssen, er wollte auch keine Rücksicht mehr auf Miriam nehmen, er wollte überhaupt nicht sprechen – mit niemandem! Irgendwann hatte Emily vorsichtig an seiner Zimmertür geklopft, und obwohl er am liebsten alleine geblieben wäre, wollte er sie nicht abweisen. Sie hatte sich nur stumm auf seine Bettkante gesetzt, seine Hand genommen und gar nichts gesagt. Er wusste nicht mehr, wie lange sie so schweigend dagesessen hatten, aber irgendwann hatte er einfach zu reden angefangen.

Es war förmlich aus ihm herausgesprudelt. Er hatte Emily die ganzen schrecklichen letzten Wochen erzählt: die Geschehnisse im Urlaub, die endlosen Streitereien mit ihrem Vater und schließlich auch die Geschichte mit Dominique. Nur über eine ganz bestimmte Sache hatte er nicht sprechen wollen, denn er fürchtete sich vor Emilys Reaktion, wenn sie davon erfuhr. Seine Schwester hatte ihn kein einziges Mal unterbrochen, sondern nur ganz ruhig zugehört. Sie hatte zwischendurch auch nicht geweint oder war wütend geworden – sie war einfach nur eine stille Zuhörerin gewesen. Und so war er fast alles losgeworden, was die ganze Zeit wie ein Zentnerstein auf seiner Brust gelegen hatte, fast alles.

Sein Zusammensein mit Melanie, das den Namen »Beziehung« eigentlich nie verdient hatte, weil sie einfach nur furchtbar oberflächlich und vollkommen unerträglich war und sie beide nichts, aber auch gar nichts, gemeinsam hatten. Zugegeben, es hatte ihm anfangs geschmeichelt, als sie, das mit Abstand begehrteste und hübscheste Mädchen in St. Edmunds, ausgerechnet ihn ausgewählt hatte. Aber der Reiz war schnell verflogen. Emily hatte ihn dabei nur mit diesem ganz bestimmten Miriam-ähnlichen »Das-hätte-ich-dir-gleich-sagen-können«-Blick angesehen, denn sie hatte Melanie nie gemocht und auch nie verstanden, warum ausgerechnet ihr Bruder und diese eingebildete Modepuppe ein Paar waren.

David hatte es zwar nur zögernd getan, aber schließlich doch davon erzählt, wie sein Vater darauf bestanden hatte, dass eben diese Modepuppe – offiziell wohl um eine Versöhnung zwischen den beiden bemüht – unbedingt in die Provence mitkommen müsse; wie er ein paar Tage später beide in flagranti ertappt hatte und einfach nicht begreifen wollte, was er da sah: dass Melanie derartig niveaulos und gemein sein konnte und, was noch viel schlimmer war, wie sein eigener Vater so tief gesunken war und ohne Rücksicht auf Verluste ihn mit offensichtlicher Genugtuung aufs Äußerste bloßstellte und seine ganze Familie damit verletzte. Und schließlich war er zu dem Tag gekommen, an dem sich eigentlich alles zum Besseren zu wenden schien. David hatte Emily erzählt, wie er in der Schwimmhalle beinahe mit Dominique zusammengestoßen wäre, als er zuerst schon glaubte, er würde sie nicht mehr wiedersehen, bis sie ihm ein paar Tage später buchstäblich erneut in die Arme lief.

»Weißt du, nach der ganzen Sache mit dieser dummen Kuh hatte ich eigentlich überhaupt keine Lust mehr auf eine Beziehung. Ich wollte einfach nur meine Ruhe haben. Und dann steht sie wie aus heiterem Himmel plötzlich zweimal vor mir, als ob das eine Art Zeichen wäre. Jedenfalls war ich so dumm, das zu glauben, und ...«

David hatte mitten im Satz aufgehört zu reden. Emily hatte ihren Bruder lange angesehen, ehe sie etwas sagte – das erste Mal überhaupt, seit sie in sein Zimmer gekommen war.

»Man ist nicht dumm, wenn man sich verliebt, man ist nur angreifbarer für Verletzungen. Willst du es mir trotzdem weitererzählen?«

»Willst du es denn weiterhören?« David war sich plötzlich bewusst geworden, dass er die ganze Zeit nur von sich und seiner Wut und seinem Schmerz gesprochen hatte und Emily auch noch schonungslos mit der Wahrheit über ihren Vater konfrontiert hatte, die er und Miriam zuvor so tunlichst vor ihr geheimgehalten hatten. Wie es ihr jetzt dabei gehen mochte, hatte er völlig verdrängt. Aber sie nickte nur sehr bestimmt. Und so hatte er weitererzählt, bis er zu dem Morgen in Dominiques Wohnung gekommen war.

»... und dann fängt sie plötzlich an mit ›nicht zu viel hineininterpretieren‹ und ›One-Night-Stand‹, und ich ›möge doch bitte jetzt gehen‹. Ich dachte, ich spinne! Sie ist nicht die Erste, die ich auf einer Party kennen gelernt habe. Ich weiß doch, wann es nur bei einem netten Abend und vielleicht einer Nacht bleibt, aber das ist das Letzte, was ich momentan will. Und schon überhaupt nicht mit ihr! Wir haben uns so prima verstanden, man konnte so gut mit ihr reden, und überhaupt, alles war einfach nur schön. Aber wahrscheinlich kommt so einer wie ich, der gerade die Schule hinter sich hat, in ihren ehrgeizigen Plänen nicht vor, und sie und diese Sophie haben sich einen Heidenspaß daraus gemacht.« Er hatte bei seinen letzten Worten sein Kopfkissen gepackt und es wütend in die Ecke geschleudert.

»Das glaube ich nicht, David. Es tut ihr mittlerweile bestimmt sehr leid, dass sie dich so abgespeist hat. Immerhin hat sie angerufen und sich nach dir erkundigt«, hatte Emily vergeblich versucht, ihren Bruder aufzuheitern.

»Leid?! Ein schlechtes Gewissen hat sie wahrscheinlich jetzt, nachdem sie erfahren hat, was mit unserem Dad passiert ist.« Emily waren bei Davids letzten Worten Tränen in die Augen getreten, und er hatte sie behutsam in den Arm genommen.

»Ach Kleines, es tut mir so leid. Es war oft so furchtbar und so grausam zwischen Dad und mir, aber das wollte ich doch nicht.«

Er hatte ebenfalls angefangen zu weinen, aber nicht aufgehört, seine Schwester sanft im Arm zu wiegen. Nach einer langen Zeit waren sie beide ruhiger geworden. Emily hatte sich vorsichtig aus seiner Umarmung gelöst. Ihre Stimme war klar und fest – Philips hätte wohl eine kleine Lilly in ihr entdeckt – als sie dann zu David sagte: »Ich hab Dad immer lieb gehabt, und ich werde ihn so, wie er zu mir war, auch immer lieb haben. Aber ich hab ganz genau gespürt, dass er nicht immer so war, und ich bin froh, dass du mir diese schlimme Geschichte erzählt hast und mir nicht wie Mum immer eine heile Welt vorspielen willst. Ich bin kein kleines Mädchen mehr, und ich weiß sehr wohl, dass das, was ich von ihm gekannt habe, nur eine Seite in seinem Leben war. Und ich bin dir sehr dankbar, David, dass ich ein bisschen was von seiner anderen Seite erfahren konnte. Sie gehörte zu ihm dazu, und wir dürfen die Augen davor nicht verschließen. Auch wenn es sehr wehtut.«

David war sich plötzlich bewusst geworden, was für eine wunderbare Schwester sie doch war, und er hatte sie ganz fest an sich gedrückt.

»Will das große Mädchen trotzdem heute Nacht bei ihrem Bruder schlafen?«

»Morgen vielleicht, aber für heute, glaube ich, ist es besser, wir sind ein bisschen alleine, okay?!«

Nachdem Emily weg war, hatte er noch lange über ihr Gespräch und die schlimmen letzten Wochen nachdenken müssen. Und auch jetzt, am Morgen danach, ließen ihn die Erinnerungen an die Geschehnisse der Vergangenheit nicht los. Er wollte und musste sie endlich aus seinen Gedanken und seinem Leben verbannen, auch wenn er nicht wusste, wie er das jemals schaffen sollte.

———

Philips zollte seinem Sergeant insgeheim großen Respekt. Obwohl er ahnte, dass Brian fast am Platzen war, hatte es dieser, seit sie beide im Büro eingetroffen waren, tunlichst vermieden, ihn auf Lilly Sharp anzusprechen. Dr. Browns abschließender Bericht sorgte zumindest kurzzeitig für Ablenkung. Er hatte ihn sogar persönlich vorbeigebracht, aber O'Connor ahnte schon, warum. Schließlich war die Mordkommission für den weit und breit besten Kaffee im Präsidium bekannt! Was er an Neuigkeiten brachte, war allerdings in der Tat nicht ganz uninteressant. Christopher Parson war zum Zeitpunkt seines Todes, wie Brown schon richtig vermutet hatte, tatsächlich an Magenkrebs erkrankt, wenn sich auch das Karzinom, laut Pathologie, noch in einem Frühstadium befand.

»Ob man ihn hätte heilen können, ist bei dieser Krebsart immer schwer zu sagen. Es wäre sehr darauf angekommen, ob und wann er endlich einen Arzt aufgesucht hätte. Haben Sie vielleicht noch eine Tasse von diesem wunderbaren Kaffee für mich?« Der Chief Inspector hatte sich alles in Ruhe angehört und nur ab und zu nachdenklich genickt.

»Brian, wir beide fahren heute Nachmittag noch mal zu den Parsons. Ich möchte Miriam davon persönlich in Kenntnis setzen. Außerdem will ich, dass Sie den Jungs, die mit seinem Arbeitszimmer beschäftigt sind, ein bisschen Dampf machen. Da geht ja anscheinend gar nichts vorwärts. Und was hat eigentlich die Befragung der Nachbarschaft ergeben?« Philips hatte das ungute Gefühl mit den Ermittlungen plötzlich auf der Stelle zu treten. Auch wenn sich der Erpresserbrief aufgeklärt hatte, in Sachen Mordfall waren sie nicht wirklich weitergekommen.

»Leider nicht sehr viel, Sir. Die meisten waren um die Zeit noch im Bett. Bisher haben wir nur die Aussagen von zwei Hundebesitzern, die aber lediglich Parson in seinem Audi haben wegfahren sehen. Allerdings konnten anscheinend noch nicht alle Nachbarn befragt werden. Ich sorge dafür, dass die Kollegen da dranbleiben.«

O'Connor bemühte sich sichtlich um einen gleichgültigen Tonfall, aber schließlich platzte es doch aus ihm heraus. »Sir, bitte, beantworten Sie mir nur die eine Frage.«

Philips musste unwillkürlich lächeln. »Sie wollen wissen, warum ich sie nicht verhaftet habe, nicht wahr? Ganz einfach, weil Lilly Sharp ihn nicht umgebracht hat.«

»Aber sie hat ihn immerhin erpresst! Und wer sagt uns denn, dass ...«

»Sie selbst, Brian«, unterbrach Philips seinen aufgebrachten Sergeant, »Sie selbst haben gestern noch festgestellt, dass Mörder und Erpresser wahrscheinlich nicht identisch sind. Dass es eigentlich keinen Sinn macht, Parson einen Brief ans Auto zu heften und ihn ein paar Minuten später zu ermorden. Ich muss Ihnen da vollkommen Recht geben.«

»Aber sie hat ihn immerhin eiskalt erpresst!«, empörte sich O'Connor. Der Chief machte es sich seiner Ansicht nach jetzt wirklich zu leicht. Einfach den Spieß umzudrehen.

»Na ja, unter ›eiskalt‹ verstehe ich schon etwas anderes. Eines dürfen Sie mir glauben, Brian: Durch ihren Brief ist Parson nicht mehr zu Schaden gekommen – sondern eigentlich nur unsere Erpresserin selbst! Ich denke, sie hat die letzten vierundzwanzig Stunden genug unter ihrer Tat gelitten. Also, konzentrieren wir uns auf die wirklich wichtigen Dinge in diesem Fall. Wann haben Sie mir denn zum Beispiel Dr. Walters ins Büro bestellt?«

Es stellte sich heraus, dass Lillys Chef gleich nach Deborah Winter erscheinen sollte, die in diesem Augenblick vom Empfang angekündigt wurde.

»Hoffentlich ist sie überhaupt ansprechbar und hat nicht wieder diese hysterischen Anfälle«, murmelte Brian verstimmt vor sich hin.

Eine Stunde später musste er zugeben, dass sich Deborah ganz wacker geschlagen hatte, auch wenn ihre Vernehmung nicht wirklich atemberaubend neue Erkenntnisse brachte. Aber das war er mittlerweile von den Zeugen in diesem Mordfall schon gewohnt. Deborah bestätigte lediglich Lillys und Trevis' Aussage in allen Punkten. Sie selbst hatte die Nacht zuvor bei einer Freundin verbracht – monatlicher Frauenabend, wie sie es nannte. Brian konnte sich dessen Inhalt lebhaft vorstellen. Ihre Freundin sei allerdings an diesem Abend sehr müde gewesen, sodass sie beide schon früh schlafen gegangen seien. Von dort aus sei sie dann am nächsten Morgen direkt an die Universität gefahren. O'Connor notierte sich kurz die Anschrift dieser Freundin und stellte fest, dass sie nicht weit weg vom Campus wohnte. Sehr praktisch, bemerkte er Deborah gegenüber, da Parson ja schon immer auf eine frühe Präsenz während der Examenszeit bestand. Diese nickte nur vielsagend.

Als sie den Fund der Leiche schilderte, war es allerdings kurze Zeit um ihre Fassung geschehen, und Philips befürchtete schon, sie müssten ganz abbrechen. Aber sie fing sich zum Glück wieder und wurde etwas ruhiger. Brian stellte danach schon fast routinemäßig seine Frage nach David Parson, aber obwohl Deborah ihn kannte, hatte auch sie ihn an jenem Morgen nicht gesehen.

»Allerdings hat mich dieser furchtbare Anblick so mitgenommen. Ich habe danach überhaupt nichts mehr gehört und gesehen. Keine Ahnung ob noch jemand im Gebäude war.«

Sonst gab es nicht viel Interessantes zu erfahren. Deborah arbeitete seit Professor Parsons Anstellung in Canterbury für ihn und war selbst erst vor einem Jahr in den Südosten Englands umgezogen. Sie hatte ihren Mann kurz zuvor über eine Kontaktanzeige kennen gelernt, wie sie leicht errötend zugab, und da er beruflich sehr gebunden war, hatte sie einem Umzug gerne zugestimmt.

»Ich war das Landleben sowieso satt. Und dann hat ja auch die Sekretärinnenstelle hier so schnell geklappt. Auch wenn es nicht immer einfach mit ihm war ... Er war trotzdem kein schlechter Mensch.«

Aber sehr viele brauchbare Informationen bezüglich Professor Parson waren aus Deborah nicht herauszubekommen. Philips spürte, dass sie nur ungern etwas Schlechtes über jemanden sagte, der sich nicht mehr wehren konnte, was er ihr unter anderen Umständen auch hoch angerechnet hätte. In diesem ganz speziellen Fall jedoch brauchte er Hinweise auf eventuelle Konflikte und Streitereien, denn davon gab es offensichtlich mehr als genug am Institut, und einer davon konnte durchaus Motiv für einen Mord gewesen sein. Aber Deborah musste zugeben, dass sie von Parson selten in etwas eingeweiht worden war, konnte allerdings einige Dozenten nennen, die des Öfteren Auseinandersetzungen mit ihrem Vorgesetzten hatten.

»Wissen Sie, manchmal wurde so laut ... äh ... diskutiert, dass man gar nicht weghören konnte.«

Brian registrierte zu seinem Vergnügen, dass Dr. Walters unter den Personen war, die sie dann aufzählte, was Philips natürlich ebenfalls nicht entging. Deborah musste ja in einem schönen Kaff aufgewachsen sein, dachte O'Connor belustigt, wenn sie nach Canterbury zog, um endlich Stadtleben genießen zu können. Er sah in ihren Personalien nach und stellte überraschend fest, dass sie aus einem Dorf in seiner Gegend kam. Auch wenn Canterbury durchaus ein nettes Städtchen war, so bedeutete richtiges Stadtleben für ihn selbst dennoch etwas anderes.

Na ja, wo die Liebe bekanntlich hinfiel. Er musste unvermittelt an seine eigene, vor kurzem in die Brüche gegangene Beziehung denken. Vielleicht sollte er es auch bei einer dieser Partnerschaftsvermittlungen versuchen. Ob die wohl für einen rund um die Uhr im Polizeidienst stehenden Junggesellen, wie er es zuweilen war, die geeignete Frau fanden? Brian wagte es zu bezweifeln.

Stephen Walters schien kurze Zeit später bei seiner zweiten polizeilichen Vernehmung weder von der Feststellung, dass er durchaus ein Motiv habe, noch von der Tatsache, dass er kein richtiges Alibi vorweisen konnte, beunruhigt zu sein. Er gab ganz offen zu – wie viele andere auch –, kein Freund von Professor Parson gewesen zu sein und dessen Führungsstil als äußerst unpassend und schädlich für das Institut empfunden zu haben.

»Aber wissen Sie, junger Mann«, sagte er direkt an O'Connor gerichtet, »ich bin jetzt zweiundsechzig. In zwei Jahren gehe ich in den Ruhestand, und dann hat sich dieses ganze Kompetenzgerangel für mich sowieso erledigt. Ich habe schon ganz andere kommen und wieder gehen sehen. Christopher Parson war vielleicht kein Segen für unsere Universität. Aber mich alten Trottel – bitte verzeihen Sie mein Eigenlob – hat er schlicht und einfach gebraucht, und ich hätte ihm das in Zukunft auch unter die Nase gerieben, falls er sich mir gegenüber noch einmal derartig im Ton vergriffen hätte.«

Plötzlich konnte Philips Lilly Sharps Begeisterung für ihren Vorgesetzten sehr gut verstehen. Der Mann war Professor Parson wahrscheinlich nicht nur fachlich haushoch überlegen, er hatte dies auch äußerst geschickt einzusetzen gewusst, statt einfach nur ständig zu jammern und tatenlos zuzuschauen. Und dies alles in einer ruhigen und ausgeglichenen Art und mit so viel Charme, dass man sich schon gewaltig in die eigene Tasche lügen musste, um Dr. Stephen Walters nicht faszinierend zu finden. Lilly hätte sich ihren kleinen kriminalistischen Ausflug getrost sparen können. Ein Mann seines Formats ließ sich nicht so schnell kleinkriegen und schon gar nicht von einem wie Christopher Parson, dessen war sich Philips ganz sicher.

Sein Sergeant schien ähnlichen Gedanken nachzuhängen, denn er hatte nichts einzuwenden, als Philips die Vernehmung zum Abschluss brachte, murmelte jedoch ein ironisches »Na, dann hat die liebe Lilly ihren Herzbuben ja Gott sei Dank wohlbehalten wieder«, als Dr. Walters zur Tür hinaus war. Dieses Duo hatte etwas zu verbergen, dessen war sich Brian trotz allem immer noch sicher. Aber egal, worum es sich handelte, sie würden ihnen schon auf die Schliche kommen!

Gerade als er mit dem Chief Inspector zu dem Entschluss kam, dass der Fall in der Tat einen sehr unbefriedigenden Verlauf nahm, platzte die Bombe in Form eines Anrufs der Kollegen, die immer noch in und um das Parson-Anwesen tätig waren. O'Connor glaubte zuerst, seinen Ohren nicht zu trauen, konnte sich dann jedoch ein triumphierendes Grinsen nicht verkneifen, als er sagte: »Sir, jetzt haben wir ihn! Und dieses Mal können Sie ihn nicht wieder so leicht davonkommen lassen.«

Und noch bevor Philips eine Frage stellen konnte, fuhr er in siegessicherem Ton fort: »Die Kollegen haben soeben den Anwohner vom Haus gegenüber vernehmen können. Und wissen Sie, wen der am Morgen der Tat, kurz nachdem Professor Parson weggefahren war, ebenfalls aus dem Haus kommen sah?«

»Ihrem Gesichtsausdruck nach zu urteilen, Brian, nehme ich an, es handelt sich um Ihren Favoriten unter den Verdächtigen?«

»In der Tat, Sir. Es war David Parson, und auf dessen Erklärung bin ich jetzt sehr gespannt.«

»Ich auch«, war alles, was der Chief Inspector im Moment dazu sagen wollte.

15. Kapitel

Obwohl er auf sein sonst so geliebtes Mittagessen verzichten musste, war Brian bester Laune, als sie ein paar Minuten später zu den Parsons aufbrachen. Wie ihm der Kollege versichert hatte, war die ganze Familie momentan zu Hause, und auch Philips drängte in diesem Fall auf ein schnelles Eingreifen. Er hatte vorläufig noch darauf verzichtet, Superintendent Pierce über die neuen Erkenntnisse zu unterrichten. Erst wollte er selbst mit dem Jungen sprechen, aber er hatte ein ganz schlechtes Gefühl bei der Sache. Als sie in der inzwischen bekannten Straße ankamen, sahen sie schon von Weitem die Ansammlung von Fernsehjournalisten und Zeitungsreportern, die sich auch am Tag nach dem Verbrechen vor der Villa der Parsons gebildet hatte.

»Na, die gehen mir gerade noch ab«, murmelte Philips genervt. Er hasste dieses Spießrutenlaufen mit den Medien, blieb aber die Ruhe selbst, als sich die Menschenmasse auf die beiden Beamten zubewegte und sie mit Fragen bombardierte. Sergeant Summers, der für die Ermittlungen vor Ort zuständig war, wartete schon am Tor und schleuste Philips und O'Connor geschickt hindurch.

»Brian, sollten wir David Parson tatsächlich verhaften, sorgen Sie bitte dafür, dass diese Leute davon nichts mitbekommen. Die Familie ist schon gestraft genug.«

»Selbstverständlich, Sir.« O'Connor war zwar fest von einer bevorstehenden Verhaftung überzeugt, empfand jedoch eine ähnliche Abneigung gegen die Sensationsgier der Presse. Die würden ihre notwendigen Informationen noch früh genug bekommen. Wofür hielt denn Pierce alle naselang eine Pressekonferenz ab?

»Warum wurde dieser Nachbar erst heute vernommen?« Die Frage brannte Philips schon seit ihrer Abfahrt unter den Nägeln. Wenn er an all die sinnlos vertane Zeit und die endlosen Verhöre dachte, die sie seit gestern Morgen durchgeführt hatten!

»Tut mir leid, Sir, aber der Zeuge ist Versicherungsvertreter, und er war seit gestern Morgen bis noch vor etwa einer Stunde auf Geschäftsreise in Brighton. Es handelt sich um einen gewissen Mr. Sheringham, und er hat David Parson eindeutig um kurz nach halb sieben das Anwesen verlassen sehen. Er ist dann wohl zu Fuß die Straße hier entlang. Mehr wusste der Zeuge allerdings nicht.«

»Zu Fuß?« Philips und O'Connor hatten fast gleichzeitig gesprochen und starrten Sergeant Summers entgeistert an.

»Wenn David Parson von hier aus zu Fuß gegangen ist, dann konnte er doch unmöglich zur Tatzeit am Institut sein. Warum haben Sie das denn nicht schon am Telefon gesagt?« Brian sah zum wiederholten Male, wie sich eine seiner sorgfältig ausgearbeiteten Theorien in Luft aufzulösen drohte.

»Ich bin ja noch nicht ganz fertig, Sir«, wagte Summers etwas gereizt einzuwenden. Er kam schließlich auch nicht frisch von der Polizeischule.

»Als wir heute Morgen zur Villa fuhren, haben wir vier Häuser von hier entfernt einen Streifenwagen gesehen. Ich habe mich bei den Kollegen nach dem Grund ihres Einsatzes erkundigt, schließlich wohnte ja unser Mordopfer gleich um die Ecke.«

Oh mein Gott, dachte Philips genervt, der könnte glatt mit diesem Klugscheißer Pells von der Spurensicherung verwandt sein. Es kostete ihn unendlich viel Überwindung, Sergeant Summers nicht gehörig anzuschnauzen.

»Und?« Brians Stimme klang ebenfalls mehr als gereizt.

»Bei ihnen ist heute Morgen eine Anzeige von einer der Anwohnerinnen eingegangen. Eine ältere Dame hat ihren Seat Marbella, der normalerweise hier in der Straße geparkt ist, als gestohlen gemeldet. Sie hat zuerst gedacht, ihr Enkel hätte ihn sich gestern Morgen ausgeliehen, aber dem war wohl nicht so. Tja, und das zusammen mit dem, was der Augenzeuge erzählt hat, ergab für mich durchaus Sinn, oder was meinen Sie?«

Dieser unerträgliche Besserwisser musste mit Pells verwandt sein, dessen war sich Philips in diesem Moment sicher. Aber jetzt würde er ihm zeigen, warum sie beide bei der Mordkommission waren und er nicht – und auch in naher Zukunft nicht dorthin kommen würde.

»Sergeant Summers, ich gehe doch recht in der Annahme, dass Sie heute Morgen zwischen acht und neun Uhr hier aufgetaucht sind.«

»Jawohl, Sir. Wir waren um Punkt halb neun hier«, antwortete Summers wie aus der Pistole geschossen.

»Schön. Warum erfährt die Mordkommission dann erst gegen Viertel vor zwölf, also mehr als drei Stunden später, von Ihren privaten Ermittlungen? Sie hätten mir diesen Autodiebstahl auf der Stelle mitteilen müssen! Ihr Team hatte die klare Aufgabe, alles im Haus und in der Nachbarschaft genauestens unter die Lupe zu nehmen und uns postwendend jeden noch so kleinen Zwischenfall zu melden. Ich weiß wirklich nicht, was Sie sich bei dieser Aktion gedacht haben, Sergeant Summers!«

»Sir ... ich ... es tut mir leid, aber ich ...«, stotterte dieser jetzt hilflos vor sich hin.

O'Connor hatte schon fast wieder Mitleid mit dem armen Kerl, aber musste sich doch eingestehen, dass er es ungemein beruhigend fand, dass auch einmal ein anderer die Philips'sche Strafpredigt genießen durfte. Aber der Chief war jetzt erst so richtig in Fahrt gekommen, denn er fuhr in dem gleichen strengen Tonfall fort, der absolut keinen Widerspruch duldete.

»Des Weiteren bin ich mit den Ergebnissen, die Sie mir bisher aus dem Arbeitszimmer des Toten geliefert haben, alles andere als zufrieden. Ich weiß, dass es sich um unzählige Unterlagen handelt und es keine leichte Arbeit ist, aber ich darf doch wohl um etwas mehr Tempo bitten.«

»Aber natürlich, Sir. Ich … ich werde mich sofort persönlich um den Fortgang der Untersuchungen bemühen. Die Familie ist übrigens gerade beim Mittagessen, falls Sie das interessiert.« Und mit diesen Worten eilte Summers in den ersten Stock des Hauses, froh, dem Wutausbruch des Inspectors endlich entkommen zu können.

»Sir, wenn ich eine kleine Anmerkung machen darf … Sie waren soeben brillant.«

»Wenn Sie mir dieses Kompliment auch noch in einer Stunde machen können, Brian, dann wäre ich wirklich mit mir zufrieden.«

―――

Die Stimmung im Haus der Parsons hatte gegen Mittag ihren absoluten Tiefpunkt erreicht. Emily zog es vor, den ganzen Tag nicht von Mariellas Seite zu weichen, und hielt sich die meiste Zeit bei ihr in der Küche auf, froh, nicht mit ihrer Mutter sprechen zu müssen. Miriams Laune besserte sich dadurch nicht unbedingt. Sie hatte das Gefühl, wie eine Außerirdische im eigenen Haus behandelt zu werden. David kam gar nicht erst aus seinem Zimmer, und als seine Mutter sich vorsichtig nach ihm erkundigen wollte, hatte er ihr nur ein kurzes und knappes »Mum, lass mich bitte einfach nur in Ruhe« ins Gesicht geschleudert.

Die Anwesenheit der Polizei, die nach wie vor in Christophers Arbeitszimmer beschäftigt war und anscheinend akribisch jedes Blatt Papier untersuchte, ging Miriam ebenfalls furchtbar auf die Nerven. Sie hatte das Gefühl, unter Dauerüberwachung zu stehen und keinen Schritt mehr unbeobachtet unternehmen zu können. Über Nacht war das Zimmer sogar versiegelt worden, ein Umstand, der sie fast wahnsinnig machte. In diesem Raum waren Christophers Notizen, Aufzeichnungen, Artikel, alles persönliche Dinge, die die Polizei ihrer Meinung nach nichts angingen. Aber sie hatte nicht die Kraft, sich mit diesem Inspector Philips deswegen anzulegen. Der hatte dann zu allem Überfluss auch noch für den Nachmittag einen erneuten Besuch angekündigt.

Die Einzige, die, zumindest nach außen hin, relativ gelassen wirkte, war Mariella. Sie war froh, für die polizia ab und zu einen Kaffee kochen zu können und sonst ganz für Emily da zu sein. Das Mädchen war für sie vom ersten Arbeitstag an wie eine eigene Tochter, und sie so leiden zu sehen, brach Mariella fast das Herz. Sie ließ sie einfach bei sich in der Küche sitzen, während sie selbst kochte und backte (wahrscheinlich war sowieso alles umsonst, denn niemand verspürte großen Hunger), gab ihr ab und zu etwas zum Kleinschneiden oder Abwiegen, aber versuchte, nicht zu viel an das Mädchen hinzureden. Emily genoss dieses ruhige und schweigsame Zusammensein sehr und war dankbar, nicht immer Rede und Antwort stehen zu müssen.

Aber gegen Mittag gab es kein Entkommen mehr. Miriam bestand darauf, dass sich alle, Mariella eingeschlossen, zum Essen an einen Tisch setzten. Emily und David, die jeglichen Streit mit ihrer Mutter vermeiden wollten, folgten der Aufforderung schweigsam. Die Luft im Raum war dementsprechend zum Zerreißen gespannt, als Philips und O'Connor eintraten.

Mariella war regelrecht erleichtert, als sie die beiden Beamten erblickte, gab ihr das doch die Gelegenheit, der gedrückten Stimmung im Esszimmer entfliehen zu können. Brian blickte mit sehnsüchtigem Blick auf die lecker aussehende Pasta, die von den Anwesenden kaum angerührt worden war. Das fehlende Mittagessen machte sich allmählich bemerkbar. Er war deshalb ganz dankbar, als Philips ihn darum bat, wie vereinbart Sergeant Summers' Team etwas auf die Finger zu schauen. Vielleicht konnte er ja einen kleinen Umweg über die Küche machen.

Philips, dem Miriams flüchtiger Blick auf ihre Armbanduhr und ihre leicht gereizte Stimme, als sie ihn mit Emily bekannt machte, nicht entgingen, entschuldigte sich höflich für sein verfrühtes Erscheinen.

»Aber es sind neue Erkenntnisse zu Tage getreten, die leider keinen Aufschub dulden.« Emily und David waren schon aufgestanden und wollten eben an ihm vorbei aus dem Zimmer.

»David, ich muss Sie leider bitten, sich wieder hinzusetzen. Ich habe nämlich auch an Sie noch die eine oder andere Frage.«

»Dann bleibe ich auch hier«, sagte Emily mit Bestimmtheit.

Miriam hatte bei den Worten des Inspectors sofort gespürt, dass offensichtlich etwas nicht in Ordnung war, und wollte ihrer Tochter jede weitere Aufregung ersparen.

»Schatz, ich denke, das wird nicht nötig sein. Du kannst …«

»Mum, bitte, ich bin kein kleines Kind mehr.« Wütend fiel ihr Emily ins Wort. Sie hasste nichts so sehr wie Miriams ständige Bevormundung und Überempfindlichkeit. Es entstand eine unangenehme Stille im Raum, die Philips jedoch gekonnt überspielte.

»Von mir aus können Sie selbstverständlich bleiben, Emily. Es gibt nichts, was Sie nicht hören sollten.« Obwohl er sich bei seinem letzten Satz nicht ganz so sicher war, wie es nach außen hin den Anschein hatte.

»Mrs. Parson, ich wollte Ihnen zuerst mitteilen, dass der Leichnam heute Nachmittag freigegeben wird. Hier ist die Anschrift der Pathologie, falls Ihr Bestattungsinstitut fragen sollte.« Er reichte Miriam Parson ein kleines Kärtchen und sprach eilig weiter, denn es drohte erneut eine erdrückende Stille im Raum.

»Vorweg eine kurze Frage, um eventuelle Ungereimtheiten auszuräumen. Mrs. Parson, hatte Ihr Mann Ihnen gegenüber jemals gesundheitliche Beschwerden erwähnt?« Miriam blickte Philips erstaunt an. Sie hatte mit allem gerechnet, damit allerdings nicht.

»Nein, nicht dass ich wüsste. Warum fragen Sie?«

»Nun ja, unser Pathologe hat herausgefunden, dass Ihr Mann an Magenkrebs erkrankt war. Es handelte sich allerdings noch um ein Frühstadium der Krankheit.«

»Was? Daddy, Krebs? Oh mein Gott«, Emily war aufgesprungen und hätte beinahe ein Wasserglas umgestoßen.

Philips versuchte seiner Stimme einen beruhigenden Klang zu geben, als er fortfuhr: »Wir denken nicht, dass es etwas mit seiner Ermordung zu tun hat, denn offensichtlich hatte es bisher niemand gewusst – ihn selbst eingeschlossen. Oder hat er einem von Ihnen gegenüber gewisse Andeutungen gemacht?«

Er blickte sich fragend im Raum um, erntete jedoch nur ratloses Kopfschütteln und von Emily noch ein trauriges »Nein, ich hatte überhaupt keine Ahnung davon«.

»Gut. Mrs. Parson, wenn Sie uns bitte später trotzdem die Adresse seines Hausarztes geben würden.«

Miriam nickte nur stumm – vollkommen unfähig, etwas zu sagen. *Christopher hatte Krebs, er war todkrank.*

So sehr er den folgenden Satz auch vermieden hätte, aber Philips musste das heikle Thema endlich anschneiden. »Nun zu etwas anderem. David, ich befürchte, Sie haben uns gestern Vormittag nicht ganz die Wahrheit erzählt, als ich Sie fragte, wo Sie zur Tatzeit gewesen sind.« Philips blickte den Jungen dabei ernst an, und ihm entging nicht, wie dieser merklich blasser wurde. Wer sich jedoch zu Wort meldete, war nicht David, sondern Miriam, die endlich aus ihrer Erstarrung aufgewacht zu sein schien.

»Was wollen Sie damit sagen, Inspector? Heißt das etwa, Sie verdächtigen meinen Sohn? Ich dachte mir, dieser Erpresser hat meinen Mann umgebracht!? Warum suchen Sie denn den nicht endlich?«

Ihre Augen starrten den Chief Inspector angriffslustig an, was diesen jedoch relativ unbeeindruckt ließ. Dafür hatten ihre Worte bei David und Emily große Verwirrung ausgelöst, und beide begannen ihre Mutter gleichzeitig mit Fragen zu bombardieren. Philips wurde klar, dass Miriam den Inhalt ihres gestrigen Gesprächs wohl für sich behalten hatte, nur so konnte er sich die Reaktion ihrer Kinder erklären. Als der Lärmpegel im Raum zunehmend an Intensität gewann und ein heilloses Durcheinander zu entstehen drohte, wurde es ihm schließlich zu bunt.

»Ruhe!«

Sekunden später breitete sich eine wohltuende Stille aus. Emily sah den Inspector nur mit großen Augen an, wagte es aber nicht, ihm zu widersprechen. David schien von Philips' stimmgewaltiger Einmischung viel zu sehr überrascht, als dass er etwas einwenden konnte.

»David, Emily, ich kann Ihre Aufregung sehr gut verstehen, aber halten Sie sich bitte etwas zurück. Ihre Mutter wird Ihnen zu gegebener Zeit alles erklären, da bin ich mir ganz sicher. Und was Sie angeht, Mrs. Parson, so muss ich Sie bitten, sich nicht in meine Befragung einzumischen. Sonst bleibt mir nichts anderes übrig, als Ihren Sohn auf das Revier mitzunehmen.«

Philips wollte die Fronten schnell geklärt wissen und deutlich aufzeigen, wer hier das Verhör leitete. Zu Miriam gewandt, fügte er mit ruhigerer Stimme hinzu: »Die Herkunft dieses Schreibens konnte im Übrigen geklärt werden. Ich versichere Ihnen, es hat nichts mit dem Tod Ihres Gatten zu tun. Genaueres kann ich Ihnen aber erst in ein paar Tagen sagen.«

Er wollte Lilly Sharp mit allen Mitteln aus der Sache raushalten, hatte aber momentan noch keinen blassen Schimmer, wie er das anstellen sollte. Miriam musste vor lauter Empörung über diese schulmeisterliche Behandlung erst einmal nach Luft schnappen und wollte schon zu einem äußerst boshaften Kommentar ausholen, als Philips ungerührt fortfuhr, David zu befragen.

»David, Sie wurden gestern Morgen gegen halb sieben beim Verlassen des Hauses eindeutig erkannt. Mir sagten Sie jedoch, Sie hätten zur Tatzeit noch geschlafen. Darf ich also wissen, wo Sie waren und was Sie gemacht haben?«

David schien den Ernst der Lage allerdings nicht ganz zu begreifen. Er zuckte nur gleichgültig mit den Schultern, bevor er antwortete.

»Ich konnte nicht mehr schlafen und musste an die frische Luft. Ich bin einfach nur rumgelaufen, ohne ein besonderes Ziel.«

Philips spürte, dass der Junge ihn anlog. »Aha, einfach nur so.«

»Ja! Ist Ihnen das noch nie passiert, dass Sie nicht schlafen konnten?« Seine Frage klang trotzig und war fast wie eine Herausforderung an Philips gerichtet. Dieser war nur allzu bereit, sie anzunehmen.

»Doch, allerdings wurde nicht zur gleichen Zeit ein Mord begangen, für den Sie, erlauben Sie mir die Bemerkung, durchaus ein Motiv haben.«

Dies war das endgültige Stichwort für David, um aus seiner Lethargie endlich aufzuwachen. Seine Augen blitzten zornig auf, und seine Stimme überschlug sich fast.

»So, hab ich das. Weil er mit dieser Schlampe ins Bett gestiegen ist? Ist das Ihrer Ansicht nach mein Motiv?«

»David, bitte! Emily, ich denke, es ist wirklich besser, du wartest draußen.« Miriam fühlte, wie sie den Boden unter den Füßen zu verlieren drohte, und wollte Emily endlich aus dem Zimmer haben.

»Mum, ich weiß darüber Bescheid. David hat mir alles erzählt – Gott sei Dank!« Mutter und Tochter starrten sich sekundenlang geradezu feindselig an, ehe Philips sich wieder zu Wort meldete.

»Für mich ist und bleibt das ein Tatmotiv, David, ganz egal, wie Sie mir jetzt die Sache verkaufen wollen.«

»Und wie soll ich es bitte zu Fuß bis sieben an die Uni geschafft haben? Ich bin Schwimmer, falls Sie das vergessen haben sollten, kein Marathonläufer.« Seine Stimme hatte einen zynischen Klang bekommen. Aber Philips blieb die Ruhe selbst.

»Das ist richtig, allerdings wurde gestern Morgen in dieser Straße ein Auto gestohlen. Und damit hätten Sie den Weg leicht schaffen können.«

»Das ist ja wohl das Lächerlichste, was ich jemals gehört habe. Ich habe kein Auto geklaut, und ich habe auch meinen Vater nicht umgebracht, verdammt noch mal!« David war wütend aufgesprungen und brüllte die letzten Worte Philips förmlich entgegen.

»Würden Sie mir dann bitte sagen, wo Sie sich gestern Morgen aufgehalten haben? Hat Sie irgendjemand bei Ihrem ›Herumlaufen‹ gesehen? Haben Sie jemanden Bekannten getroffen? Ihre Geschichte, David, ist mir etwas zu dürftig.« Philips' Stimme hatte einen drohenden Klang angenommen.

»Liebes, bitte, du kannst uns doch sagen, wo du gewesen bist.

Bitte.« Miriam flehte ihren Sohn förmlich an. Sie erinnerte sich nur zu genau, wie er gestern Morgen verschwitzt und außer Atem ins Zimmer gekommen war und tunlichst versucht hatte, ihren bohrenden Fragen auszuweichen.

»Ich habe mich mit meinem Vater zwar nicht immer verstanden, aber mit seinem Tod habe ich trotzdem nichts zu tun. Er war immer noch mein Vater!«

»Tut mir leid, David, aber das genügt mir nicht. Sie haben ein eindeutiges Motiv und kein Alibi. Ich verhafte Sie deshalb unter dem dringenden Tatverdacht, Christopher Parson ermordet zu haben.«

»Nein!« Tränen der Verzweiflung rannen über Miriams Wangen. »Sie können ihn doch nicht einfach verhaften. Sie dürfen das nicht. Er weiß doch gar nicht, was er sagt.«

»Mrs. Parson, so leid es mir tut, aber die Indizien sprechen alle gegen Ihren Sohn. Mir bleibt keine andere Wahl.«

Noch während Philips gesprochen hatte, war er aufgestanden, um David nach draußen zu begleiten. Er hatte heftigen Widerstand, ja sogar körperliche Gegenwehr erwartet, aber der Junge sah ihn nur resignierend an. »Dann nehmen Sie mich doch fest. Mir ist mittlerweile alles egal.«

Emily, die die ganze Zeit schweigend und mit starrem Gesichtsausdruck die Szene verfolgt hatte, konnte nicht glauben, was sich da vor ihren Augen abspielte.

»David, warum wehrst du dich denn nicht? Das, was der Kommissar da sagt, das ist doch nicht wahr. Du hast doch Daddy nicht umgebracht! Warum sagst du es nicht endlich?!« Sie klammerte sich verzweifelt am Arm ihres Bruders fest und wollte die beiden nicht gehen lassen.

»Lass gut sein, Emily. Es wird sich alles aufklären. Solange du glaubst, dass ich unschuldig bin, kann mir doch gar nichts passieren, oder?« David zwang sich zu einem kleinen Lächeln, das seine Schwester jedoch nicht beruhigen konnte. Weinend sank sie auf einen der Stühle. Als Philips und David schon an der Tür waren, lief sie ihnen hinterher und drückte ihren Bruder fest an sich.

»Wir holen dich da raus, David, hörst du! Mum und ich, wir holen dich da wieder raus.«

Eigentlich hätte Philips ein Gefühl der Freude und des Triumphes verspüren müssen, als er den Jungen jetzt an Brian übergab. Dieser wartete schon in der Eingangshalle auf sie, von dem Geschrei im Wohnzimmer alarmiert und bereit, jederzeit einzugreifen. Er würde dem Superintendent schon nach vierundzwanzig Stunden eine Verhaftung vermelden können. Keine schlechte Leistung für einen komplizierten Mordfall wie diesen. Doch stattdessen machte sich nur eine große Leere in ihm breit.

16. Kapitel

Die folgenden Stunden waren wie ein Film an David vorbeigezogen. Er hatte sich widerstandslos seine Fingerabdrücke abnehmen lassen und wollte anfangs nicht einmal mit seinem Anwalt sprechen, den Miriam selbstverständlich sofort nach seiner Verhaftung verständigt hatte. Dieser schien aufgrund der Passivität seines Mandanten mit seinem Latein auch sehr schnell am Ende, schärfte ihm jedoch ein, in seiner Abwesenheit auf keinen Fall weitere Angaben zur Sache zu machen. Aber dieser Hinweis erübrigte sich ohnehin, denn David blieb bei seiner Aussage, dass er ziellos durch die Gegend gelaufen sei und erst nach zwei Stunden wieder zu Hause gewesen war. Nein, er habe keinen Seat Marbella gestohlen, sei nicht an die Uni gefahren, um seinen Vater umzubringen, und habe danach das Auto auch nicht irgendwo abgestellt.

Doch das Netz um ihn wurde immer dichter, denn mitten in die Vernehmung platzte der Anruf der Spurensicherung, dass tatsächlich in der Nähe des nördlichen Seiteneingangs Reifenspuren entdeckt worden waren – Reifen, wie sie unter anderem auch zu einem Seat Marbella gehörten. Als ihn Philips jedoch mit dieser Nachricht konfrontierte, schüttelte David nur resignierend den Kopf und blieb standhaft bei seiner Aussage.

Schließlich wurde es dem Chief Inspector zu bunt, und er ordnete eine Pause in der Vernehmung an. Er brauchte ganz dringend einen Kaffee und hoffte, auch noch etwas Essbares in der Kantine zu finden. Brian schloss sich ihm nur allzu gerne an, auch wenn er in Mariellas Küche bereits in den Genuss eines ausgezeichneten italienischen Mittagessens gekommen war. Aber das musste er dem Chief ja nicht auf die Nase binden.

Philips hatte Glück und bekam von einer mürrisch dreinblickenden Kantinenkraft noch den letzten Rest vom Eintopf, der wider Erwarten ausgezeichnet schmeckte. Brian verzichtete großzügig darauf, die Portion mit dem Inspector zu teilen, was ihm einen sehr misstrauischen Blick einbrachte. Um den drohenden Fragen seines Chefs zu entkommen, eilte er ins Büro zurück, hatte er doch anscheinend etwas Wichtiges dort vergessen. Auf dem Weg dorthin beggnete ihm Sergeant Summers, der ihm nur allzu gern die ersten Ergebnisse ihrer stundenlangen Suchaktion überließ.

»Parsons Büro zu durchsuchen ist die absolute Höchststrafe. Wir haben uns alles genauestens angeschaut, sagen Sie das bitte Ihrem Inspector Philips, aber der meiste Kram besteht aus irgendwelchen wissenschaftlichen Arbeiten und Artikeln, mit denen wir nichts anfangen konnten.«

Brian warf einen kritischen Blick auf den recht dünnen Schnellhefter. Immerhin enthielt er einen detaillierten Lebenslauf ihres Mordopfers und jede Menge kopierte Artikel aus alten Jahrbüchern und Universitätszeitungen, in denen Parson erwähnt wurde.

»Mit dem Rest müssen Sie uns noch ein bisschen Zeit geben, wenigstens bis morgen Nachmittag. Auch mit dem Zimmer des Jungen sind wir noch nicht ganz durch. Die Parson hat einen Wahnsinnsaufstand gemacht und wollte uns zuerst gar nicht hineinlassen. Sein PC wird gerade noch untersucht, aber ich denke, damit sind wir in zwei Stunden fertig.«

O'Connor spürte, dass Summers außerordentlich darum bemüht war, die mühevolle Kleinarbeit, die sein Team bisher unternommen hatte, hervorzuheben, und den Vorwurf der Ineffizienz gar nicht erst aufkommen lassen wollte. Er konnte dem armen Mann keinen Vorwurf machen – Philips' mittägliche Strafpredigt lag ihm bestimmt noch in den Ohren. Er versicherte ihm, beim Chief Inspector ein gutes Wort für ihn einzulegen, was Summers sichtlich beruhigte. Brian konnte sowieso nicht verstehen, warum Philips nach wie vor darauf bestand, dass Parsons Arbeitszimmer auf den Kopf gestellt wurde, wo doch der Mörder anscheinend aus der Familie kam. Aber er hatte es sich mittlerweile abgewöhnt, die Methoden des Chefs infrage zu stellen.

Mit dem Schnellhefter bewaffnet, kam er kurze Zeit später in die Kantine zurück und erstattete brav seinen Bericht. Philips schien allerdings etwas geistesabwesend zu sein, denn er nickte nur kurz und rührte dann weiter in seinem Kaffee. Verstehe einer diesen Mann, dachte Brian bei sich, bevor er sich selbst interessiert über die Ergebnisse von Sergeant Summers hermachte.

»Wir brauchen das Auto, Brian«, sagte Philips plötzlich in die Stille hinein.

»W...was?« O'Connor war so in seine Lektüre vertieft, dass er dem Chief nicht zugehört hatte.

»Das Auto, Brian. Wir brauchen den Seat Marbella, und zwar schnell. Wenn wir dort seine Fingerabdrücke finden, dann braucht er schon eine verdammt gute Erklärung und fängt vielleicht endlich zu reden an.«

»Die Fahndung nach dem Auto läuft auf Hochtouren, Chef. Mehr können wir im Moment nicht machen. Außer wir knöpfen uns den Jungen noch mal ordentlich vor.«

Aber insgeheim zweifelte Brian daran, dass dies irgendetwas bringen würde, und ein Blick auf Philips sagte ihm, dass dieser genauso dachte. Eine Weile sagte keiner etwas, doch plötzlich pfiff Brian leise vor sich hin.

»Wussten Sie, dass David Parson sich in Oxford für Biochemie beworben hatte – und beim Aufnahmegespräch durchgefallen war? Kollege Summers hat das Absageschreiben in Parsons Büro gefunden. Unserem Professor dürfte es gar nicht gefallen haben, dass der Filius nicht in seine Fußstapfen treten konnte. Wer weiß, vielleicht war das ja Anlass zu noch mehr Streitigkeiten.«

»Wir nehmen den Jungen noch mal in die Mangel, Brian. Auch wenn ich das Gefühl nicht loswerde, dass dieses Verhör nicht sehr viel bringt.«

Dominique hielt es gegen Mittag nicht mehr in den eigenen vier Wänden aus und musste dringend an die frische Luft. Sie zog sich ihre Joggingklamotten an und war gerade auf dem Weg zur Tür, als das Telefon erneut klingelte. Das ist ganz bestimmt Sophie, dachte sie mit schlechtem Gewissen und beschloss, dieses Mal den Hörer abzunehmen. Sie hatte sich am Vortag mit einer sehr dürftigen Erklärung vor dem vereinbarten Kaffeeklatsch gedrückt und eine schlimme Migräne vorgetäuscht. Dominique hatte das Thema David dabei tunlichst vermieden, aber schon geahnt, dass Sophie ihr kein Wort glaubte. Jetzt wollte sie bestimmt wissen, was tatsächlich hinter ihrem angeblichen Unwohlsein steckte, und jedes Detail vom restlichen Abend mit David erfahren.

Und tatsächlich, kaum hatte sie den Hörer abgenommen, schallte ihr auch schon Sophies fröhliche Stimme entgegen. Dominique bemühte sich, nicht zu zerknirscht zu klingen und das gefährliche Thema schnellstmöglich abzuhaken, aber ihre Sorge war unbegründet. Sophie war zwar regelrecht aus dem Häuschen, allerdings hatte dies weder etwas mit David noch mit ihrer eigenen neuesten Errungenschaft zu tun.

»Halt dich fest, meine Süße! Weißt du, was ich soeben im Briefkasten gefunden habe? Die Zusage für eine halbe Doktorandenstelle in Harvard! Weißt du, was das heißt?« Ihre Stimme überschlug sich fast vor Aufregung und Vorfreude.

»Dass du bald in die USA gehen wirst und mich hier ganz alleine lässt. Aber trotzdem: Alles Gute. Das hast du dir wirklich verdient, und ich freue mich sehr für dich.« Dominiques Freude war echt gemeint, auch wenn sie ihre Freundin in Zukunft wahnsinnig vermissen würde und ihr die Vorstellung von einer Sophie Tausende von Kilometern von hier entfernt sofort neue Tränen in die Augen trieb.

»Ja, das auch! Aber hast du mir denn nicht zugehört? Ich habe den Zuschlag für eine *halbe* Stelle bekommen, und die andere Hälfte ... na, klingelt es schön langsam?«

»Was willst du damit sagen? Du meinst doch wohl nicht etwa, dass ich ...«

»Warum denn nicht? Sag bloß, du warst heute noch nicht am Briefkasten? Na los, lauf schon runter, und ruf mich gleich zurück. Ciao!« Und ehe Dominique noch etwas erwidern konnte, hatte Sophie schon aufgelegt.

Harvard ... das konnte unmöglich sein! Sie hatten sich zwar beide vor einigen Wochen um ein Doktorandenstipendium beworben und sogar an einem Telefoninterview teilgenommen, aber nicht annähernd mit einer Zusage gerechnet. Es ging ihnen eigentlich nur um die Erfahrung, die man in einem solchen Bewerbungsgespräch gewinnen konnte, aber alles andere war nichts als ein schöner Traum.

Für einen kurzen Moment vergaß Dominique David, seinen Vater und den ganzen Albtraum der letzten Monate und rannte die Treppe hinunter zum Briefkasten. Ein weißer, etwas dickerer Briefumschlag fiel ihr entgegen, und sie erkannte das Wappen von Harvard darauf sofort. Wahrscheinlich haben sie mir nur meine Unterlagen zurückgeschickt, dachte sie im ersten Moment entmutigt. Aber dann hätte der Umschlag doch eigentlich noch größer und dicker sein müssen, oder? Mit zittrigen Händen zog sie ihren Schlüssel an der Umschlagseite entlang und schlitzte ihn auf. Es befanden sich verschiedenfarbige Formulare darin, das oberste davon, das Anschreiben, war direkt an sie persönlich gerichtet.

Dominique brauchte ein paar Sekunden, um auch ganz sicherzugehen, dass sie sich nicht getäuscht hatte. Wieder und wieder las sie den Text, aber es bestand nicht der geringste Zweifel. Harvard freute sich, ihr zu Beginn des nächsten akademischen Jahres eine halbe Doktorandenstelle am Institut für Archäologie anbieten zu können und sie hoffentlich schon bald in den USA begrüßen zu dürfen.

Für einen kurzen Moment verschwammen die Buchstaben vor ihren Augen und Dominique musste sich auf den Treppenabsatz setzen, um nicht umzukippen. War das ein Zeichen? Ein Zeichen dafür, England für eine gewisse Zeit den Rücken kehren zu können und alles hinter sich zu lassen? All die schrecklichen Wochen und Monate seit Christopher Parsons Ankunft wenigstens kurzzeitig zu vergessen? Eine direkte Aufforderung an sie selbst, etwas zu verwirklichen, etwas, das sie, egal wie sehr sie sich auch anstrengte, nie ganz würde rächen können?

Wie Philips schon richtig vermutet hatte, war aus David nichts Produktives mehr herauszubekommen. Er wiederholte nur, was er ihnen schon ein Dutzend Mal zuvor erzählt hatte, wollte aber partout nicht sagen, wo genau er auf seinem morgendlichen Spaziergang war.

»David«, fing Brian einen letzten Versuch an, »wir haben Ihre Absage aus Oxford bei den Unterlagen Ihres Vaters gefunden. Dem Datum nach zu urteilen, hat das Interview kurz nach Ihrem so abrupt abgebrochenen Urlaub stattgefunden. Ich kann mir vorstellen, dass Sie zu diesem Zeitpunkt sehr aufgewühlt waren und keinen Kopf mehr für die Uni und irgendwelche Vorstellungsgespräche hatten.«

Zu Philips' Verwunderung zeigte sich plötzlich ein sarkastisches, ja fast schon boshaftes Lächeln auf Davids Gesicht. O'Connor war dies ebenfalls nicht entgangen, aber er fuhr unbeirrt fort.

»Kann es nicht so gewesen sein, dass Sie – indirekt – Ihren Vater für die Absage verantwortlich gemacht haben? Dass nicht nur diese junge Frau Anlass für Streitigkeiten war, sondern Sie sich um Ihre akademische Karriere betrogen sahen?«

Davids Lächeln wurde noch etwas intensiver, aber es umspielte nur seine Lippen, erreichte jedoch nicht seine Augen, die nach wie vor einen sehr zornigen Ausdruck widerspiegelten. »Sie haben doch überhaupt keine Ahnung«, meinte er nur kopfschüttelnd. »Sie wissen doch gar nicht, was er für ein Mensch war. Er, der doch immer alles so perfekt hingekriegt hat.« Seine letzten Worte waren voller boshafter Ironie. Wie sehr musste er seinen Vater gehasst haben, dachte Brian kopfschüttelnd.

»Dann helfen Sie uns, besser zu verstehen, David. Erzählen Sie über Ihr Verhältnis zu Ihrem Vater und darüber, was wirklich in Ihnen vorgeht.« Philips spürte, dass der Junge noch etwas verborgen hielt, aber dieser schüttelte nur den Kopf.

»Nein, das geht niemanden etwas an. Und jetzt bringen Sie mich meinetwegen in irgendeine Zelle, ich will einfach nicht mehr.«

O'Connor wollte gerade etwas erwidern, als der Empfang auf seinem Apparat anrief und Melanie Delayne anmeldete.

»Chef, die *Zeugin* wäre jetzt da.« Er sagte dies mit leichtem Nachdruck, und Philips verstand den Hinweis sofort. David jedoch schien wieder in die gewohnte Lethargie zurückgefallen zu sein und nichts davon bemerkt zu haben.

»Gut, ich sehe hier sowieso kein Vorwärtskommen mehr. Ich muss Sie jetzt in Untersuchungshaft bringen lassen, David. Aber überdenken Sie bitte, was ich Ihnen vorhin gesagt habe.«

Brian sorgte dafür, dass sich David und Melanie auf dem Korridor nicht begegneten, und fing Davids ehemalige Freundin und Geliebte seines Vaters geschickt ab. Das Verhör dauerte noch keine fünf Minuten, als er bemerkte, dass Philips diese Frau am liebsten sofort wieder hinausbeordert hätte – und er konnte ihm sein Verlangen nicht übelnehmen.

Melanie Delayne war auffallend hübsch, das musste er zugeben, mit langen brünetten Haaren, braunen Augen, die von dichten, langen Wimpern umgeben waren, und ebenmäßigen, fast schon statuengleichen Gesichtszügen. Außerdem sehr teuer und geschmackvoll gekleidet, sodass sie spielend jedes Modelcasting gewonnen hätte, dessen war sich O'Connor sicher, auch wenn er sich von seiner Mutter immer anhören musste, dass er absolut nichts von Frauen verstand. Allerdings mochte sie noch so engelsgleich durch die Gegend schweben, so täuschten diese Äußerlichkeiten – Brian überlegte schon die ganze Zeit, ob sie bei den Wangenknochen und der leichten Stupsnase nicht doch ein bisschen nachgeholfen hatte – nicht darüber hinweg, dass sie kurz gesagt das war, was man eiskalt und berechnend nannte.

Sie erzählte geradezu gelangweilt von ihrer Beziehung zu David, die anscheinend nicht den von ihr erhofften finanziellen und materiellen Effekt hatte, oder was auch immer sie sich Aufregendes von ihrem Zusammensein versprochen hatte, denn Melanies Äußerem nach zu schließen, war Geld bei den Delaynes selbst zur Genüge vorhanden.

»Mein Gott, der war so langweilig. Hatte nur sein dummes Schwimmen und seine Schule im Kopf. Da hatte sein Vater einer Frau schon mehr zu bieten.«

»Aha, und was, wenn ich fragen darf? Hat er Ihnen irgendwelche Versprechungen gemacht? Finanzieller Art etwa? Oder, dass er seine Frau Ihretwegen verlassen würde?« Philips kannte diese Dreiecksgeschichten nur zu gut, sie nahmen alle mehr oder weniger den gleichen Verlauf.

»Die Ehe zwischen dieser langweiligen Kunstgeschichtentante und Christopher war doch längst vorbei. Die hatte doch überhaupt nicht sein Format! Passte zu David und diesem Mauerblümchen von Schwester wie die Faust aufs Auge.«

»Anscheinend hatte sie Format genug, Sie vorzeitig aus Frankreich heimzuschicken?« Brian konnte sich diese boshafte Bemerkung nicht verkneifen.

»*Die* hat mich überhaupt nirgendwo hingeschickt. Chris hat mich gebeten zu fahren, er fürchtete wohl um das Seelenheil seines Töchterchens. Na ja, bei der Kleinen ja auch kein Wunder.«

Chris ... Brian konnte nicht glauben, was er da hörte. Die war wirklich mit allen Wassern gewaschen. Melanie kaute gerade betont auffällig an ihrem Kaugummi und warf dazu in einer affektierten Geste ihre Locken nach hinten. Philips wollte sie schon darauf hinweisen, dass dies alles andere als damenhaft auf ihn wirkte, beschloss aber stattdessen, das Verhör so schnell wie möglich über die Bühne zu bringen. In ungewohnt strengem Tonfall fuhr er deshalb fort.

»Sie haben wohl überhaupt kein Schamgefühl, oder? Sie waren von der Familie Ihres Freundes in den Urlaub eingeladen worden und haben nichts Besseres zu tun, als ihn vor seinen Augen mit seinem Vater zu betrügen?!«

Aber seine kleine Ansprache hatte auf Melanie offensichtlich nicht die gewünschte Wirkung, denn sie antwortete ihm äußerst schnippisch und völlig unbeeindruckt.

»Ich wüsste nicht, was Sie das angeht, Inspector! Außerdem – wofür soll ich mich denn schämen? Dass diese Familie sowieso schon total kaputt war und Chris sich einfach ein etwas aufregenderes Leben wünschte? Schamgefühl hab ich mir längst abgewöhnt. Man muss als Frau schließlich schauen, wo man bleibt.«

Oh mein Gott, dachte Brian nur. Melanie Delayne mochte zwar durchaus ein eiskaltes und berechnendes Monster sein, allerdings war sie auch mit einer gehörigen Portion Naivität ausgestattet! Glaubte dieses aufgetakelte Püppchen wirklich, sie wäre die zukünftige Mrs. Christopher Parson geworden? Er musste unwillkürlich an Dr. Browns Krebsdiagnose denken. Was hätte sie wohl getan, wenn sie davon erfahren hätte? Wenn man Parson nicht hätte heilen können und er todkrank, auf tagtägliche Pflege angewiesen, nur noch aufs Sterben gewartet hätte? Wäre dann der tolle »Chris« immer noch ihr Format gewesen, wie sie es so schön auszudrücken pflegte. O'Connor wagte dies zu bezweifeln.

Laut ihrer Aussage hatte Parson die Affäre zwischen ihnen bis zu seinem Tod weiterlaufen lassen und offensichtlich keinerlei Trennungsabsichten gezeigt. Abgesehen davon hatte sie ein hieb- und stichfestes Alibi. Da die von sich so überzeugte Melanie leider eine der Abiturprüfungen nicht geschafft hatte, musste sie am Morgen der Tat zur mündlichen Nachprüfung antreten. Brian hätte sich durchaus vorstellen können, dass dieses Frauenzimmer zur Furie werden konnte, wenn sie ihre Pläne durchkreuzt sah. Beim Hinausgehen konnte sie sich natürlich eine direkte Anschuldigung gegen David Parson nicht verkneifen, und sie bemühte sich, mit Tränen in den Augen, einen dramatischen Abgang hinzulegen.

»So langweilig er ja sein mag, aber wenn er wütend ist, würde ich es tunlichst vermeiden, ihm über den Weg zu laufen.«

Die beiden Beamten mussten sich allerdings eingestehen, dass diese Einschätzung wohl gar nicht so an den Haaren herbeigezogen war.

17. Kapitel

Lilly Sharp war wieder ganz in ihrem Element und fühlte sich wie von einer Zentnerlast befreit. Obwohl das Telefon nach wie vor fast minütlich klingelte und sie immer noch Deborahs Vertretung übernommen hatte, hätte es ihr nicht besser gehen können. Nachdem Inspector Philips sich am Morgen von ihr verabschiedet hatte, war sie minutenlang einfach nur auf dem Sofa sitzen geblieben, unfähig, irgendetwas zu unternehmen. Erst als Derek mit einem vollbeladenen Tablett ins Wohnzimmer kam, war sie aus ihrem Trancezustand aufgewacht.

»Entschuldige, Liebes, jetzt hab ich dich ganz umsonst in die Küche geschickt. Aber die beiden Polizisten sind schon wieder weg.«

»Ich habe diesen jungen Schnösel mit unserer Schreibmaschine abdampfen sehen. Kannst du mir mal sagen, was das zu bedeuten hat?«

Derek verstand die Welt nicht mehr. Eben war seine Frau noch leichenblass durch die Gegend gewandert, und er hatte jede Minute einen erneuten Zusammenbruch befürchtet, jetzt saß sie dagegen mit leicht geröteten Wangen und freudestrahlenden Augen vor ihm.

»Ach das? Nichts Besonderes. Sie brauchen sie nur als ... als Vergleichsobjekt, verstehst du? Und da die meisten Leute heutzutage sowieso einen Computer haben, dachte ich mir, ich kann ihnen ja unsere anbieten. Morgen bekommen wir sie auch schon wieder zurück.«

Vergleichsobjekt? Computer? Derek verstand kein Wort davon, was seine Frau ihm soeben erklärt hatte. Aber sie wirkte wieder so gesund und fröhlich, so wie er seine Lilly immer gekannt hatte, dass er gar nicht weiterfragen wollte. Es würde schon alles seine Richtigkeit haben.

»So, und jetzt trinken wir beide eine Tasse Tee, und dann fährst du mich ans Institut. Keine Widerrede!« Lilly war Dereks hochgezogene Augenbraue nicht entgangen.

»Aber heute Morgen ...«, begann er hilflos.

»Ich habe einfach nur schlecht geschlafen, Liebes. Mir geht es doch schon wieder viel besser. Und dieser Inspector hat auch gemeint, dass sie einen Ansprechpartner am Institut brauchen, und du weißt doch, wie fix und fertig Deborah gestern war.«

Und bevor Derek noch irgendetwas erwidern konnte, hatte sie ihn nochmals in die Küche geschickt – er hatte schließlich die Kekse vergessen.

Lächelnd dachte Lilly jetzt an den heutigen Morgen zurück! Einer

Sache war sie sich danach sicherer als jemals zuvor: Sie hatte nicht nur den besten Chef, sie hatte auch den allerbesten Ehemann der Welt! In diesem Augenblick ging die Bürotür auf, und Dr. Walters kam mit einem großen Blumenstrauß bewaffnet herein.

»Hallo Lilly, ein kleines Dankeschön für Sie! Ich weiß es sehr zu schätzen, dass Sie so tapfer durchhalten. Geht es Ihnen denn wieder besser? Ihr Mann klang heute Morgen am Telefon sehr besorgt.«

Derek hatte Lilly in der Tat nur ungern gehen lassen und bestand auch nach wie vor hartnäckig darauf, sie abends eigenhändig am Institut abzuholen – pünktlich.

»Keine Sorge, er übertreibt manchmal ein bisschen. Ich habe nur sehr schlecht geschlafen. Ich musste die ganze Zeit an gestern Morgen denken.«

Und das, stellte Lilly zu ihrer großen Verwunderung fest, war noch nicht einmal gelogen. Dr. Walters schlechtes Gewissen meldete sich nach diesen Worten sogleich wieder bei ihm.

»Das kann ich mir gut vorstellen. Der Anblick eines toten und noch dazu eines ermordeten Menschen muss furchtbar sein. Sie sagen mir sofort Bescheid, wenn Sie eine Pause brauchen, versprochen?«

»Ja, versprochen. Aber die Arbeit tut mir gut, ehrlich!«

»Umso besser, ich hätte da nämlich noch ein kleines Attentat auf Sie vor«, begann Dr. Walters etwas zerknirscht. Lilly ahnte schon, was gleich auf sie zukommen würde, und wurde prompt auch nicht enttäuscht.

»Mrs. Winter fällt doch den Rest dieser und wahrscheinlich auch die gesamte nächste Woche noch aus. Könnten Sie deshalb gleich Professor Parsons Post mit mir durchgehen? Die Hochschuldirektion hat mich nämlich heute Morgen gebeten, dass wir zwei wieder in die Bresche springen. Das kriegen wir doch hin, oder?« Mit einem aufmunternden Lächeln überreichte Dr. Walters Lilly den Blumenstrauß und ging dann in sein eigenes kleines Büro nebenan. Und ob sie das hinkriegen würden!

»Selbstverständlich, Sir. Ich habe so etwas schon vermutet und mir deshalb erlaubt, einen ersten Blick darauf zu werfen. Das dürfte jetzt eigentlich ganz schnell gehen«, rief sie ihm durch die offene Tür hinterher.

»Ach Lilly, was würde ich nur ohne Sie machen.«

Philips und O'Connor brüteten inzwischen über sämtlichen Ergebnissen der Spurensicherung und sonstiger polizeilicher Ermittlungen, die irgendetwas mit diesem Fall zu tun hatten. Obwohl die Fahndung nach wie vor auf Hochtouren lief, war der Seat Marbella immer noch nicht gefunden worden. Das Auto aber blieb ihr einziger Trumpf, denn eine Überprüfung hatte ergeben, dass David sich weder heimlich ein Taxi gerufen hatte noch mit der einzig möglichen Buslinie zum Campus gefahren war. Und zu Fuß oder mit dem Fahrrad wäre die Distanz bis zum Zeitpunkt des Mordes nicht zu schaffen gewesen. Außerdem gab es nach wie vor die verdächtigen Reifenspuren in der Nähe eines der Seiteneingänge. Diese mussten zwar nicht automatisch zum Wagen des Täters gehören, aber die Übereinstimmungen mit dem gestohlenen Wagen waren geradezu erdrückend. Die einzige andere Möglichkeit bestand darin, dass er von einem Komplizen gefahren worden war, aber daran wagte Philips im Moment nicht einmal zu denken.

Superintendent Pierce hatte erwartungsgemäß äußerst erfreut auf die schnelle Verhaftung reagiert und wollte noch am selben Nachmittag eine neue Pressekonferenz geben. Es kostete den Chief Inspector seine ganze Überzeugungskraft, ihn wenigstens dazu zu bringen, Davids Namen momentan noch vor der Presse geheimzuhalten – wenigstens bis morgen Vormittag. Solange sie das gestohlene Auto, in dem sich vielleicht seine Fingerabdrücke befanden, nicht gefunden hatten, blieb der Rest lediglich eine Ansammlung von Indizien, die sich jederzeit in Luft auflösen konnten.

Wenn der Junge doch endlich anfangen würde zu reden. Philips war sich ganz sicher, dass ihnen David noch etwas verheimliche – aber was? Sergeant Summers' Team war soeben mit David Parsons Zimmer fertig geworden, und Philips las den Bericht aufmerksam durch. Warum war der Junge nur so stur? O'Connor hatte vorsichtig angedeutet, dass er vielleicht jemanden decken wolle, jemanden, der ihm sehr nahe stand, wie seine Mutter zum Beispiel. Philips konnte den Verdacht seines Sergeant dieses Mal nicht so einfach vom Tisch fegen, denn er hatte Miriam selbst schon ins Auge gefasst, und ihr Alibi war ebenfalls äußerst dürftig. Alleine im Bett ... das hatten sie vierundzwanzig Stunden zuvor von ihrem Sohn auch noch geglaubt. Aber niemand hatte Miriam Parson an jenem Morgen das Haus verlassen oder betreten sehen. David dagegen war eindeutig erkannt worden.

Zumindest Dr. Walters konnten sie mittlerweile sicher ausschließen. Lillys Chef war, wie Brian ironisch feststellte, an jenem Morgen wohl etwas zu schnell auf der Bundesstraße unterwegs gewesen und von einem Radargerät geblitzt worden. Foto und Uhrzeit sprachen eine eindeutige Sprache. Zum Zeitpunkt des Mordes war er noch etliche Kilometer vom Tatort entfernt. Zumindest musste er eine saftige Geldbuße zahlen! Wie sie es allerdings drehten und wendeten – die einzige Spur, die sie momentan hatten, endete bei David Parson.

Philips blätterte gerade den Bericht von Summers durch, als er plötzlich eine interessante Entdeckung machte. David hatte wohl schon seit geraumer Zeit immer wieder Artikel für ein sehr angesehenes naturwissenschaftliches Magazin verfasst. Außerdem hatte das Team mehrere Empfehlungsschreiben seiner Lehrer für die Oxfordbewerbung entdeckt sowie einige sehr persönliche Briefe an ihn, in denen sie ihm viel Glück wünschten und das Aufnahmeverfahren als für ihn vollkommen bedenkenlos bezeichneten.

»Warum fällt so jemand dann durch?«, murmelte Philips ratlos vor sich ihn.

»Was meinen Sie, Chef?« Brian wurde sofort hellhörig, wenn der Chief in eine seiner, wie er es nannte, gefährlichen Murmelphasen verfiel.

»Ich verstehe das nicht ganz, Brian. Der Junge war auf dem Gebiet der Biochemie schon als Schüler ein richtiges kleines Genie. Schauen Sie sich diese Unterlagen an.«

Philips reichte Brian den Schnellhefter. Dieser musste sich nach kurzem Durchblättern eingestehen, dass er sich in David Parson ganz schön getäuscht hatte – von wegen nicht in der Lage, in die Fußstapfen seines Vaters zu treten!

»Wow! Haben Sie den Abiturschnitt gesehen? Oh Mann, wenn ich da an meine eigene Schulzeit zurückdenke. Mir haben die Lehrer nie so nette Briefe geschrieben. Hier zum Beispiel: ›Ich drücke Ihnen beide Daumen, David, aber denken Sie bitte daran: auch in Oxford wird nur mit Wasser gekocht, und mit Ihren Fähigkeiten – auch außerhalb Ihres Fachgebietes – werden Sie alle dort überzeugen‹ und so weiter, und so weiter.«

Brian gab Philips den Hefter kopfschüttelnd zurück. »Hut ab! Der Junge scheint's echt draufzuhaben.«

»Warum, Brian, warum vergeigt der dann dieses wichtige Interview?« O'Connor wollte eben etwas erwidern, als der Chief Inspector sich die Frage schon selbst beantwortete.

»Leicht reizbar, nach den Vorkommnissen in Frankreich emotional stark aufgewühlt und so weiter, und so weiter, aber daran glaube ich nicht mehr so recht. Sie haben diese Delayne inzwischen doch auch kennen gelernt. Glauben Sie immer noch, dass er diesem Frauenzimmer nachgeweint hat?«

»Ehrlich gesagt nicht, Chef. Der konnte doch froh sein, dass er dieses dumme Huhn endlich los war. Entschuldigung, Sir.« Die Worte waren schneller ausgesprochen, als Brian jetzt lieb war, aber der Chief winkte nur beschwichtigend ab. Er lehnte sich in seinem Stuhl zurück und blickte gedankenverloren auf die verstreuten Unterlagen auf seinem Schreibtisch, ehe er weiter vor sich hin philosophierte.

»David wollte sie im Urlaub auch gar nicht mehr dabei haben, und ich glaube ihm das sogar. Und eines dürfen wir auch nicht vergessen: Seine Mutter hat mir selbst gesagt, dass David und Emily über die Ehe ihrer Eltern sehr wohl Bescheid wussten, insbesondere über Christophers gelegentliche amouröse Abenteuer. Ich kann mir zwar vorstellen, dass diese Affäre alles bisher Dagewesene in den Schatten gestellt hat, aber ich glaube nicht, dass der Junge dermaßen schockiert war, dass er zwei Wochen später diese Prüfung nicht mehr schafft.«

Philips war bei seinen letzten Worten aufgestanden und fing an, nachdenklich im Zimmer auf und ab zu gehen.

»Was schlagen Sie also vor? Erneute Vernehmung?« Brian hoffte inständig, der Chief würde darauf verzichten, denn drei Stunden ergebnisloses Hinreden an David Parson waren wahrlich genug für heute. Philips schien der gleichen Ansicht zu sein.

»Nein, das bringt heute sowieso nichts mehr. Vielleicht wird er ja etwas gesprächiger, wenn er eine Nacht in der Zelle verbracht hat. Aber auch darauf würde ich nicht zu viel setzen.«

Er blieb mitten in seiner Wanderbewegung plötzlich stehen und blickte auf die Englandkarte, die an der Wand gegenüber hing.

»Wenn ich mich recht erinnere, Brian, sind Sie doch aus Oxfordshire, oder? Wann haben Sie eigentlich zuletzt Familie und Freunde besucht?«

»An Ostern, Sir. Warum fragen Sie?« Philips erkundigte sich ansonsten nie nach Brians Privatleben und zog dies auch für sein eigenes vor. O'Connor ahnte deshalb schon, was kommen würde, und fragte wenig begeistert: »Worauf wollen Sie hinaus, Sir? Dass ich mich ein bisschen umhöre? Ausgerechnet ich? An der Universität von Oxford!?«

»Nicht einfach nur umhören. Ich rufe jetzt diesen Dozenten an, bei dem David durchgefallen ist, und melde Sie ganz offiziell für morgen an. Ich will, dass Sie persönlich mit diesem Mann sprechen und sich ein genaues Bild der damaligen Situation machen. Wir ermitteln immerhin in einem Mordfall, das dürfte selbst für diese Herrschaften Grund genug sein, Zeit zu haben.«

Philips' alter Kampfgeist war wieder geweckt. Er spürte ganz deutlich, dass mehr hinter diesem Fall steckte, als es momentan den Anschein hatte, und diesem Etwas wollte er auf den Zahn fühlen – vor Ort und mit einem neutralen Beobachter. An den Jungen hinreden brachte sie nicht weiter, sondern strapazierte nur unnötig ihre Nerven.

»Wie lange darf diese ›Dienstreise‹ denn dauern, Sir?« Brian freundete sich schön langsam mit dem Gedanken an. Seine Mutter hatte sich erst letzte Woche am Telefon bei ihm darüber beschwert, dass ihre Kinder nie Zeit für sie hätten.

»Natürlich nur bis morgen Abend! Ich brauche Sie schließlich hier!«

»Waaas? Wissen Sie eigentlich wie weit Chipping Norton von Oxford entfernt ist?« Das reichte gerade für ein kurzes Hallo, fügte er in Gedanken hinzu, wenn überhaupt!

»Ich habe keine Ahnung, Brian. Ich weiß nur, dass die Zeit drängt! Arbeiten Sie gleich die Unterlagen aus Parsons Büro durch. Vielleicht ist ja der eine oder andere seiner früheren Kommilitonen mittlerweile selbst als Wissenschaftler in Oxford beschäftigt. Das kommt bei denen gar nicht so selten vor. Dann schlagen wir nämlich gleich zwei Fliegen mit einer Klappe.«

Und noch ehe O'Connor etwas erwidern konnte, hatte Philips auch schon zum Telefon gegriffen. Von wegen *wir*, dachte Brian mürrisch, und von wegen Familienbesuch. Das versprach nur eines – und zwar Stress pur. Aber immerhin hatte Philips zugegeben, ihn zu brauchen. Das kam aus dem Mund des Chief Inspectors schon fast einer Liebeserklärung gleich.

18. Kapitel

Sophie hatte nach ihrem Anruf bei Dominique nicht lange gezögert und sich direkt auf den Weg gemacht. Irgendetwas stimmte nicht mit ihrer Freundin, das spürte sie ganz genau. Von wegen Kopfschmerzen! Das konnte sie ihr nicht verkaufen! Dominique hatte die letzten zwei Jahre kein einziges Mal über einen Migräneanfall geklagt, warum also ausgerechnet jetzt, wo der ganze Stress und die Anstrengung vorbei waren?! Sie fand ihre Freundin im Treppenhaus sitzend, den Umschlag und die inzwischen schon vertrauten verschiedenfarbigen Anmeldebögen in der Hand.

»Hey Süße, was ziehst du denn für ein Gesicht! Du hast es geschafft! *Wir* haben es geschafft! Warum freust du dich denn nicht?«

Sophie herzte Dominique überschwänglich und setzte sich dann zu ihr auf die Treppe. Besorgt blickte sie ihre Freundin an. Die letzten Wochen und Monate waren zwar für sie beide sehr anstrengend gewesen, aber Dominique sah offen gestanden einfach nur elend aus. Blass, mit dunklen Schatten unter den Augen und einer Stimme, dass man sofort das ungute Gefühl bekam, sie breche jeden Moment in Tränen aus.

»Ich freue mich ja. Es kommt einfach nur so überraschend, findest du nicht? So vollkommen unerwartet. Aber schön, dass du hier bist!« Sie drückte Sophie kurz die Hand.

»Du klangst am Telefon ziemlich komisch, das hat mir keine Ruhe gelassen. Außerdem – allein feiert es sich so schlecht, und ich war schon vorher fest davon überzeugt, dass du das auch geschafft hast!«

Bei ihren letzten Worten hatte sie eine Flasche Champagner aus ihrem Rucksack geholt, bevor sie die ersten Stufen zu Dominiques Wohnung hinaufging. »Und dann bist du mir ja noch einen Bericht schuldig.« Sie zog dabei vielsagend die Augenbrauen hoch.

»Oh, da gibt es nichts zu erzählen. Das hatte sich ganz schnell erledigt. War dann doch nicht so mein Typ.« Dominique spürte selbst, wie wenig überzeugend sie klang. Wenn doch nur ihre Stimme nicht so zittern und dieser Kloß in ihrem Hals nicht schon wieder am Wachsen wäre.

Aber Sophie beschloss, sie zunächst nicht weiter mit Fragen zu quälen, sondern Dominique selbst entscheiden zu lassen, ob und wann sie ihr erzählen wollte, was nach der Party noch vorgefallen war. Denn eines stand fest: Ihre mysteriöse Migräne und ihr gespenstisches Aussehen hingen ganz klar mit diesem David zusammen. Und wer auch immer er sein mochte, erledigt hatte sich das Thema für Dominique bestimmt noch nicht! Sophie lief jedoch nur gut gelaunt die Treppen hinauf und sagte betont fröhlich: »Umso mehr ein Grund, nicht in Trauer zu verfallen! Hast du eigentlich Champagnergläser?«

Brian machte sich schon ganz früh am nächsten Morgen auf in Richtung Oxford, denn Philips hatte ihm für zehn Uhr einen Termin bei Dr. Simon Lucas vereinbart, dem für die Aufnahmegespräche zuständigen Dozenten des Instituts für Biochemie. Von Parsons ehemaligen Studienkollegen war nur einer derzeit an der Universität beschäftigt, aber dessen Sekretärin – und O'Connor hätte schwören können, es handelte sich um eine Schwester von Lilly Sharp – verwies mit pikierter Stimme auf den bereits sehr vollen Terminkalender ihres Chefs und konnte ihm nicht versprechen, dass dieser viel Zeit für ihn haben würde.

»Ich werde versuchen, Sie dazwischenzuquetschen, aber Sie müssen damit rechnen, dass Dr. Springfield nicht sofort alles liegen und stehen lassen kann.«

Dazwischenquetschen – na toll, dachte Brian, als er jetzt an das Telefonat mit dieser Schreckschraube zurückdachte. Warum entwickelten alle Sekretärinnen eigentlich immer diese Eigenart, ihre Vorgesetzten als persönliches Eigentum zu betrachten, das man ständig beschützen musste, wenn nötig unter dem todesmutigen Einsatz des eigenen Leibs und Lebens? Das konnte ja ein heiterer Tag werden!

Allerdings freute er sich darauf, Bill Andrews wiederzutreffen, einen Schulfreund aus alten Tagen, der sich sofort bereit erklärt hatte, mit Brian heute ein paar Pubs unsicher zu machen. Es ging doch nichts über Männerfreundschaften! Seiner Mutter durfte er von seinem Ausflug nach Oxford jedoch nichts erzählen. Sie würde ihm womöglich jahrelang nicht verzeihen, dass er in der Gegend war und sie nicht besucht hatte. Brian beschloss deshalb, gleich morgen einen großen Blumenstrauß nach Chipping Norton zu schicken, sozusagen als insgeheime Wiedergutmachung dafür.

Das Büro von diesem Dr. Lucas befand sich im Trinity College, und Brian musste sich erst eine halbe Stunde durchfragen, bis er in den unzähligen Korridoren und Stockwerken des mittelalterlichen Gebäudes endlich vor der betreffenden Tür stand. Ihn überkam ein eigenartiges Gefühl, wie immer, wenn er eines der Colleges in Oxford betrat. Nicht, dass er schon oft hier gewesen wäre, aber er erinnerte sich noch sehr gut an seine Kinder- und Jugendzeit und die Ausflüge, die er gemeinsam mit seinen Eltern unternommen hatte. Ab und zu waren sie auch nach Oxford gefahren, und er hatte immer staunend die altehrwürdigen Gebäude der Universität betrachtet und sich versucht vorzustellen, wie es wohl sei, dort zu studieren.

Mittlerweile war er froh, dass er die Polizeilaufbahn eingeschlagen hatte, denn der Druck auf jeden Studenten hier musste immens sein. Abgesehen davon, dass er nicht die erforderlichen Noten hatte, hätten sich seine Eltern eine derartige Ausbildung für ihn auch niemals leisten können. Bei David Parson dagegen war das etwas ganz anderes. Ihm standen sozusagen Tür und Tor für eine erstklassige akademische Ausbildung offen, aber dann hatten ihm wohl im letzten Moment die Nerven versagt. Was musste das für eine Enttäuschung für ihn gewesen sein, so kurz vor dem ersehnten Ziel doch noch abgefangen zu werden!?

Brian stellte zu seiner Überraschung fest, dass sowohl die Dame im Sekretariat – Linda Burton wie er dem Namensschild an der Tür entnommen hatte – als auch dieser Dr. Simon Lucas selbst ihn sehr freundlich empfingen und ihm nicht das Gefühl gaben, ein unerwünschter Störenfried des akademischen Lebens zu sein. Gerne nahm er deshalb Lindas Angebot einer Tasse Kaffee an. Als er einige Minuten später Dr. Lucas in dessen Büro ungestört gegenübersaß, zögerte er nicht lange, sondern kam sehr schnell auf den eigentlichen Grund seines Kommens. Philips hatte am Telefon nur etwas von einem Mordfall erwähnt, die weiteren Einzelheiten wollte er jedoch Brian überlassen. Simon Lucas zeigte sich über die Nachricht von Parsons Ermordung und Davids Verhaftung sichtbar bestürzt.

»Das ist ja furchtbar. Glauben Sie denn, der Junge hat seinen Vater tatsächlich umgebracht?«

Brian hielt sich mit seiner Antwort angesichts der laufenden Ermittlungen etwas bedeckt, gab aber durchaus zu, dass es momentan für David nicht zum Besten stand. Lucas philosophierte eine Weile über die Jugend von heute und insbesondere die Studenten, die ihm tagtäglich begegneten, als ihm plötzlich bewusst wurde, dass er etwas vom Thema abgekommen war.

Nach einer kleinen Pause schüttelte er seufzend den Kopf und murmelte: »Nicht, dass ich David Parson jemals vergessen würde. Er war schon ein ganz besonderer Fall …«

O'Connor, der sich während Dr. Lucas' kleiner Ansprache kurzzeitig ausgeklinkt hatte, spitzte bei diesem Kommentar schlagartig die Ohren. »Wie darf ich das verstehen, Sir?«

Statt einer Antwort stand sein Gegenüber auf und ging zu der kleinen Sprechanlage, die sich auf seinem Schreibtisch befand. »Linda, bringen Sie mir bitte die Akte von einem gewissen David Parson. Müsste unter den Absagen abgelegt sein. Danke!«

Er setzte sich wieder Brian gegenüber, bevor er nachdenklich fortfuhr. »Wissen Sie, Mr. O'Connor, wie viele Bewerbungen wir jedes Jahr bekommen? Und wie viele Abiturienten tatsächlich geeignet sind, hier an der Universität von Oxford zu studieren?«

In diesem Augenblick ging die Tür auf, und Linda kam mit den gewünschten Unterlagen herein. Brian musste zugeben, dass sie wirklich eine äußerst angenehme Erscheinung war. Schade, dass er heute Abend schon mit Bill unterwegs sein würde. Lucas' Stimme riss ihn jedoch unsanft aus seinen Gedanken und brachte ihn abrupt auf den Boden der Tatsachen zurück.

»David Parson war einer davon. Das war mir sofort klar, als er seine Bewerbungsunterlagen schickte. Wir verlangen den Kandidaten einiges ab, nicht nur, was ihr eigentliches Fach betrifft. Sie müssen bereits zu Hause und dann auch nochmals hier vor Ort mehrere Aufsätze und Exposés zu den verschiedensten Themen schreiben, bevor wir überhaupt über eine Einladung zu einem persönlichen Interview entscheiden. Ich kann in dem Fall nur eines sagen: was für eine Vergeudung von Talent!«

»Wie darf ich das verstehen, Sir? War er übernervös? Unkonzentriert? Unaufmerksam?« Brian versuchte das soeben Gehörte mit dem, was sie bisher über den Jungen herausgefunden hatten, zu verbinden. Irgendetwas passte hier ganz gewaltig nicht ins Bild.

»Übernervös?«, wiederholte Dr. Lucas kopfschüttelnd, »nein, als übernervös und unkonzentriert würde ich David Parson nun wirklich nicht bezeichnen.«

Als Brian eine Viertelstunde später auf einer Bank im Innenhof saß und mit Philips telefonierte, um den versprochenen Bericht zu erstatten, war sein Weltbild gewaltig ins Wanken geraten.

»Chef, ich sage das eigentlich nur ungern, aber ich glaube, der Junge musste seinen Vater nicht mehr umbringen, um sich zu rächen. Dieser Dr. Lucas meinte, David hätte die ganze Zeit vor ihm gesessen und nur gelangweilt mit den Schultern gezuckt und sich geweigert, die gestellten Fragen zu beantworten. Wissen Sie, was das heißt, Sir: Der ist hier mit voller Absicht durch die Aufnahmeprüfung gefallen!«

Philips musste zugeben, dass er schon einiges in seiner Laufbahn erlebt hatte, aber so etwas noch nie. Er konnte sich Brians Verwunderung nur anschließen. Was für ein perfides Drama hatte David Parson da aufgeführt? Die perfekte Rache für den Sohn eines Mannes, dem gesellschaftliches Ansehen und eine steile Karriere alles bedeuteten! Denn so viel hatte er beim Durcharbeiten von Christopher Parsons Unterlagen schon nach kurzer Zeit verstanden: Von frühester Jugend an war er peinlich darauf bedacht, an seinem unaufhörlichen und stetigen Aufstieg zu arbeiten, der ihm schließlich die heiß ersehnte Professorenstelle einbrachte. Kommentare in Jahrbüchern und Schüler- und Studentenzeitungen wie »Möchtegern-Premierminister« und »Mr. ich bin ganz etwas Besonderes« zeugten von diesem fast schon krankhaft ehrgeizigen Verhalten. Und dann blamierte ihn ausgerechnet der eigene Sohn an der Universität, an der der Vater nicht nur selbst seine akademische Laufbahn begonnen hatte, sondern die auch noch Markenzeichen für alles und jeden war, der sich zur geistigen Elite des Landes zählte, und dies auch von seinen Sprösslingen erwartete. Was für ein Schlag ins Gesicht von Christopher Parson!

Den nächsten Schlag bekam Philips jedoch selbst ab. Er wollte gerade seinen Hauptverdächtigen zum erneuten Verhör bestellen, als der so sehnlichst erwartete Anruf endlich eintraf – der Seat Marbella war gefunden worden. Allerdings mit einem alles andere als erfreulichen Ergebnis für die Ermittler: Im Wagen befand sich nicht die kleinste Spur von David Parson. Keine Fingerabdrücke, nicht ein einzelnes Haar konnte ihm zugeordnet werden.

Und die Erklärung dafür wurde ihm auch gleich mitgeliefert: Der Enkel der Besitzerin hatte schließlich zugegeben, sich das Auto für eine Spritztour geliehen und dabei einen Schaden am rechten Kotflügel verursacht zu haben. Und damit ihm niemand dahinterkam und alles nach einem Diebstahl aussah, hatte er den Schlüssel heimlich zurückgelegt und den Wagen in einem abgelegenen Steinbruch außerhalb von Canterbury versteckt. Philips wurde damit eines klar: Für die Mordkommission begann der Fall fünfzig Stunden nach dem Fund der Leiche ganz von vorne! Er wollte sich Brians Reaktion, wenn er davon erfuhr, erst gar nicht vorstellen. Bloß gut, dass der in diesem Moment weit weg war!

19. Kapitel

Philips ließ David sofort nach seinem Telefonat aus der Untersuchungshaft holen und zu einer nochmaligen Vernehmung in sein Büro kommen, bevor er ihn endgültig nach Hause schicken würde.

»Wissen Sie eigentlich, was für ein verdammtes Glück Sie hatten? Wir haben den betreffenden Wagen endlich gefunden. Außerdem hat Sergeant O'Connor Ihrem Prüfer in Oxford etwas auf den Zahn gefühlt und dabei sehr interessante Neuigkeiten erfahren. Warum haben Sie uns denn vorher nichts davon erzählt?«

David, der zuerst keinerlei Reaktion offenbart hatte, als Philips ihm mitteilte, er könne anschließend nach Hause gehen, zeigte erst jetzt ein kleines müdes Lächeln.

»Hätten Sie es mir denn geglaubt? Nachdem Sie beide doch so überzeugt davon waren, ich hätte dieses Auto geklaut und ihn umgebracht.«

Philips musste insgeheim zugeben, dass es ihm schwergefallen wäre, aber das wollte er David natürlich nicht auf die Nase binden. Stattdessen fragte er ihn nach den Auswirkungen seines Racheplans.

»Wie hat Ihr Vater eigentlich darauf reagiert?« Davids Lächeln wurde noch etwas intensiver, allerdings war es nach wie vor kein nettes Lachen.

»Für einen kurzen Moment dachte ich sogar, er bekommt einen Herzanfall. Er hatte mit allem gerechnet, aber nicht damit! Ich glaube er befürchtete vielmehr, dass ich im Haus alles kurz und klein schlagen könnte oder auf Melanie losgehen würde oder irgend so etwas Wahnwitziges, aber damit hatte ich ihn vollkommen überrascht. Meine Mutter und er, sie ahnten natürlich sofort, was beim Aufnahmegespräch passiert sein musste. Sein fassungsloses Gesicht, als sie ihm den Brief gab, das alleine war die ganze Aktion schon wert!«

Bei Davids letzten Worten erkannte Philips bestürzt, dass Christopher viel mehr in seinem Sohn zerstört hatte, als er sich wohl jemals hätte träumen lassen. Die Gewissheit, den eigenen Vater bis ins Mark treffen zu können, bereitete David eine geradezu boshafte Genugtuung. Aber der Inspector spürte nicht nur angestaute Wut, sondern gleichzeitig pure Verzweiflung, dass David auf so schmutzige Mittel zurückgreifen musste, um im hasserfüllten Kleinkrieg mit dem Vater mithalten zu können. David sah mit einem Mal furchtbar erschöpft und müde aus, und das Lachen war ganz aus seinem Gesicht verschwunden. Sein Racheplan war aufgegangen, aber er hatte ihn selbst bis aufs Äußerste ausgezehrt.

»Wie hat Ihre Mutter eigentlich auf diese bewusst provozierte Absage reagiert?«, fragte Philips ihn schließlich. David zuckte kurz mit den Schultern, ehe er antwortete. Diesmal war es jedoch keine gleichgültige Reaktion, sondern zeugte vielmehr von trauriger Resignation.

»Es hat mir sehr leid getan, ihr so wehzutun und sie so bloßstellen zu müssen. Aber manchmal habe ich bei ihr das Gefühl, sie, wie soll ich sagen, sie ist einfach nur noch eine Hülle, verstehen Sie. Jemand, der zwar da ist, aber an unserem Leben überhaupt nicht mehr teilnimmt, den unser Leben überhaupt nicht mehr interessiert.« Davids letzte Worte klangen sehr verzweifelt, und Philips musste sich eingestehen, dass dieser Gedanke auch ihn schon beschäftigt hatte.

»Wie stellen Sie sich nach diesem Auftritt jetzt eigentlich Ihre weitere Zukunft vor?«

Die Antwort auf diese Frage beschäftigte den Chief Inspector schon, seit er mit O'Connor telefoniert hatte. Eine zweite Chance in Oxford konnte der Junge sich bestimmt abschminken.

»Ich wollte sowieso nie nach Oxford, aber das hat meinen Vater nicht wirklich interessiert. Schließlich erwartete doch jeder, dass ich in seine Fußstapfen treten würde, und in der Gesellschaft, die er vorzog, sind das Bild, das man abgibt, und der äußere Anschein ungemein wichtig. Der Mensch dahinter ist dagegen reine Nebensache.«

Philips musste sich unwillkürlich an die Kommentare erinnern, die Christopher Parsons eigenen Aufstieg in diese angesehene Gesellschaft dokumentierten. Und sein Sohn hatte nichts Besseres zu tun als die glänzenden Voraussetzungen, die er sich selbst erst Schritt für Schritt hatte erarbeiten müssen, einfach so wegzuschmeißen. David hatte seinen Vater womöglich mehr gestraft, als er sich jetzt selbst vorstellen konnte.

»Ich werde mich an anderen Universitäten für Biochemie bewerben, am liebsten außerhalb Englands – USA, Kanada, Neuseeland ... einfach nur weit weg von hier! Für diesen September wird es wohl nicht mehr reichen, aber dann setze ich halt ein Jahr aus. Im Moment will ich sowieso nur meine Ruhe haben.«

Philips wusste, dass er eine nüchterne und kritische Distanz zu allen Beteiligten eines Mordfalls haben musste, aber er wünschte sich plötzlich inständig, Miriam Parson möge endlich in der Lage sein, ihrem Sohn Halt und Kraft zu bieten und ihm eine starke Schulter zum Anlehnen zu geben. Was David und auch Emily jetzt ganz dringend brauchten, war eine intakte Familie. Ironischerweise war in diesem Fall die Möglichkeit dazu ohne Vater plötzlich zum Greifen nahe.

Der Junge war schon an der Tür angelangt, als Philips ihm doch noch eine letzte Frage stellte. »Wollen Sie mir immer noch nicht sagen, wo Sie an jenem Morgen waren? Ich verspreche Ihnen auch, dass es unter uns bleibt.« David blickte ihn mit großen Augen an, ehe er antwortete.

»Tun Sie mir bitte einen großen Gefallen, Inspector? Versprechen Sie nie irgendetwas. Meine Mum hat Emily und mir immer versprochen, dass uns vier nichts trennen kann. Sie hätte es besser nicht getan.« Für einen Moment war es ganz still im Raum. Dann fuhr David etwas zögerlich und mit leiser Stimme fort.

»Sie werden ja doch keine Ruhe geben, oder? Ich habe, einen Tag bevor das mit meinem Vater passierte, auf einer Party jemanden kennengelernt. Ich wollte nicht wahrhaben, dass es nur für eine Nacht sein sollte und bin deshalb an jenem Morgen zu ihrer Wohnung gelaufen.«

»Wollen Sie mir nicht sagen, wer es ist?« Philips fragte mit der gewohnten Ruhe und ohne Druck auf ihn ausüben zu wollen. David schien innerlich kurz mit sich zu ringen, entschied sich dann aber doch dafür, ihm zu antworten.

»Sie heißt Dominique Leroux, aber bitte halten Sie sie da raus, ja?! Sie kann Ihnen sowieso nichts sagen, weil ich nur vor ihrem Haus gestanden und nichts gemacht habe. Ich habe mich sogar hinter den Mülltonnen versteckt, als ich sie vom Laufen zurückkommen sah. Nicht sehr heldenhaft das Ganze, nicht wahr?«

Als David wieder zu Hause ankam, brach Miriam vor Freude und Erleichterung in Tränen aus. Die Stunden seit seiner Verhaftung waren ihr wie Tage vorgekommen, und besonders in der Nacht wurde es geradezu unerträglich. Emily lief wie ein Geist durch das Haus – geradezu apathisch und wie ein Wesen aus einer anderen Welt. Miriam wagte es nicht, sie anzusprechen oder gar anzufassen, aus Angst, weggestoßen zu werden. Selbst Mariella schien das erste Mal in ihrem Leben mit den Nerven vollkommen am Ende zu sein. Was aber das allerschlimmste für Miriam war: Sie wurde diese furchtbare Angst nicht los, dass David tatsächlich etwas mit der Ermordung seines Vaters zu tun haben könnte. Seit sie von der Polizei die Todesnachricht erfahren hatte, stellte sie sich immer und immer wieder die gleichen Fragen.

Wo war er an jenem Morgen, als er so gehetzt von draußen hereingekommen war? Wie tief saß seine Wut tatsächlich? Hatte nicht nur Christopher, sondern auch sie selbst ihn gewaltig unterschätzt? Wozu war er in Wirklichkeit fähig? War ihr Sohn am Ende ein eiskalter, berechnender Mörder, und hatte ihr eigenes Verhalten ihn zu dieser Tat getrieben? All diese Gedanken waren wie vom Tisch gefegt, als er jetzt vor ihr im Hausflur stand und sie sich sekundenlang nur stumm ansahen. Bei seinem Anblick fragte sich Miriam, wie sie nur jemals so etwas von ihm vermuten konnte. Dann lief sie einfach nur auf ihren Sohn zu und drückte ihn an sich – so fest, wie sie es seit seiner Kindheit nicht mehr getan hatte und es längst hätte tun sollen.

Sie wusste nicht, wie lange sie so dastanden, sie nahm überhaupt nichts mehr um sich herum wahr. Sie spürte nur plötzlich eine Hand auf ihrem Rücken – eine kleine, zierliche Hand, die nur einem einzigen Menschen gehören konnte. Miriam drehte sich um und drückte Emily genauso fest an sich. Dann nahm sie ihre beiden Kinder in den Arm und schwor sich, sie nie wieder in ihrem Leben alleine zu lassen.

Nachdem David sein Büro verlassen hatte, saß Philips einige Minuten regungslos an seinem Schreibtisch und starrte düster vor sich hin. Die Arbeit von mehr als zwei Tagen schien mit einem Schlag vollkommen umsonst gewesen zu sein. Nein, dachte er, das stimmte nun auch wieder nicht. Sie hatten durchaus neue Ergebnisse gewonnen, allerdings sorgten diese höchstens dafür, dass sich ein Verdächtiger nach dem anderen als unschuldig herausstellte, vom wahren Täter dagegen fühlte sich Philips so weit entfernt wie nie zuvor. Er musste zugeben, froh zu sein, wenn O'Connor wieder zurück war. Auch wenn sein Sergeant oft sehr impulsiv handelte und ihm ab und zu noch die notwendige Ruhe und der richtige Überblick fehlten, so war er ihm im Laufe der Jahre doch ein unverzichtbarer Partner geworden.

Ein Blick auf seine Armbanduhr sagte Philips, dass Brian das Gespräch mit Parsons Studienkollegen schon bald hinter sich haben dürfte. Ob es wohl ähnliche Überraschungen an den Tag bringen würde wie die Unterhaltung mit diesem Dr. Lucas? Er überlegte krampfhaft, wie er ihm am besten die neuesten Entwicklungen in Canterbury beibringen konnte. David Parson entlastet und ein neuer Tatverdächtiger weit und breit nicht in Sicht – das bedeutete wahrlich keine guten Nachrichten.

Als ob Brian einen sechsten Sinn dafür entwickelt hätte, meldete er sich in diesem Augenblick auf Philips' Dienstapparat. Dieser Dr. Springfield (die Einzelheiten über seinen Vorzimmerdrachen schenkte sich O'Connor vorsichtshalber) sei ganz zugänglich gewesen und durchaus gewillt, etwas aus dem Nähkästchen zu plaudern. Parson sei offenbar nicht unbedingt das gewesen, was man einen Wunschkommilitonen nannte. Unheimlich ehrgeizig und ständig eifrig bemüht, mit den Besten mithalten zu können – auch wenn ihm dazu wohl einiges an Potenzial gefehlt hätte. Ein Blender, der zwar mit Worten nicht geizte, aber diesen selten die passenden Taten folgen ließ. Wie er es überhaupt bis zur Dissertation geschafft habe, sei diesem Dr. Springfield wahrlich ein Rätsel gewesen.

»Der Gute hat vielleicht an manchen Stellen ein bisschen zu dick aufgetragen – Freunde waren die beiden bestimmt nie – aber ich denke nicht, dass er einen Grund hatte, mich anzulügen, so von wegen Futterneid oder Eifersucht. Er selbst gilt laut seinem Dra…, laut seiner Sekretärin als einer der Topakademiker in Oxford und hat beste Chancen auf die nächste frei werdende Rektorenstelle.«

Philips hörte Brian interessiert zu. Seine Aussage machte eines ganz klar: Parson hatte bei weitem nicht so viel drauf, wie er selbst immer von sich behauptete, und war offensichtlich sein ganzes Leben lang nur um seinen persönlichen Vorteil und seinen eigenen Aufstieg bemüht, was schon regelrecht krankhafte Züge annahm. David war seinem Vater offensichtlich mehr als nur eine Nasenlänge voraus gewesen.

Leider stellte Brian danach die unvermeidliche Frage, als er sich nämlich nach den Geschehnissen in Canterbury erkundigte. Philips blieb nichts anderes übrig, als seinem Sergeant reinen Wein einzuschenken. Für einige Sekunden war es ganz still in der Leitung, dann jedoch schien er sich von dem Schock wieder erholt zu haben, denn er antwortete erstaunlich gelassen: »Das wäre ja auch zu glatt gelaufen. Mich wundert in diesem Fall ehrlich gesagt sowieso nichts mehr. Wollen Sie, dass ich sofort nach Kent zurückfahre, Sir?«

»Nein, Brian. Sie haben schon so viele Stunden in diesen Fall investiert, gönnen Sie sich ruhig einen freien Abend. Ich sehe Sie dann morgen im Büro.«

Das sollte ich im Übrigen auch tun, dachte Philips, nachdem er aufgelegt hatte. Seit dem Tod seiner Frau vor vier Jahren war er eigentlich Tag und Nacht nur noch am Arbeiten. Die erste Zeit nach ihrem furchtbaren Autounfall hatte er daran gedacht, nie mehr aus dem Haus zu gehen und einfach darauf zu warten, bis er selbst starb – je eher, desto besser. Aber als er sich dann eines Tages dabei ertappte, dass er laut mit Eileen sprach, obwohl sie nicht mehr da war, wusste er, was er zu tun hatte.

Arbeit war die beste Medizin gegen Kummer, und er musste zugeben, dass er das Revier inklusive Sergeant O'Connor doch sehr vermisst hatte – auch wenn er dies natürlich nicht offen zugab. Aber allmählich forderten diese Gewaltschichten, die er sich selbst tagtäglich auferlegte, ihren Tribut. Er war schließlich auch nicht mehr der Jüngste! Ihm wurde plötzlich bewusst, dass der Fall Parson ihn so sehr in Anspruch nahm, dass er es diese Woche noch gar nicht auf den Friedhof geschafft hatte. Das musste er morgen noch vor Dienstbeginn gleich nachholen.

Philips beschloss, die Berichte und Kopien von Sergeant Summers mit nach Hause zu nehmen und sie dort bei einem Glas Rotwein nochmals durchzugehen. Wahrscheinlich wäre es besser, ganz abzuschalten, aber er war mit ihren Fortschritten in diesem Fall alles andere als zufrieden. Nachdem er die nächste unangenehme Hürde in Form eines Anrufs bei Superintendent Pierce genommen hatte – dieser schluckte die Nachricht über Davids Entlassung aus der Untersuchungshaft bei weitem nicht so gelassen wie O'Connor –, machte sich Philips auf den Heimweg.

Der abendliche Berufsverkehr bescherte ihm nur ein langsames Vorwärtskommen, das schließlich in einem längeren Stau endete. Leicht genervt und gelangweilt nahm er einen der Ordner an sich und blätterte diesen lustlos durch. Parsons Studentenjahre schienen äußerst unaufregend gewesen zu sein: Er war Mitglied im Historikerclub und bei den Archäologen, wo, nach den Artikeln in diversen Studentenzeitschriften zu urteilen, mitunter kräftig gefeiert wurde. Sein Sporttalent hatte David wohl von seiner Mutter geerbt, denn sportliche Betätigungen oder gar Erfolge seitens seines Vaters wurden keine erwähnt. Das dürfte dem Jungen ganz recht sein, dachte Philips grimmig.

Er wollte den Ordner gerade zur Seite legen, als sein Blick auf ein Foto fiel, das Parson und einen Kommilitonen zeigte, die, jeder mit einer Flasche Bier bewaffnet, grinsend in die Kamera winkten. An sich nichts Ungewöhnliches, doch Philips Aufmerksamkeit gehörte weniger dem Bild als dem kurzen Text darunter.

Die Weihnachtsfeier verlief äußerst feuchtfröhlich,
wie uns Christopher Parson und Jacob Leroux hier zeigen.

Leroux … Er hatte den Namen heute schon gehört, dessen war er sich sicher, aber er wusste im ersten Moment nicht mehr, wann und wo. Erst als auf der Fahrspur nebenan ein Seat Marbella langsam an ihm vorbeirollte, fiel es ihm wieder ein. Natürlich! David Parson hatte diesen Namen bei ihrem letzten Gespräch erwähnt.

Diana … Doris … Nein, nein, sie hieß anders … Irgendetwas Französisches … Denise … Dominique! Dominique Leroux! David sprach von einer Dominique Leroux. Es konnte Zufall sein und musste überhaupt nichts bedeuten, aber der Name war in England nicht unbedingt häufig. Vielleicht war die junge Frau eine Verwandte von diesem Leroux, und David hatte sie über seinen Vater kennen gelernt.

Aber das konnte eigentlich nicht sein, denn der Junge hatte etwas von einer Party gemurmelt und dass er sich vor ihr hinter irgendwelchen Mülltonnen versteckt hatte. Sehr seltsam. Philips wurde von einem lauten Hupen aus seinen Gedanken aufgeschreckt. Der Stau begann sich allmählich aufzulösen, und er blockierte mit seinem Auto die linke Fahrspur. Hastig gab er Gas und beschloss, ein weiteres Hupkonzert in Kauf nehmend, vor der nächsten Ampel noch auf die rechte Abbiegespur zu kommen. Von dort aus waren es nur ein paar Minuten bis zum Haus der Parsons, und auch wenn es unter Umständen wieder eine falsche Fährte bedeutete, so hatte er gerade beschlossen, David zu seiner vermeintlichen Herzensdame noch ein paar Fragen zu stellen.

20. Kapitel

Philips wurde an der Tür von einer bitterböse dreinblickenden Mariella begrüßt, die ihm offensichtlich sein rüdes Verhalten gegenüber Miriam Parson und vor allem die Verhaftung von David noch immer nicht verziehen hatte. Er musste zugeben, ganz froh zu sein, dass sie kein Nudelholz oder Ähnliches in der Hand hatte. Äußerst widerwillig rief sie nach David, der gerade in seinem Zimmer war, nachdem er beschlossen hatte, die Durchsuchungsaktion der Polizei zum Anlass zu nehmen, alles komplett umzuräumen. Miriam war sofort aus dem Wohnzimmer geeilt, als sie hörte, wer ihnen so spät noch einen Besuch abstattete, und blickte Philips jetzt misstrauisch von der Seite an. Sie beschloss, auf alle Fälle während des Gesprächs anwesend zu sein, auch wenn ihr der Inspector ausdrücklich versicherte, dass er ihren Sohn nur als Zeugen benötigte. Die Frauen in diesem Haus machten es ihm wirklich nicht einfach.

David kam verwundert, aber relativ gut gelaunt die Treppe herunter, und Philips bemerkte gleich, dass er zwar immer noch sehr erschöpft, aber um einiges besser aussah als noch ein paar Stunden zuvor in seinem Büro. Er hatte auch offensichtlich nichts gegen die Anwesenheit seiner Mutter einzuwenden, und so saßen sie alle ein paar Minuten später im Wohnzimmer. Nur Emily fehlte, aber die wäre bei Mariella momentan ganz gut aufgehoben, meinte Miriam mit Nachdruck in der Stimme, und Philips sah diesmal auch keine Veranlassung, ihr zu widersprechen. Die Aufgabe, vor der er stand, war ohnehin undankbar genug. Er hatte dem Jungen im Präsidium noch großzügig versprochen, die Sache für sich zu behalten, und musste schon kurze Zeit später dieses Versprechen wieder brechen. Keine sehr gute Voraussetzung.

»David, es geht nochmals um Ihren frühmorgendlichen Ausflug gestern, das heißt vielmehr um die Person, die Sie vorhatten zu besuchen.«

Philips machte eine kurze Pause, um seine Worte etwas auf David wirken zu lassen, aber Miriam nutzte diese, um sich sofort einzuschalten.

»Du hast jemanden besucht? Aber warum hast du das denn nicht gleich gesagt? Dann hättest du doch gar nicht erst verhaftet werden müssen.« Ihre letzten Worte waren direkt an Philips gerichtet, und er nahm den Vorwurf darin nur zu deutlich wahr.

»Mum, ich war bei niemandem. Das heißt, ich wollte eine Bekannte besuchen, aber habs mir dann doch anders überlegt, okay?«

David war bei Philips' Worten merklich zusammengezuckt. Er hatte offensichtlich mit allem Möglichen gerechnet, aber nicht mit Fragen zu Dominique und wollte über dieses Thema auch nicht länger diskutieren, schon gar nicht vor seiner Mutter. Bevor diese ihn mit weiteren Fragen löchern konnte, fuhr Philips mit verhörerprobter Stimme fort.

»Und genau um diese Bekannte geht es mir jetzt. Sie sagten, sie heißt Dominique Leroux, ist das so richtig?« Philips hatte den Satz kaum ausgesprochen, als Miriam ein ersticktes »Wie bitte?!« hören ließ und ihre Hände entsetzt vors Gesicht schlug. David blickte seine Mutter erst überrascht und dann äußerst besorgt an und schien die Frage des Chief Inspectors vollkommen vergessen zu haben.

»Mum, was hast du denn? Ist dir nicht gut? Du kennst sie doch gar nicht ... oder?!«

Philips spürte, dass Miriam dieser Name sehr wohl etwas zu sagen schien. Er hatte mit seiner Vermutung also nicht so falsch gelegen. Das Mädchen hatte offensichtlich etwas mit diesem Jacob Leroux auf dem Foto zu tun. Die Frage war jetzt nur, was? Er blickte Miriam ernst an.

»Mrs. Parson, würden Sie bitte darauf antworten.« Miriam blickte hastig zwischen ihrem Sohn und Philips hin und her, ehe sie zögernd anfing zu sprechen.

»Ich kenne dieses Mädchen ... diese Dominique, tatsächlich nicht, aber ich kenne ... kannte jemanden, der den gleichen Nachnamen hatte.«

»Sie meinen Jacob Leroux, nicht wahr?«, half ihr Philips weiter. Miriam starrte ihn im ersten Moment verwundert an.

»Woher wissen Sie ... ach so, natürlich, Sie haben ja das Büro meines Mannes durchsucht.« Nach einer kleinen Pause fuhr sie mit etwas kräftiger Stimme fort. »Ja, das ist richtig. Ich kannte Jacob Leroux. Er war ein Kommilitone meines Mannes in Oxford, als Christopher und ich uns kennenlernten. Er war gebürtiger Franzose und mit einer Engländerin verheiratet. Seine Frau erwartete gerade ihr erstes Kind ... ein Mädchen.«

»Dominique«, flüsterte David vollkommen verblüfft, »aber ich verstehe nicht ganz ...«

Auch Philips wusste noch nicht so recht, was er von der ganzen Geschichte halten sollte und hoffte sehr, noch mehr von Miriam zu erfahren. Vorsichtig stellte er deshalb seine nächste Frage.

»Sie sagten, Sie *kannten* Jacob Leroux. Gehe ich recht in der Annahme, dass er tot ist?«

Miriam nickte traurig, und als sie weitersprach, klang ihre Stimme seltsam belegt. »Ja, es war ganz furchtbar. Die Kleine war kaum auf der Welt, als er an Leukämie erkrankte. Es war eine besonders tückische Form, die Ärzte konnten überhaupt nichts machen. Er bekam zwar noch eine Knochenmarkspende seiner Tochter, aber es half alles nichts mehr. Er starb innerhalb weniger Wochen ... es war so grausam.«

Miriam war plötzlich in Tränen ausgebrochen und weinte jetzt leise vor sich hin. Philips beschloss, sie vorerst nicht weiter mit seinen Fragen zu quälen. Stattdessen wandte er sich an David, der von der Nachricht seiner Mutter vollkommen überfahren schien.

»David, was ist eigentlich zwischen Ihnen und dieser jungen Frau genau passiert? Wie lange kennen Sie sich überhaupt schon? Es tut mir leid, Sie das fragen zu müssen, aber es könnte sehr wichtig sein.« Der Junge schien einige Sekunden mit sich zu kämpfen, beschloss dann aber doch, darauf zu antworten.

»Wir haben uns erst vor etwa einer Woche im Schwimmbad das erste Mal gesehen und dann ein paar Tage später zufällig auf einer Party wiedergetroffen. Ich habe bei ihr übernachtet, und am nächsten Morgen hatte sich für sie das Ganze auch schon wieder erledigt. Das war alles. Wir haben uns seitdem nicht mehr gesehen. Mehr kann ich Ihnen dazu nicht sagen, ehrlich nicht.«

Philips glaubte dem Jungen, aber trotzdem verstand er die Zusammenhänge noch nicht ganz. Die Geschichte, wie er sie bisher erfahren hatte, ergab keinen rechten Sinn. Warum war das Mädchen nicht einfach bei einem ehemaligen Freund ihres Vaters vorstellig geworden, sondern hatte versucht, über den Sohn an ihn ranzukommen? Oder hatte sie das am Ende gar nicht? Konnte es sogar sein, dass es sich bei ihr um eine zweite Melanie Delayne handelte? Mit dem kleinen Unterschied, dass diese Leroux es mit etwas mehr Anstand David gegenüber zu Ende bringen wollte?

»Sie haben Dominique also noch vor dem Mord an Ihrem Vater kennen gelernt? Hat sie sich irgendwie auffällig nach ihm oder Ihrer Familie erkundigt?«

David blickte ihn kopfschüttelnd an.

»Nein, überhaupt nicht! Wir haben kaum über unsere Familien gesprochen. Wir haben uns nur mit Vornamen vorgestellt, soweit ich mich jetzt erinnern kann. Dass sie ›Leroux‹ heißt, weiß ich ja auch nur vom Klingelschild an der Wohnungstür. Ich verstehe das alles nicht ... Sie glauben doch nicht im Ernst, Dominique hat etwas mit dem Mord an meinem Vater zu tun?!« Philips erwiderte nicht sofort etwas, sondern blickte stattdessen Miriam fragend an, als ob sie die Antwort auf diese Frage kannte.

Sie hatte sich mittlerweile wieder etwas beruhigt und blickte ihren Sohn nur stumm, aber sehr verzweifelt an. Endlich hatte sie sich mit ihm und Emily ausgesöhnt. Für ein paar Stunden hatte sie das Gefühl, frei atmen zu können und einem furchtbaren Albtraum entkommen zu sein. Jetzt wartete schon der nächste auf sie. Würde es denn nie aufhören? Langsam stand sie auf und ging zum Fenster. Die Sonne war gerade am Untergehen und hatte das Zimmer in goldenes Licht getaucht. Wie anders fühlte sich dagegen ihr Seelenleben an. Sie drehte sich abrupt um, blickte Philips fest in die Augen und nickte dann entschlossen. »Sie vermuten schon richtig, Inspector, das war noch nicht alles.«

»Mum, was ...«

»David, lass mich bitte ausreden. Ich muss es irgendwann loswerden.«

Und zu Philips gewandt fuhr sie fort: »Es war jahrelang nur so ein Gedanke. Ganz sicher weiß ich es bis heute nicht, aber es hat mich nie ganz losgelassen.«

»Erzählen Sie es uns, Miriam. Wir werden einfach nur zuhören.«

Er nickte ihr aufmunternd zu, blickte fragend zu David hinüber, und dieser schloss sich ihm nach kurzem Zögern schließlich an.

»Als wir uns kennen lernten, arbeitete mein Mann gerade als Doktorand in Oxford, genauso wie Jacob, allerdings benutzte der nur hin und wieder die Datenbanken und die dortige Bibliothek, sein Doktorvater saß irgendwo anders – Bristol, soweit ich mich erinnere. Ich habe mich nie sonderlich für diese Geschichtssachen interessiert, wissen Sie. Kunstgeschichte ja, aber nicht irgendwelche mittelalterlichen kriegerischen Auseinandersetzungen, wenn Sie verstehen.« Der Ansatz eines kleinen Lächelns war bei diesen letzten Worten auf ihren Lippen sichtbar geworden.

»Ich merkte allmählich nur, dass Christopher offensichtlich nicht richtig vorwärtskam. Er beschloss schließlich sogar, das Thema zu wechseln und sich auch nach einem neuen Betreuer umzusehen. Im Nachhinein muss man sagen, dass er einfach nicht genügend Zeit und Konzentration für seine Arbeit aufbrachte, wie so oft eben. Aber ich wagte es nicht, mich da einzumischen und ihn gegen mich aufzubringen und akzeptierte deshalb seine Entscheidungen.

Bei Jacob war das alles anders. Er wollte baldmöglichst für sich und seine kleine Familie sorgen können und hängte sich Tag und Nacht in seine Dissertation. Bis schließlich die ersten Symptome seiner Krankheit auftraten und er bald überhaupt nicht mehr arbeiten konnte. Er hat sie nie fertiggestellt, obwohl er ganz kurz davor gewesen sein musste, aber der Krebs war einfach schneller.«

Miriams Augen hatten sich wieder mit Tränen gefüllt, und sie schwieg einige Sekunden, um neue Kraft zu schöpfen.

»Anfangs war es nur so eine Vermutung meinerseits. Christopher hatte der Wechsel anscheinend sehr gut getan, denn sechs Wochen nach Jacobs Tod ging es bei seiner Arbeit plötzlich sichtbar vorwärts. Er wurde immer zuversichtlicher und schaffte es tatsächlich, sie auch fertigzustellen und sogar mit Auszeichnung zu bestehen. Ich habe ihn niemals direkt darauf angesprochen und schob den Gedanken auch immer weit von mir, aber irgendwann ging das nicht mehr. Ich hegte den furchtbaren Verdacht, und ich habe ihn bis heute, dass Christopher Jacob Leroux' Arbeit nach dessen Tod als seine eigene ausgegeben hat.«

»Nein.« Davids Stimme war nur noch ein Flüstern, aber die Verzweiflung darin nahm Philips nur allzu deutlich wahr.

21. Kapitel

Dominique war gerade dabei, ihr kleines Arbeitszimmer aufzuräumen, als es an der Tür klingelte. Verwundert blickte sie auf ihre Armbanduhr. Es war bereits kurz vor zehn, wer wollte denn um diese Zeit noch was von ihr? Vielleicht hatte ja Sophie etwas vergessen? In der Champagnerlaune, in der sie sich vor einer Stunde verabschiedet hatte, kein Wunder. Sie hatten den restlichen Nachmittag damit verbracht, die Anmeldeformulare für Harvard auszufüllen und das Internet nach günstigen Flügen in die USA zu durchforsten. Sophie war die ganze Zeit völlig aus dem Häuschen und hatte ununterbrochen mit ihr auf ihren gemeinsamen Erfolg angestoßen. Dominique fühlte sich zwar immer noch nicht in richtiger Feierstimmung, aber sie bemühte sich, dies nicht allzu sehr zu zeigen. Irgendwann würde auch sie wieder fröhlich sein können … irgendwann.

Als sie jetzt die Wohnungstür öffnete, stand sie allerdings nicht Sophie, sondern zwei Männern gegenüber. Einer davon war ihr nur allzu bekannt, und sie spürte, wie ihr Puls zu rasen begann. David und sie starrten sich sekundenlang nur schweigend an, doch bevor sie irgendetwas sagen konnte, hatte sich der andere als Chief Inspector Philips vorgestellt und sie gebeten, in die Wohnung kommen zu dürfen.

Dominique reagierte wie ferngesteuert, und erst als sie zu dritt in ihrem Wohnzimmer standen, wurde ihr richtig bewusst, dass es sich bei dem anderen Mann um einen Polizisten handelte. Philips spürte, dass die Stimmung zum Zerreißen gespannt war und David sich nur mit Mühe zurückhalten konnte. Er hatte den Jungen nicht davon abbringen können, ihn zu begleiten. Auch Miriams verzweifelte Versuche, ihren Sohn zu beruhigen und zum Bleiben zu bewegen, waren gescheitert.

»Mr. Philips, Mum, bitte. Ich muss es wissen. Ich muss es von ihr selbst hören, ob sie etwas mit Dad zu tun hatte. Bitte lassen Sie mich mitkommen.«

Philips hatte schließlich eingewilligt, aber ihn auf der Fahrt zu Dominiques Wohnung eindringlich ermahnt, sich zurückzuhalten. »Damit vorneweg eines klar ist, David, das hier ist ein polizeilicher Einsatz und es gibt nur einen, der die Fragen stellt, und das bin ich und sonst niemand, haben wir uns da verstanden?«

David nickte ernst, aber Philips kannte das Temperament des Jungen in gewissen Situationen mittlerweile zu gut.

»Ich weiß, dass Sie viele Fragen an das Mädchen haben, aber die habe ich auch. Wenn Sie sich in der Wohnung nicht zurückhalten können, dann lasse ich Sie auf der Stelle von einem Streifenwagen abholen!«

Er hatte sich dann von David nochmals den Ablauf des Abends schildern lassen, war aber danach nicht recht viel schlauer. Offensichtlich hatten sie nicht viel über ihre Familien gesprochen, und der Name Parson wurde überhaupt nicht erwähnt, wie ihm David immer wieder versicherte. Na ja, die beiden hatten wahrscheinlich Besseres zu tun …

Allerdings schien sich der Zauber am nächsten Morgen verflüchtigt zu haben. War dies Zufall – das ganz normale Ende einer Partynacht – oder hatte es doch etwas mit Christopher Parsons Verbindung zu Jacob Leroux und dem, was Miriam vermutete, zu tun? Philips betrachtete die junge Frau eingehend, als er jetzt vor ihr stand, und stellte fest, dass sie ebenso blass und müde aussah wie sein Begleiter. Sie hatten sie wohl gerade beim Aufräumen gestört, denn überall auf dem Wohnzimmerboden lagen Papiere und Aktenordner.

»Polizei? Warum kommst du mit der Polizei zu mir?« Die Frage war direkt an David gerichtet, aber ehe dieser etwas erwidern konnte, ging Philips schon dazwischen. »Ms. Leroux, es tut mir leid, dass ich Sie so spät noch stören muss, aber es gibt da einige Unklarheiten, die ich gerne beseitigt hätte. Können wir uns vielleicht setzen?«

Dominique war bei Philips' Worten regelrecht zusammengezuckt, so als ob sie ihn bis jetzt gar nicht als Anwesenden wahrgenommen hätte. »Ja, natürlich, bitte entschuldigen Sie.«

Als sie alle drei Platz genommen hatten – Davids Blick immer nur wie gebannt auf Dominique gerichtet –, begann Philips behutsam mit seinen Fragen.

»Ms. Leroux, Sie wissen mittlerweile, dass dieser junge Mann hier David Parson heißt«, und als sie hastig nickte, »und auch, dass er der Sohn des verstorbenen Christopher Parson ist?« Dominique war noch eine Spur blasser geworden, aber wieder nickte sie zustimmend.

»Wussten Sie dies auch schon, bevor Sie beide sich kennen lernten? War das vielleicht der Grund für Sie, ihn anzusprechen?«

Dominique schüttelte hastig den Kopf. »Nein. Überhaupt nicht. Ich habe durch Zufall am Morgen nach der Party seinen Führerschein hier auf dem Boden gefunden. Wir haben am Abend zuvor fast nicht über unsere Eltern gesprochen.«

Sie warf David einen flüchtigen Blick zu, und ihre Augen füllten sich langsam mit Tränen. Ihn so sehen zu müssen tat ihr furchtbar weh, aber sie wusste nur zu gut, dass sie ihm dieses Mal nicht entkommen konnte. Philips dagegen versuchte, mit ihrer Aussage etwas Sinnvolles anzufangen. Sie hatte den Jungen offensichtlich nicht als Bindeglied zum Vater benutzt. Ging es am Ende überhaupt nicht um Christopher Parson?

»Dominique, ich darf Sie doch so nennen, oder? Es interessiert mich nicht, was sich zwischen Ihnen abgespielt hat, das geht nur Sie beide etwas an, aber ich muss trotzdem eines wissen: Sind Sie die Tochter von Jacob Leroux?«

Sie nickte wieder stumm, und Tränen rannten über ihre Wangen, als sie den Namen ihres Vaters hörte. Philips spürte, dass sich das Mädchen quälte, aber er durfte jetzt nicht aufhören, sie zu befragen.

»Und Sie wissen etwas über Ihren Vater und seinen Studienkollegen Christopher Parson, nicht wahr?«

In diesem Moment meldete David sich das erste Mal zu Wort, aber zu Philips' Überraschung blieb er vollkommen ruhig, weshalb er den Jungen auch nicht unterbrechen wollte. »Dominique, ist mein Vater der Grund, warum du mich nicht mehr sehen willst? Bitte ...«

Sie lächelte ihn traurig an, und als sie zu sprechen begann, war ihre Stimme ganz leise. »Es tut mir so leid, was ich zu dir gesagt habe. Aber ich war wie gelähmt, als ich deinen Namen gelesen habe. Ich konnte es einfach nicht glauben, dass du *sein* Sohn bist ... nicht du!«

Nach einer kurzen Pause blickte sie den Chief Inspector plötzlich sehr entschlossen an. »Ja, ich habe vor einigen Monaten etwas herausgefunden, etwas Ungeheuerliches, und ich habe Davids Vater auch darauf angesprochen, aber er wollte es überhaupt nicht hören. Aber ich fange wohl am besten von ganz vorne an.«

Philips hatte das seltsame Gefühl, gerade den großen Tag der Abrechnung zu erleben, denn Miriam stand zwei Stunden zuvor mit der gleichen entschlossenen Haltung vor ihm, bereit, ihr Gewissen endlich zu erleichtern und alles zu erzählen. Er musste an O'Connor denken und daran, dass er seinem Sergeant morgen viel zu berichten haben würde.

»Ich kann mich an meinen Vater nicht mehr erinnern. Als er starb, war ich noch ein Baby, aber meine Mum hat mir immer viel von ihm erzählt. Ich habe mich schon in meiner Kindheit sehr für Geschichte interessiert und immer wieder in seinen Sachen gewühlt und gelesen. Es war für mich, als ob ein Teil von ihm immer noch da wäre, als ob er nie ganz gegangen wäre. Als ich dann achtzehn wurde, hat mir meine Mum seine Dissertation geschenkt. Er hatte sie wohl von Anfang an mir gewidmet, aber er war gestorben, bevor er sie ganz fertigstellen konnte.«

David hielt es kaum mehr auf seinem Platz aus. Er wollte aufspringen und sie einfach nur in den Arm nehmen, aber war sich nicht sicher, wie Philips darauf reagieren würde. Er verspürte wenig Lust, in Handschellen aus der Wohnung geführt zu werden. Dominique hatte sich wieder einigermaßen gefasst und fuhr mit trauriger Stimme fort.

»Ich hatte damals beschlossen, Archäologie zu studieren. Alles lief prima, und ich bekam nach meinem Abschluss sogar ein Stipendium für meinen Master hier in Canterbury. Mum meinte, Dad wäre unheimlich stolz auf mich gewesen. Alles war so perfekt, bis Christopher Parson dann letzten Herbst hier aufgetaucht ist. Meine Mum hatte ihn nie erwähnt, und ich wusste nicht, dass er Dad überhaupt gekannt hatte. Aber dann waren eines Tages in der Historikerzeitung Auszüge aus seiner Doktorarbeit zu lesen, und ich dachte zuerst, ich traue meinen Augen nicht. Ich kannte diesen Text nur zu gut. Es war zum Teil wortwörtlich die Arbeit meines Vaters.«

Bis zu diesem Zeitpunkt hatte David noch inständig gehofft, seine Mutter möge sich getäuscht haben, aber mit Dominiques Aussage war seine letzte Hoffnung dahin. Sein Vater war nichts anderes als ein Dieb! Ein mieser Betrüger, der zu seinem eigenen Vorteil das geistige Eigentum eines anderen gestohlen hatte. Er musste instinktiv an Emily denken. Sie hatte bisher mit bewundernswerter Kraft und Stärke weggesteckt, was sie an Negativnachrichten über ihren Vater erfahren hatte, aber das war eindeutig zu viel. Was hatte dieser Mensch eigentlich noch alles verbrochen? Seine Schwester war jedoch nicht der einzige Mensch, um den er sich momentan große Sorgen machte. Die letzten Tage war sein Gefühlsleben einer Achterbahnfahrt gleichgekommen, bis zu dem Moment, als er Dominique an der Wohnungstür gegenüberstand. Da wusste er auf einmal ganz sicher, wohin er gehörte. Aber jetzt machte sich plötzlich eine schreckliche Angst in ihm breit, sie schon wieder verloren zu haben.

»Was haben Sie dann gemacht, Dominique?« Philips' Frage riss ihn abrupt aus seinen Gedanken.

»Ich war zuerst wie gelähmt und habe das Ganze immer und immer wieder durchgelesen. Dann hab ich vorsichtig bei meiner Mutter nachgefragt. Die konnte sich zwar vage an den Namen Parson erinnern, aber sie hatte damals überhaupt keinen Einblick, was Dad genau gemacht hat. Sie ist Fremdsprachenkorrespondentin und hatte zu der Zeit schon ihren eigenen Job und dann ja auch noch die Schwangerschaft mit mir. Ich beschloss deshalb, ihr zunächst gar nichts von meinem Verdacht zu sagen, sondern habe in den Weihnachtsferien die Kisten meines Vaters gründlich durchgearbeitet.

Es bestand überhaupt kein Zweifel, ich habe Notizen und Aufzeichnungen gefunden, die seine Arbeit ganz genau dokumentieren. Eines Tages bin ich dann einfach zu Christopher Parson und hab ihm auf den Kopf zugesagt, was ich herausgefunden habe und dass er es öffentlich zugeben soll, was er getan hatte.«

David hielt gespannt den Atem an. Er konnte sich die herablassende Reaktion seines Vaters nur zu gut vorstellen. Aber wie mutig von Dominique, einfach zu ihm hinzugehen und sich gegen diese Ungerechtigkeit zu wehren. Er sah sie liebevoll an, und sie erwiderte seinen Blick.

»David, es tut mir so leid, was ich jetzt sagen muss, aber dein Vater hat sich einfach unmöglich benommen. Zuerst hat er nur gelacht und wollte mich rausschmeißen, aber als er bemerkte, dass ich es ernst meinte und auch Beweise hatte, wurde er etwas unruhig. Er ... oh mein Gott ... David, er hat mir schließlich Geld geboten, dass ich meinen Mund halte.«

Philips hatte so etwas schon kommen sehen. Das alles passte perfekt zu dem, was sie bisher über das Opfer herausgefunden hatten. Gewissenlos, nur auf den eigenen Vorteil bedacht, ohne Rücksicht auf Verluste. Er hoffte plötzlich, das Mädchen hatte dann nicht so reagiert, wie er es insgeheim befürchtete, seit er sich mit David auf den Weg zu ihr gemacht hatte.

»Sie haben sich nicht darauf eingelassen, nehme ich an?«

»Natürlich nicht. Ich war zuerst wie vor den Kopf gestoßen und wollte mich nochmals mit ihm treffen. Aber er hat immer wieder abgeblockt und irgendwas vorgeschoben und dann doch tatsächlich gefragt, wie viel ich eigentlich rausschinden will. Können Sie sich das vorstellen?«

Philips konnte das nur zu gut und musste ihr deshalb die gleiche unvermeidliche Frage stellen wie David einen Tag zuvor. »Dominique, wo waren Sie Dienstagmorgen zwischen sechs Uhr fünfzig und sieben Uhr fünfzehn? Ich weiß, dass Sie zu diesem Zeitpunkt nicht zu Hause waren.«

Davids Kopf ging ruckartig nach oben, und er blickte den Inspector wütend an. Dann schüttelte er verzweifelt den Kopf, ehe er zu ihr sagte: «Es tut mir leid, Dominique, aber ich war an dem Tag vor deiner Wohnung und du bist erst nach einiger Zeit zurückgekommen. Ich habs ihm gesagt, weil ich mir nichts dabei gedacht habe ... und ...« Doch Dominique unterbrach ihn mit ungewohnter Heftigkeit.

»Ich habe auch nichts zu verbergen! Ich war laufen, so wie jeden Morgen. David, du glaubst doch wohl nicht im Ernst, ich hätte etwas mit dem Tod deines Vaters zu tun ... Inspector, was sollen all diese

Fragen?« Sie war plötzlich aufgesprungen und starrte Philips zornig an.

»Ich muss Sie das leider fragen, Dominique. Sie haben durchaus ein Motiv, und wenn Sie mir kein Alibi vorweisen können ...«

»Alibi? Sie verdächtigen mich tatsächlich, einen Menschen umgebracht zu haben.« Ihre Stimme hatte einen schrillen und hysterischen Klang bekommen.

»Dominique, sag ihm einfach, wo du laufen warst. Irgendjemand hat dich bestimmt gesehen, und dann klärt sich das alles ganz schnell auf. Mr. Philips hat auch mich schon verdächtigt.«

David wollte nicht wahrhaben, was innerlich immer mehr zur Gewissheit wurde. Vielleicht hatte sie ja erneut eine Auseinandersetzung mit ihm, er wusste nur zu gut, wie sehr man sich mit seinem Vater streiten konnte. Er konnte einen bis aufs Blut reizen.

»Dominique, wo genau waren Sie an diesem Morgen?« Philips blieb hartnäckig.

»Ich laufe von hier aus immer den Fahrradweg zum Campus hinauf, dort einige Runden auf dem Sportplatz und dann an der archäologischen Fakultät vorbei den Fußweg zurück nach Canterbury. Das war auch am Dienstagmorgen meine Strecke, und ob mich jemand gesehen hat, weiß ich nicht. Ich habe zumindest niemanden getroffen. Ich kann nur sagen, dass ich es nicht gewesen bin.«

Beim Stichwort archäologische Fakultät wurde für Philips die Sache nur allzu klar. Sie befand sich direkt neben dem Tatortgebäude. Wahrscheinlich war Marc Trevis gerade in seinem Geräteschuppen beschäftigt gewesen, als Dominique vorbeikam. Sie hatte bestimmt Parsons Auto auf dem Parkplatz gesehen – wie hatte Lilly Sharp noch so treffend gesagt: »dieser protzige Wagen, der jedem sofort auffiel« – und die unerwartete Gelegenheit ergriffen, nochmals mit ihm zu reden. Und als er wieder mit Geld anfing, hatte sie die Nerven verloren ... oder ging sie schon mit der Absicht, ihn zu töten, in das Gebäude? Das alles würden die weiteren Verhöre zeigen. Für ihn gab es im Moment nur eines zu tun.

»Ms. Leroux, ich muss Sie leider jetzt festnehmen. Sie stehen in dem dringenden Tatverdacht, Christopher Parson ermordet zu haben.«

»Nein! Sie dürfen das nicht, Mr. Philips. Sie war's nicht. Sie haben sich doch schon einmal geirrt ... Dominique, sag's ihm doch.« David hatte sich schützend vor Dominique gestellt und wollte Philips nicht durchlassen.

»David, was haben Sie mir im Auto versprochen? Reißen Sie sich jetzt zusammen, oder ich lasse Sie beide von einem Streifenwagen abholen und in Handschellen abführen«, donnerte Philips los.

Aber seine Sorge war unbegründet. Dominique hatte David schon sanft zur Seite geschoben und sich vor Philips gestellt. Dieser hatte plötzlich das ungute Gefühl, genau die gleiche Situation vor sechsunddreißig Stunden schon einmal erlebt zu haben, nur mit anderer Rollenverteilung. Damals war es Emily, die sich vehement an David gehängt und ihn angefleht hatte, sich gegen seine Verhaftung zu wehren, während ihr Bruder völlig gleichgültig alles über sich ergehen ließ – so wie jetzt Dominique, die Philips nur müde und abgekämpft ansah.

»Lass es gut sein, David. Ich will nur, dass du weißt, dass das, was ich an jenem Morgen gesagt habe, nicht stimmt. Ich konnte nur die Gewissheit nicht ertragen, dass ausgerechnet du der Sohn dieses furchtbaren Menschen bist … Bitte vergiss das nicht … Gehen wir, Inspector?«

22. Kapitel

Brian befand sich gerade auf der Rückfahrt nach Kent, als sein Autotelefon läutete. Der Abend mit Bill Andrews ging länger als zuvor geplant, und deshalb wollte er jetzt so schnell wie möglich nach Hause. Bloß gut, dass um diese Zeit nicht mehr viel auf den Straßen los war. Die angezeigte Nummer auf dem Display teilte ihm mit, dass es sich bei der Person am anderen Ende der Leitung um Chief Inspector Philips handelte. Hatte dieser Mensch eigentlich überhaupt kein Privatleben mehr? Ein Blick auf seine Uhr sagte ihm, dass es bereits kurz nach Mitternacht war. Was machte der Chef um diese Zeit noch im Büro? Er entwickelte sich immer mehr zu einem wahren Workaholic, und Brian hatte manchmal regelrecht Angst um seine Gesundheit.

Er wusste, dass es vor allem der Tod seiner Frau war, der Philips zu diesen Gewaltschichten trieb. Sie hatten damals gerade zwei Jahre zusammen gearbeitet, als Eileen bei einem Autounfall ums Leben kam. O'Connor hatte sie zwar nicht allzu gut gekannt, aber wann immer sie im Präsidium vorbeikam, war sie guter Laune und voller Elan. Und ihre Dinnereinladungen waren einfach unübertroffen. Anfangs hatte im Revier das Gerücht die Runde gemacht, Philips würde überhaupt nicht mehr zum Dienst erscheinen und wohl vorzeitig in den Ruhestand gehen. Aber Brian hatte immer gehofft, dass der Chief eines Tages wieder ins Büro kommen würde, und so war es dann ja auch gewesen.

Er hatte schon oft überlegt, ob er Philips zu sich einladen sollte, aber den Gedanken dann doch wieder verworfen. Er war und blieb sein Vorgesetzter und hatte wahrscheinlich Besseres zu tun, als die Kochkünste seines Sergeant über sich ergehen zu lassen. Aber vielleicht sollte er es trotzdem einfach versuchen. Das erfolgreiche Ende in diesem Fall wäre eine gute Gelegenheit dazu. Allerdings bezweifelte er, dass dies angesichts der äußerst dürftigen Ergebnisse bald so weit sein würde. Aber vielleicht hatte der Inspector ja inzwischen etwas Neues herausgefunden.

Eine Viertelstunde später wusste Brian über alles Bescheid, was sich die letzten Stunden in Canterbury abgespielt hatte. Seinen ganzen heutigen Dienstausflug hätte er sich also schenken können, dachte er grimmig. Während er sich in Oxford mit irgendwelchen Akademikern inklusive deren beißzangigen Vorzimmerdrachen herumschlagen konnte, hatte der Chef den Fall ganz alleine und ohne ihn gelöst. Dominique Leroux – eine Frau, von der er bis vor wenigen Minuten noch nicht einmal gewusst hatte, dass sie existierte – unter Mordverdacht verhaftet! Na prima, und was hatte er dann noch zu tun?

―――――――

David war wie in Trance zu Hause angekommen. Nachdem der Chief Inspector Dominique verhaftet und ihm selbst verboten hatte, mit auf das Polizeirevier zu kommen, war er wutentbrannt und völlig verzweifelt stundenlang durch die Gegend gelaufen, ehe er sich schließlich dazu durchringen konnte, nach Hause zu gehen. Miriam und Emily hatten geduldig ausgeharrt und auf ihn gewartet. Ein Blick auf ihn genügte und beide ahnten bereits, was vorgefallen war. Er war überhaupt nicht mehr zu beruhigen und lief wie ein eingesperrtes Tier im Wohnzimmer auf und ab. Miriam, die zuvor beschlossen hatte, Emily alles zu erzählen, vernahm plötzlich wieder die gleiche Hilflosigkeit ihrem Sohn gegenüber wie all die Wochen und Monate zuvor. Sie spürte seine Verzweiflung nur zu genau, aber gleichzeitig wurde sie selbst den furchtbaren Verdacht nicht los, dass Inspector Philips die richtige Person verhaftet hatte.

Wer konnte schon mit Sicherheit sagen, was genau zwischen Christopher und dieser jungen Frau abgelaufen war? Er wollte sie mit Geld abspeisen, was Miriam nicht wirklich überraschte, denn das passte in Christophers gewissenloses Leben wie so viele seiner niederträchtigen Aktionen, aber das Mädchen war anscheinend außer sich darüber. Vielleicht wollte sie ihn gar nicht ermorden, und es war aus einem Streit heraus passiert? Vielleicht war sie von Christopher erneut provoziert worden und hatte daraufhin einfach rot gesehen? David quälten die gleichen furchtbaren Gedanken, und immer wieder stellte er sich dieselben bohrenden Fragen. Dominique hatte sich ihm gegenüber so abweisend verhalten, kaum dass sie herausgefunden hatte, wer er war. War es tatsächlich nur der erste Schock oder hegte sie vielleicht schon die ganze Zeit Mordgedanken gegen seinen Vater?

Weil ihr nur zu genau bewusst wurde, dass sie ihn niemals zu einer öffentlichen Aussage zwingen konnte, egal wie viele Beweise sie hatte. Vielleicht hatte sein Vater sogar den Spieß umgedreht und versucht, aus Jacob Leroux den Sündenbock zu machen. Zuzutrauen wäre es ihm! Und vor lauter Wut und Verzweiflung hatte sie dann zugestochen. Ein letzter verzweifelter Akt sozusagen, bevor sie endgültig zusammengebrochen war. Warum sollte sich jemand sonst so willenlos verhaften lassen? Den letzten Satz hatte er immer wieder vor sich hin gesagt, als er rastlos im Zimmer hin und her irrte, bis Emily plötzlich aufstand und sich ihm mit ernstem Gesicht in den Weg stellte.

»Das fragst ausgerechnet du? Du, der gestern hier gestanden und ganz genau so reagiert hat?«

David war von der Heftigkeit ihrer Worte vollkommen verblüfft. »Emily, was soll das denn?«

»Was das soll?« Ihre Stimme wurde ungewohnt laut.

»Das kann ich dir sagen. Du hast dich gestern von diesem Polizisten einfach mitnehmen lassen und nichts gemacht. Ich hab dich so sehr gebeten, dich zu wehren, etwas dagegen zu unternehmen, aber du hast einfach nur resigniert. Vielleicht geht es Dominique jetzt genauso. Vielleicht ist sie durch die vielen erfolglosen Auseinandersetzungen mit Dad genauso müde und erschöpft, wie du es bist. Er hat euch beiden alles abverlangt.« David wollte sie aufgebracht unterbrechen, aber sie wehrte ihn nur mit einer heftigen Handbewegung ab und ließ ihn erst gar nicht zu Wort kommen.

»Das brauchst du jetzt gar nicht abzustreiten – Mum hat mir vorhin gesagt, warum du wirklich in Oxford durchgefallen bist. Diese großartige Heldentat hättest du mir auch schon neulich abends erzählen können.« Der Sarkasmus in ihrer Stimme war förmlich greifbar.

»Du hast Dad bis zum Umfallen bekämpft, wolltest ihn mit aller Macht kleinkriegen, und ihm zeigen, dass du mit ihm mithalten kannst, aber um welchen Preis!? Schau dich doch an, David, du lebst doch seit Wochen gar nicht mehr! Glaubst du nicht, Dominique könnte es jetzt genauso gehen, nach all dem, was sie wegen Dad durchmachen musste? Nachdem sie dich auch noch verloren hat. Dass sie genau wie du einfach keine Kraft mehr hat, sich zu wehren!«

Emily schossen plötzlich die Tränen in die Augen. Sie hatte die letzten achtundvierzig Stunden so viele schreckliche Dinge über ihren Vater erfahren, so viele Menschen getroffen, denen er unsagbar wehgetan hatte, dass sie regelrecht spüren konnte, was es heißen musste, ihn zum Gegner zu haben. So sehr sie ihn auch liebte, dieser grausamen Seite an ihm konnte sie sich nicht mehr verschließen.

Miriam war mit einem Mal unglaublich stolz auf ihre Tochter. Sie hatte ihr gerade vorgemacht, wie sie selbst hätte reagieren sollen, anstatt David mit seinen Zweifeln alleine zu lassen und hilflos die Augen zuzumachen. Es hätte niemals so weit kommen müssen, wenn sie nicht immer einfach nur geschwiegen und weggesehen hätte. Sie hätte Christopher von Anfang an mit ihrem Verdacht konfrontieren müssen, sie hätte ihm Einhalt gebieten müssen, als er noch der kleine, unbedeutende Student war, der nicht glauben wollte, dass ihm gewisse Kreise niemals offenstehen würden. Sie hätte seine außerehelichen Eskapaden unterbinden und sich scheiden lassen können. Aber sie hatte immer nur den bequemen Weg gewählt und ihm tatenlos dabei zugesehen, wie er das Leben der Menschen um sich herum ins Unglück stürzte – inklusive ihres eigenen. Und selbst dann hatte sie sich immer noch nicht gewehrt, sondern beinahe ihre Kinder aufgegeben. Es war an der Zeit, endlich aufzuwachen.

»Emily hat Recht, David. Es ist noch überhaupt nichts bewiesen. Ich werde morgen früh sofort Dr. Boyers anrufen und ihn bitten, Dominiques Verteidigung zu übernehmen. Wir wissen nicht genau, was zwischen ihr und eurem Vater abgelaufen ist, aber all das hätte nicht sein müssen, all das hätte schon viel früher verhindert werden können. Ich will sie damit nicht alleine lassen. Sie soll jetzt nicht das ausbaden müssen, was ich vor zwanzig Jahren nicht verhindert habe.«

Als Lilly Sharp am nächsten Morgen ihr Büro aufschließen wollte, wartete schon ein ungeduldiger Professor Levingstone vor ihrer Tür. Sie hätte nie gedacht, dass sie mit Christopher Parson auch nur annähernd einer Meinung sein würde, aber was er laut Deborah über den Leiter der Prüfungskommission hatte verlauten lassen, dem musste sie voll und ganz zustimmen. Dieser notorische Wichtigtuer (Professor Parson hatte einen etwas heftigeren Ausdruck verwendet, aber den wollte Lilly lieber nicht wiederholen) war ihr letztes Jahr schon äußerst unangenehm aufgefallen, als er sie und Dr. Walters ständig mit irgendwelchen unwichtigen Fragen genervt und sich dabei selbst unnötig in den Vordergrund gestellt hatte. So auch heute!

Schon auf dem Korridor begann er, sein frühes Erscheinen in aller Ausführlichkeit zu erklären, und es dauerte fast eine Viertelstunde, bis Lilly den tatsächlichen Grund seines Besuches erfuhr. Die Universitätsleitung hatte offensichtlich in Absprache mit der Polizei beschlossen, dass die Geschichtsprüfungen ab nächsten Montag wieder abgehalten werden konnten. Da Dr. Walters seit zwei Tagen Professor Parson in allen Belangen vertrat, bedeutete dies für Lilly keine wirkliche Neuigkeit. Die Hochschuldirektion hatte schon gestern eine entsprechende Ankündigung per Memorandum gemacht. Professor Levingstone war gerade dabei, zu einer erneuten Ansprache über Klausurenpläne und Sitzverteilungen auszuholen, als ihm Lilly, vollkommen entgegengesetzt zu ihrer gewohnt ruhigen und freundlichen Art, einfach ins Wort fiel.

»Dr. Walters ist darüber schon gestern informiert worden, und wir haben uns daraufhin erlaubt, einen kleinen Examensnotfallplan zu erarbeiten. Bitte schön, hier ist Ihre Kopie.« Und mit einer resoluten Handbewegung reichte sie dem verdutzt dreinschauenden Professor Levingstone mehrere zusammengeheftete Blätter.

»Sollten Sie noch irgendwelche Einwände haben, melden Sie sich einfach bei mir. Und jetzt entschuldigen Sie mich bitte, ich habe viel zu arbeiten.«

»Grpf«, und bevor er noch irgendetwas erwidern konnte, sah sich Professor Levingstone schon elegant aus dem Büro komplimentiert. Was für eine unglaubliche Dreistigkeit sich diese Frau erlaubte! Wen glaubte sie eigentlich vor sich zu haben!? Und ob er noch Einwände haben würde!

Lilly war froh, dass sie den morgendlichen Quälgeist so schnell losgeworden war. Sie begann gleich damit, die Post zu öffnen und zu sortieren, als ihr plötzlich ein Brief von Deborah in die Hände fiel. Schnell schlitzte sie den Umschlag auf und sah sich wenige Sekunden später mit der Kündigung ihrer Kollegin konfrontiert.

»Oh, nein«, murmelte sie leise.

Sie hatte insgeheim schon so etwas befürchtet. Obwohl Deborah manchmal wirklich mehr eine Last als eine Hilfe war, hatte Lilly sie trotzdem irgendwie ins Herz geschlossen. Wahrscheinlich hatte sie Angst, von Professor Parsons Nachfolger – wer auch immer nächstes Jahr die Stelle antreten würde – nicht übernommen zu werden, und die ganze Sache vorsichtshalber von sich aus beendet. Da sie noch jede Menge Resturlaub hatte, würde sie gar nicht mehr ins Büro kommen. Lilly beschloss deshalb, heute Nachmittag etwas früher Schluss zu machen und sie mit einem Krankenbesuch zu überraschen. Das hätte sie eigentlich schon viel früher machen sollen, denn wer wusste besser als sie selbst, wie schlecht es Deborah nach dem grauenhaften Fund vom Dienstagmorgen gehen musste.

Zuvor hatte sie allerdings in ihrer Mittagspause noch etwas Wichtiges zu erledigen. Schließlich war ihre Schreibmaschine noch immer im Polizeirevier und wartete darauf, von ihr abgeholt zu werden. Das wollte Lilly heute so schnell wie möglich hinter sich bringen. Der ganze Vorfall war ihr so unsagbar peinlich. Bloß gut, dass Dr. Walters über Mittag mit der Universitätsleitung zum Essen verabredet war. Er und auch Derek durften von dieser ganzen Aktion niemals etwas erfahren.

23. Kapitel

Obwohl er erst gegen ein Uhr morgens endgültig zu Hause war, erschien Brian schon zu ungewohnt früher Stunde wieder im Büro. Er wollte sich die Vorkommnisse des gestrigen Tages erneut in aller Ausführlichkeit von Philips schildern lassen und unbedingt an der ersten Vernehmung dieser Dominique Leroux teilnehmen. Er hatte es noch immer nicht ganz verkraftet, dass jemand als Tatverdächtiger festgenommen worden war, den er selbst noch überhaupt nicht kannte. Wie gewohnt war sein Chef schon im Büro.

Brian war eben noch etwas eingefallen, was er ihm vielleicht besser gleich sagen sollte, aber als er sah, dass die letzte Nacht für den Chief Inspector ebenfalls sehr kurz gewesen war und der Abend zuvor offenbar viel Kraft gekostet hatte, zog er vor, dies erst einmal aufzuschieben. Tiefe Schatten lagen unter Philips Augen und seine Haut wirkte fast durchsichtig. Brian beschloss bei seinem Anblick, beizeiten ein ernstes Wort mit ihm zu reden. Wenn das so weiterging, bekam er vielleicht plötzlich einen Herzinfarkt.

Als er kurze Zeit später die neue Hauptverdächtige kennen lernte, hatte O'Connor das erste Mal richtige Hemmungen, ein Verhör in der gewohnten Art und Weise durchzuziehen. Das Mädchen sah so blass und elend aus, dass man, ohne übertreiben zu wollen, befürchten musste, sie könnte jeden Moment kollabieren. Warum gab sie nicht einfach zu, Parson umgebracht zu haben, sondern setzte sich unnötig dieser endlosen Fragerei aus, ohne irgendwelche überzeugende Antworten liefern zu können? Mädchen, sag einfach, wie es war, und du hast es hinter dir, war das Einzige, woran Brian momentan denken konnte. Aber Dominique blieb standhaft bei ihrer Version. Sie sei wie immer auf ihrer gewohnten Runde laufen gewesen, könne aber beim besten Willen nicht sagen, ob und wo sie jemand gesehen hatte.

»Einer der Gründe, warum ich so früh unterwegs bin, ist für mich, dass ich eben nicht so vielen Leuten begegne und einfach ein bisschen meine Ruhe haben kann.«

Diese Aussage ging ihm jetzt gerade noch ab. Sie manövrierte sich immer tiefer in den Schlamassel hinein, schien das aber überhaupt nicht zu bemerken.

»Ms. Leroux, schauen Sie«, begann Brian von Neuem, wobei er allerdings einen tiefen Seufzer nicht unterdrücken konnte. Er hatte eigens einen vergrößerten Plan der von ihr beschriebenen Route anfertigen lassen und diesen über die Englandkarte gepinnt. Philips musste zugeben, dass es guttat, nicht alles alleine erledigen zu müssen und einen so verlässlichen Mann wie Brian im Team zu haben. Genau neben diesen Plan hatte sein Sergeant sich, mit einem dicken schwarzen Textmarker bewaffnet, jetzt gestellt und Dominique ihre Lage vor Augen gehalten.

»Und dann haben Sie angegeben, hier am Gebäude vorbei den Fußweg weitergelaufen zu sein. Sehen Sie die kurze Entfernung zum Eingang der historischen Fakultät?« Brian malte einen kleinen Pfeil auf das Papier, während er weiterredete.

»Es wäre also eine Leichtigkeit gewesen hineinzuschlüpfen, in den ersten Stock zu laufen, Professor Parson zu ermorden und durch einen der Seiteneingänge das Gebäude wieder zu verlassen. Wenn Sie zum Beispiel den Nordausgang benutzt hätten, hätten Sie dieses ganze Areal umgehen können ...«, Brian schraffierte dabei eine große Fläche auf der Karte aus, »... und wären auf halber Strecke wieder auf den Fußweg zurückgekehrt. Einen besseren Fluchtweg konnte es gar nicht geben.«

Philips musste zugeben, dass Brians Ausführungen durchaus Hand und Fuß hatten. Eine erneute Befragung von Marc Trevis hatte wie erwartet nichts ergeben. Er gab zwar an, das Mädchen sehr oft frühmorgens auf dem Gelände zu sehen (einige der wenigen Frühaufsteherinnen, wissen Sie, so etwas fällt einem schon auf! Und sie grüßt auch immer so freundlich!), aber nicht am Morgen der Tat. Auf Grund des beschädigten Blumenbeets sei er allerdings sofort in den Geräteschuppen geeilt und hatte sie wahrscheinlich um wenige Minuten verpasst. Der Umstand, dass Dominique keine Uhr beim Laufen benutzte, machte die ganze Situation nicht unbedingt einfacher.

»Es tut mir leid, aber ich laufe immer ohne Uhr. Rein gefühlsmäßig müsste ich allerdings gegen sieben auf dem Rückweg nach Canterbury gewesen sein.«

»*Rein gefühlsmäßig ... gegen sieben ...* haben Sie es vielleicht etwas genauer?« Brian schüttelte nur fassungslos den Kopf. Derartig »präzise« Zeitangaben waren das Letzte, womit sie Superintendent Pierce im Moment kommen mussten.

Mitten im Verhör klopfte es plötzlich an die Tür, und der schon bekannte Dr. Boyers stellte sich als rechtliche Vertretung von Ms. Leroux vor. Allerdings hatte der arme Mann bei der Wahl seiner Mandanten offenbar kein Glück. Nachdem sich am Tag zuvor schon David Parson als äußerst unkooperativ und stur erwiesen hatte, lehnte seine neue Klientin schlichtweg ab, von ihm vertreten zu werden. Obwohl er ihr zum

wiederholten Male erklärte, von Mrs. Parson ausdrücklich mit ihrer Verteidigung beauftragt worden zu sein, blieb Dominique standhaft.
»Das kann ich unmöglich annehmen, verstehen Sie das denn nicht? Außerdem brauche ich keinen Verteidiger, weil ich nichts getan habe.«
O'Connor glaubte seinen Ohren nicht zu trauen. Mädchen, sei doch nicht so naiv und nimm das Angebot der Parson an! Der Staatsanwalt wird dich bei dieser erdrückenden Beweislage auseinandernehmen, dass dir Hören und Sehen vergeht! Aber er wagte nicht, irgendetwas zu sagen. Sie war schließlich ein volljähriges und mündiges Wesen, das für sich selbst entscheiden konnte.

Philips hatte sich dagegen die ganze Zeit ungewöhnlich stark zurückgehalten, aber er wusste das Verhör bei Brian in guten Händen. Er hörte vielmehr ruhig zu und machte sich seine eigenen Gedanken. Dabei wurde ihm plötzlich klar, warum David und Dominique sich auf Anhieb so gut verstanden. Er hatte selten zwei Menschen erlebt, die so auf einer Wellenlänge waren. Ihre Beharrlichkeit kam Davids eigener Sturheit gefährlich nahe. Aber leider schien das für Dominique in diesem Fall kein gutes Ende zu nehmen.

Nachdem Dr. Boyers kopfschüttelnd wieder abgezogen war, beschloss Philips, allen Beteiligten eine Pause zu gönnen und erst das Ergebnis der Spurensicherung abzuwarten, die gerade die Wohnung der Verdächtigen durchsuchte. Ein Blick auf die Uhr sagte ihm außerdem, dass es schon fast Mittag war. Warum sollte die Mordkommission eigentlich immer die Reste in der Kantine bekommen? Heute würden sie unter den Ersten sein. Brian stimmte diesem Vorschlag erwartungsgemäß sofort bereitwillig zu. Dominique sollte gerade von einer Beamtin abgeführt werden, als David Parson auf dem Korridor erschien.

»Oh nein, unser heißblütiger Romeo hat mir jetzt gerade noch gefehlt«, murmelte O'Connor, der sein Mittagessen schon in weite Ferne schwinden sah, missmutig.

Philips wusste, dass er strenggenommen nur Dominiques Anwalt als Besuch zulassen musste, aber er wollte aus seinem Herzen keine Mördergrube machen. Er flüsterte der Beamtin eine kurze Anweisung zu und zeigte David mit seiner rechten Hand an, wie viel Zeit er ihnen geben würde.

»Fünf Minuten, David, und keine Sekunde länger, haben Sie mich verstanden?«

David wusste sehr gut, dass er gerade unverschämtes Glück hatte, und nickte dankbar. »Vielen Dank, Inspector«, murmelte er leise, bevor er sich Dominique zuwandte. Die Beamtin war diskret ein paar Schritte zurückgegangen und betrachtete offenbar äußerst interessiert den Wochenplan der Kantine, der sich an der großen Pinnwand gegenüber Philips' Bürotür befand.

»Brian«, sagte der Inspector leise, wobei er den Namen ungewöhnlich in die Länge zog. Sein Sergeant war stocksteif mitten im Korridor stehengeblieben und musterte Dominique, die David soeben innig umarmte, eindringlich. Hastig drehte er sich um und blickte den Inspector fragend an.

»Ts, ts, ts ... schon mal etwas von Privatsphäre gehört? Jetzt geben Sie ihnen doch die paar Minuten«, ermahnte ihn Philips mit vorwurfsvoller Stimme.

»Der Junge hat vielleicht Nerven. Die hat eiskalt seinen Vater um die Ecke gebracht, und er hat nichts Besseres zu tun, als sie hier vor allen Leuten abzuknutschen.« Manchmal war der Chef einfach nicht hart genug, musste O'Connor kopfschüttelnd feststellen.

»Das wissen wir ja noch gar nicht mit Sicherheit«, murmelte Philips leise vor sich hin, wobei er zugeben musste, dass eher sein Wunsch der Vater des Gedankens war. Die Indizien schienen einfach zu erdrückend. Doch ehe Brian, der momentan nur ein Mittagessen als Wunsch hatte und dem die leisen Zweifel seines Chefs gar nicht behagten, etwas erwidern konnte, lächelte Philips plötzlich und machte eine Kopfbewegung über Brians Schulter hinweg.

»Schauen Sie mal, wer da kommt! Ich glaube, hier will jemand etwas abholen.« Mit schnellen Schritten ging er auf Lilly Sharp zu, die soeben etwas verwirrt um die Ecke gebogen war.

Die war das beste Beispiel für das viel zu weiche Herz des Inspectors, dachte Brian grimmig. Mit der wäre er auch ganz anders umgesprungen! Sie hatte schließlich nicht gezögert, jemanden zu erpressen. Man konnte es wohl Ironie des Schicksals nennen, dass der Sohn dieses Jemand im selben Augenblick keine drei Meter entfernt von ihr stand (und gerade die Mörderin seines Vaters leidenschaftlich küsste!). Und das alles vor seinen Augen auf einem Polizeirevier!

»Hallo, Mrs. Sharp. Was machen Sie denn hier? Haben Sie sich verlaufen?« Philips vermutete, dass Lilly eigentlich zur Spurensicherung wollte, um sich ihr kleines Corpus Delicti wieder abzuholen.

»Oh, hallo Mr. Philips. Ja, ich ... äh ... ich müsste die Schreibmaschine doch noch abholen, wie Sie es mir gesagt haben.« Ihre Wangen hatten sich leicht gerötet, während sie sprach. Die ganze Situation war ihr mehr als unangenehm, das sah Philips sofort.

»Keine Panik, Mrs. Sharp. Die Spurensicherung ist nur ein Stockwerk höher. Ich begleite Sie gerne, wenn Sie möchten. Ich müsste nur noch schnell jemandem Bescheid sagen.«

»Oh, das ist nett. Vielen Dank, Mr. Philips.« Lilly war sehr erleichtert, dass der Inspector so freundlich reagierte. Wenn sie sich da diesen Sergeant O'Connor ansah, der nicht weit entfernt von ihr ziemlich missmutig dreinblickte, konnte sie nur tausend Dankgebete in den Himmel schicken, dass der nicht über ihr Schicksal zu entscheiden hatte.

Ihr Blick fiel auf ein junges Pärchen, das etwas abseits stand und sich offensichtlich gerade verabschieden musste, was beiden sichtbar schwerfiel. Ob wohl einer von ihnen etwas angestellt hatte? Gut möglich, warum sollten sie sonst auf einer Polizeiwache sein? Sie sah sich das Mädchen genauer an und stellte fest, dass sie es kannte. Seit Examenszeit war, sahen sie sich fast jeden Morgen, wenn Lilly von der Bushaltestelle zum Institut ging. Sie grüßte immer so freundlich, was in der heutigen Zeit wirklich etwas Seltenes war. Hoffentlich hatte ihr Freund nichts Schlimmes angestellt, obwohl es eher so aussah, als warte die uniformierte Polizistin daneben auf das Mädchen. Philips kam lächelnd zu ihr zurück. Ihm war Lillys Blick nicht entgangen, und er überlegte ganz kurz, ob er sagen sollte, was er gerne losgeworden wäre. Warum eigentlich nicht?

»Mrs. Sharp«, begann er leise, »sehen Sie den jungen Mann dort?«, und als sie nickte, »das ist David Parson, der Sohn von Professor Parson.«

Alle Farbe war aus Lillys Gesicht gewichen. Sie spürte einen seltsamen Knoten in ihrem Hals und musste sich räuspern. »Oh, er hat doch nichts angestellt, oder?«

Philips schüttelte lächelnd den Kopf. »Nein, keine Angst.«

»Gut, er sieht nämlich sehr sympathisch aus. Wirklich sehr nett.« Irgendwie versagte ihr plötzlich die Stimme.

»Ja«, fuhr Philips mit sanftem Tonfall fort, »das ist er auch. David und auch seine Schwester Emily sind *beide* sehr sympathisch und sehr nett.«

Lilly spürte plötzlich, wie der Knoten sich zu lösen begann, und sie musste die aufsteigenden Tränen mit aller Macht zurückhalten. Aber sie schämte sich deswegen nicht, sondern blickte Philips nur dankbar an, hatte sie doch seinen Wink nur zu gut verstanden.

»Meinen Sie, es ist zu aufdringlich, wenn ich mich bei Mrs. Parson melde? Ich dachte mir, vielleicht könnte sie jemanden gebrauchen, der ihr beim Ausräumen des Büros am Institut behilflich ist.«

»Ich glaube, Mrs. Parson würde sich über Ihren Anruf sehr freuen. Auf zur Spurensicherung, Mrs. Sharp?« Philips hatte plötzlich das Gefühl, dass aus diesem Tag doch noch etwas werden könnte.

24. Kapitel

Nachdem Dr. Boyers bei Miriam angerufen und ihr Dominiques Entscheidung mitgeteilt hatte, hielt es David nicht mehr zu Hause aus. Auch wenn Philips ihn nicht zu ihr lassen wollte, ein Versuch war es trotzdem wert. Den Weg zur Mordkommission kannte er mittlerweile nur zu gut, und er kam gerade vor Philips' Büro an, als eine Beamtin Dominique herausbegleitete. Fünf Minuten waren keine Ewigkeit, aber besser als nichts. Der Chief Inspector hätte ihn auch gleich wieder wegschicken können. Als er jetzt allerdings so direkt vor ihr stand, wusste er im ersten Moment nicht, wie er reagieren sollte. Sie wirkte so zerbrechlich und verletzbar. Schließlich tat er einfach nur das, was er schon die ganze Zeit tun wollte, seit er sie mit Philips in ihrer Wohnung aufgesucht hatte.

»Ich hab dich so vermisst«, flüsterte sie leise, als er sie ganz fest im Arm hielt. »Es tut mir so leid, was ich zu dir gesagt habe.«

David bemerkte, wie Sergeant O'Connor sie misstrauisch beäugte. Wahrscheinlich befürchtete er, sie würden irgendwelche geheimen Informationen austauschen, aber das war David im Moment vollkommen egal. Sollte der doch denken, was er wollte. Statt einer Antwort küsste er Dominique einfach und beschloss in diesem Moment, sie nie wieder loszulassen. Wenn sie wirklich ins Gefängnis kommen sollte, würde er einfach mitgehen, egal was er dafür tun musste.

Sie war so froh, dass sie ihn noch einmal sehen konnte, denn ihr war nur allzu klar, dass es das letzte Mal für lange Zeit war. Egal was die Polizei noch herausfinden und wie es für sie letztendlich ausgehen würde, eine Zukunft mit David würde es für sie nicht geben.

»Du musst mir glauben, dass ich ihn nicht umgebracht habe, hörst du! Ich war es nicht«, bat sie ihn eindringlich.

»Wie kannst du nur was anderes von mir denken? Natürlich glaube ich dir! Aber warum hast du denn unseren Anwalt weggeschickt? Der hätte dich da bestimmt schon längst rausgeholt.« David war der Verzweiflung nahe. Sie lächelte ihn müde an.

»Sag deiner Mum vielen Dank von mir, aber das kann ich nicht annehmen.« Und nach einer langen Pause, in der er sie nur im Arm hielt: »David, egal wie es mit mir weitergeht und egal was die Polizei noch herausfindet, wir werden uns nicht mehr sehen können.« Sie war die unvermeidlichen Worte endlich los.

Er sagte gar nichts, sondern drückte sie nur noch fester an sich. Tief drinnen hatte er mit dieser Reaktion gerechnet, aber den Gedanken daran immer wieder von sich geschoben. Seit seine Mutter die Geschichte zwischen seinem Vater und Jacob Leroux erwähnt hatte, hatte er gewusst, dass so etwas passieren würde. Dominique kämpfte jetzt mit aller Macht gegen die aufsteigenden Tränen.

»Egal was kommt, er und was er gemacht hat wird irgendwie immer zwischen uns stehen. Es wäre von vorneherein zum Scheitern verurteilt, und dazu hab ich dich einfach zu gern.«

»Kannst du mir sagen, warum es dann so verdammt weh tun muss?«, fragte er mit einem bitteren Lächeln.

»Ich weiß es nicht, David. Ich weiß nur, dass wir nie ... nie eine wirkliche Chance hatten. Nicht nach all dem, was passiert ist. Es tut mir so leid.« Die Beamtin gab ihnen mit leiser Stimme zu verstehen, dass die Zeit gleich um war.

»Ich soll dich von meiner Mum und von Emily grüßen. Sie hätten dich so gerne kennen gelernt.« David hatte plötzlich das Gefühl, mitten in einem ganz schlechten Film zu stehen.

»Ich sie auch – ganz ehrlich! Sag Emily, sie hat den allerbesten Bruder der Welt, das soll sie nie vergessen.« Dominique liefen die Tränen über die Wangen.

»Sag ich ihr, versprochen! Pass gut auf dich auf, ja?! Und wenn du mich brauchst, ich bin immer für dich da.«

Nachdem Philips Lilly gut bei der Spurensicherung abgegeben hatte, folgte er O'Connor in die Kantine. »Ist alles ohne Schwierigkeiten verlaufen? Ms. Leroux wieder in Haft?«

Er hatte nur zu deutlich gesehen, welches Drama sich zwischen David und Dominique abspielte, und war ganz froh, nicht länger Augenzeuge sein zu müssen.

»Hm«, brummte Brian, »das schon, aber die Sache ging denen ganz schön an die Nieren, Chef. Haben beide nur noch geheult am Ende. Warum muss sie sich auch ausgerechnet den Sohn von Parson aussuchen?«

»Tja, das passende Sprichwort dazu erspar ich Ihnen jetzt lieber. Wie schmeckt's denn heute?« Philips beäugte den freitäglichen Fisch auf seinem Teller kritisch.

»Mpf«, war O'Connors undeutliche Antwort.

Eine Weile war es sehr ruhig am Tisch, und beide hingen ihren Gedanken nach. Brian tat es mittlerweile richtig leid, dass er David so nachhaltig des Mordes verdächtigt hatte. Was der alles durchmachen musste in der letzten Zeit ... und zum krönenden Abschluss verhafteten sie auch noch seine neue Freundin.

»Wissen Sie, Brian«, fing Philips plötzlich unvermittelt an, »was mir nicht aus dem Kopf geht? Miriam Parsons Reaktion, als ich sie das allererste Mal auf einen vermeintlichen Erpresser ansprach.«

»Sie meinten, sie wurde richtiggehend wütend und stritt sofort jeglichen Grund ab, den ein Erpresser haben könnte.« Brian hatte keinen blassen Schimmer wieso der Chef jetzt mit dieser alten Geschichte daherkam. Das hatte sich doch schon vor Lichtjahren geklärt.

»Ganz genau. Und als ich ihr gegenüber dann erwähnte, dass jemand ihren Mann versuchte mit seinen Affären unter Druck zu setzen, schien sie regelrecht erleichtert, ja sogar erheitert darüber zu sein.«

Brian verstand plötzlich, was Philips ihm sagen wollte. »Sie denken, sie hat ursprünglich mit etwas anderem gerechnet, nicht wahr? Zum Beispiel, dass jemand über die Doktorarbeit ihres Mannes Bescheid wusste. Dass jemand wusste, dass er sie mehr oder weniger von Jacob Leroux abgeschrieben hatte und dieses Wissen dann für eine Erpressung benutzte.«

»Ganz genau. Sie fiel zuerst aus allen Wolken, als ich ihr den tatsächlichen Inhalt des Briefes mitteilte, und fand das Ganze dann geradezu lächerlich.«

»Schön und gut, aber das bringt uns nicht wirklich weiter, oder? Es bestätigt letztlich nur, was Dominique Leroux schon die ganze Zeit behauptet hat, und verstärkt eigentlich nur ihr Tatmotiv. Parson hat Diebstahl am geistigen Eigentum ihres Vaters begangen, und sie hat ihn deshalb umgebracht.«

Brian hatte das Gefühl dass der Chief Inspector drauf und dran war, einen Fall, der kurz vor der Lösung stand, erneut aufzurollen, bloß weil ihm irgendeine unbedeutende Kleinigkeit nicht passte, und versuchte mit allen Mitteln, den bisherigen Kurs ihrer Ermittlungen zu halten. Objektivität war ja schön und gut, aber endlich – endlich! – hatten sie die ersehnte Hauptverdächtige, bei der ausnahmsweise alles passte – ausreichendes Motiv, fehlendes Alibi, passende Gelegenheit, die Tat zu begehen, was wollte er denn noch?

»Aber Brian, sie hat nicht ganz Unrecht. Was nützt ihr ein toter Parson? Sie wollte, dass er offiziell zu seiner Tat stand und die Arbeit ihres Vaters endlich ausreichend gewürdigt wird.«

O'Connor wollte jedoch nicht so schnell klein beigeben. Das Mädchen tat ihm zwar auch leid – Brian musste zugeben, dass die Szene auf dem Korridor jeden Rosamunde-Pilcher-Roman in den Schatten gestellt hätte –, aber Mord blieb Mord.

»Hass, wenn Sie mich fragen. Er hat es an jenem Morgen wahrscheinlich wieder abgestritten und sich geweigert, auf ihre Forderungen einzugehen. Sie hat doch selbst zugegeben, dass er ihr Geld angeboten hatte – mehrmals sogar. Das fand sie natürlich entwürdigend, und da hat sie zugestochen.«

»Nein, das klingt mir alles zu verworren. Es stimmt, sie wollte Vergeltung für ihren Vater, sie wollte Parson in gewisser Hinsicht bluten lassen, wenn Sie so wollen, aber ich bin mir ziemlich sicher, sie hat ihn nicht getötet. Und genau das müssen wir jetzt nur noch beweisen.«

Nein! Brians Inneres verwandelte sich soeben in ein brüllendes Ungeheuer. Und wenn es zu hören gewesen wäre, hätte auch noch Dr. Brown in seiner Gerichtsmedizin, fünf Häuserblocks weiter, diesen Aufschrei vernommen.

»Also, gehen die Ermittlungen wieder von vorne los! Warum auch nicht!« Er versuchte erst gar nicht mehr, seinen sarkastischen Unterton zu verbergen.

»Nein, nicht ganz. Wir müssen nur anders ansetzen. Die Leroux-Geschichte und Miriams Reaktionen haben eines deutlich gemacht: Parsons Vergangenheit ist der wunde Punkt. Wir hätten uns viel früher damit beschäftigen müssen. Als Allererstes will ich Miriam Parson noch mal sprechen. Rufen Sie sie sofort an. Ich muss von ihr wissen, ob es eventuell noch mehr von diesen Geschichten gibt. Wer weiß, vielleicht hat er nicht nur Leroux zu seinem Vorteil benutzt. Vielleicht gibt es noch jemanden, der sich von Parson betrogen fühlte, jemand, dem eine öffentliche Bloßstellung nicht genug war.« Philips war jetzt nicht mehr zu bremsen. Er spürte, dass sie die ganze Zeit etwas übersehen hatten.

»Vergessen Sie den Anruf bei der Parson, Brian, das mache ich selbst. Sie schnappen sich lieber zwei Kollegen und gehen alle Jahrbücher akribisch durch, in denen er erwähnt ist. Alle, auch die aus seiner Schulzeit. Und jetzt ziehen Sie nicht so ein Gesicht! Irgendetwas muss es geben, irgendetwas, das wir übersehen haben.«

Aber es gab nichts. O'Connor hätte nur allzu gerne einen Triumphschrei ausgestoßen, aber er spürte, dass dies unter den gegebenen Umständen nun wirklich nicht angebracht war. Das berühmte Bauchgefühl, normalerweise etwas, worauf sich Philips in schwierigen Fällen immer hatte verlassen können – heute ließ es ihn grausam im Stich. Miriam war gerne bereit, etwas auszusagen, aber sie musste zugeben, dass sie die letzten Jahre nicht mehr allzu sehr in Christophers Leben mit einbezogen worden war. Es gab sicherlich öfter Auseinandersetzungen mit Dozenten und Studenten – der Arbeitsstil von Christopher Parson war schon vor seiner Tätigkeit in Canterbury nicht sehr beliebt –, aber nichts, das so gravierend war wie die Geschichte mit Jacob Leroux und in das Miriam noch dazu detailliert Einblick hatte.

Es würde Tage, womöglich Wochen dauern, jede einzelne Person, die im Laufe seiner Karriere mit ihm zu tun hatte und sich eventuell im Nachteil sah, zu finden und zu überprüfen, wenn dies überhaupt möglich war. Pierce würde einer solchen Unternehmung niemals zustimmen, und das musste er eigentlich auch gar nicht. Philips war sich sicher, dass eine derartige Untersuchung nicht nötig war, dass der Täter ohnehin nicht in Plymouth oder Oxford saß. Er hatte hier zugeschlagen – hier in Canterbury, und hier galt es ihn auch zu finden. Wenn er allerdings daran dachte, wie schnell die Zahl der Verdächtigen vor Ort fast auf ein Nichts zusammengeschrumpft war. Aber eben nur fast. Dominique Leroux war schließlich übrig geblieben. Sie selbst hatten sie in mühevoller Kleinarbeit aus diesem ganzen unüberschaubaren Geflecht, vor dem sie am Dienstag noch gestanden hatten, herausgefiltert.

25. Kapitel

Lilly Sharp kam einigermaßen außer Atem in ihr Büro zurück. Die Abholaktion hatte länger gedauert als gedacht, denn der Beamte von der Spurensicherung schien erst noch eine Ewigkeit mit Inspector Philips zu sprechen, bevor er ihr die Maschine schließlich aushändigte. Sie konnte die prüfenden Blicke des Mannes förmlich spüren, als sie mit zittrigen Händen auf dem geforderten Formular unterschrieb. *Er weiß ganz genau, dass ich diesen Brief geschrieben habe. Er weiß, dass ich eine Erpresserin bin!* Es kostete sie sogar Überwindung, an dieses furchtbare Wort nur zu denken.

Lilly stellte die Schreibmaschine mit einem verächtlichen Blick in die allerhinterste Ecke ihres Büros, obwohl sie wusste, dass das gute Stück nichts dafür konnte. Trotzdem – sie würde sie so schnell nicht mehr anrühren. Vielleicht sollten Derek und sie sich doch einen Computer anschaffen, auch wenn ihr Mann sich momentan noch mit Händen und Füßen gegen diesen »neumodischen Kram« wehrte. Um sich etwas abzulenken, beschloss sie, entgegen ihrer ursprünglichen Absicht, Deborah doch nicht mit ihrem Besuch zu überraschen, sondern zuvor bei ihr anzurufen. Wer weiß, vielleicht wollte die Arme ja in Ruhe gelassen werden und würde sich durch Lilly nur gestört fühlen. Wahrscheinlich war sie immer noch fix und fertig.

Umso überraschter war Lilly deshalb, als Denis Winter ihr am Telefon mitteilte, dass seine Frau nicht zu Hause sei. Und nicht nur das. Seine Stimme klang äußerst merkwürdig, um nicht zu sagen abweisend. Wahrscheinlich hatten unzählige Reporter bei den Winters angerufen, sobald sie Wind von der Tatsache bekommen hatten, dass Deborah die Sekretärin des Mordopfers war. Trotzdem, Denis kannte Lilly doch, zwar nicht sehr gut, aber immerhin war sie keine Fremde, sondern eine Arbeitskollegin seiner Frau. Vorsichtig formulierte sie deshalb ihre nächste Frage.

»Denis, ist irgendetwas nicht in Ordnung? Kann ich etwas für Sie und Deborah tun?«

Denis ließ zuerst nur ein wütendes Schnauben hören, bevor er antwortete. »Nicht in Ordnung? Wie würden Sie denn die Tatsache bezeichnen, wenn man von seiner Frau verlassen worden ist? Sie hat schon alles gepackt.«

Lilly glaubte im ersten Moment an einen schlechten Scherz. Konnte es sein, dass sie vor lauter Ärger über Professor Parson und Sorge um

Dr. Walters irgendetwas übersehen hatte? Irgendwelche Anzeichen bei Deborah, dass ihre Ehe in einer Krise war? Hätte sie vielleicht Trost gebraucht, während sie, Lilly, immer nur mit ihrem eigenen Kram beschäftigt war? Deborah hatte von sich aus nie wirklich viel über ihr Privatleben erzählt, und Lilly wollte nicht den Anschein erwecken, eine neugierige Tratschtante zu sein. Aber vielleicht hätte sie einfach nachfragen sollen, vielleicht hätte sie sich einfach ein bisschen Zeit für ihre Kollegin nehmen müssen. Denis' Stimme riss sie aus ihren Gedanken. Sie hatte im ersten Moment gar nicht bemerkt, dass er weitersprach.

»Sie müssten sie sowieso noch treffen. Soviel ich weiß, wollte sie an die Universität fahren, um noch etwas zu erledigen. Wahrscheinlich ihr Büro ausräumen.« Seine Stimme war voller Bitterkeit.

»Oh Denis, das alles tut mir so furchtbar leid. Ich hatte doch keine Ahnung. Das Ganze hat sie einfach furchtbar mitgenommen, verstehen Sie. Sie fängt sich bestimmt wieder.« Lilly merkte selbst, wie mickrig der Trost war, den sie gerade versuchte zu spenden, und war erleichtert, dass Denis das Gespräch von sich aus schnell beendete.

Sie hatte plötzlich eine ganz bestimmte Vermutung. Konnte es sein, dass Deborah heimlich in Professor Parson verliebt war? Sie hatte zwar vor Lilly nie gezögert, aus dem Nähkästchen zu plaudern, aber vielleicht wollte sie gezielt von ihren eigenen Gefühlen ablenken, als sie von den ganzen Beschwerden über ihn erzählte. Je länger Lilly über diese Gespräche mit Deborah nachdachte, umso bewusster wurde ihr, dass es darin eigentlich immer nur um die Angelegenheiten zwischen Parson und anderen Leuten ging, aber nie um sie selbst.

Lilly war insgeheim schon die ganze Zeit etwas überrascht, dass Professor Parson ausgerechnet Deborah als Sekretärin gewählt hatte, denn ihre Kompetenzen waren nicht gerade das, was man überragend nennen konnte. Aber Deborahs Äußeres war nun einmal sehr ansprechend. Er hatte sie trotz der gelegentlichen Pannen immer sehr nett behandelt – ganz im Gegensatz zu manch anderem am Institut. Wie oft hatte er Dozenten oder Studenten wegen Nichtigkeiten angeraunzt, nicht zu vergessen natürlich sie selbst und vor allem Dr. Walters! Vielleicht waren die beiden ja sogar ein heimliches Liebespaar. Die Arme, und dann musste ausgerechnet sie seine Leiche finden! Auch wenn sie Ehebruch nun wirklich nicht gutheißen konnte, beschloss Lilly, heute Nachmittag besonders freundlich zu Deborah zu sein. Sie fühlte sich momentan alles andere als geeignet dafür, über andere den Richter zu spielen.

Sophie war ganz krank vor Sorge um Dominique. Seit heute Morgen hatte sie unzählige Male versucht, ihre Freundin zu erreichen, aber vergeblich! Das Mobiltelefon war ausgeschaltet und in der Wohnung meldete sich nur der Anrufbeantworter, auf dem sie mindestens schon zehn Nachrichten hinterlassen hatte. Sie hatten heute Nachmittag beide einen Termin bei ihrem Professor, und Dominique nahm diese Termine immer sehr genau. Wo war sie nur? Sophie machte sich furchtbare Vorwürfe, denn sie hatte gestern nur zu deutlich bemerkt, dass es ihrer Freundin überhaupt nicht gutging. Dominique hatte zwar versucht, sich nichts anmerken zu lassen, aber Sophie konnte sie nicht täuschen. Normalerweise wäre sie über die Zusage von Harvard in Freudentänze ausgebrochen – *Harvard*! Aber so hatte sie sich nur ab und zu ein gequältes Lächeln abgerungen und regelrecht gleichgültig die Anmeldung dafür ausgefüllt. Sie hätte sie in diesem Zustand nicht alleine lassen dürfen. Was war sie nur für eine schlechte Freundin.

Sophie beschloss schließlich, in Dominiques Wohnung zu fahren. Vielleicht war sie ja ernsthaft krank und zu schwach ans Telefon zu gehen? Oder, sie wagte nicht, daran zu denken, aber trotzdem drängte sich diese Idee immer wieder auf, Dominique hatte versucht, sich etwas anzutun und lag in diesem Moment bewusstlos auf dem Boden. Sie quälte sich schon die ganze Zeit mit irgendetwas herum ... nein, nicht mit irgendetwas, musste sich Sophie selbst korrigieren ... mit irgendjemand! Und zwar mit diesem David! Seit sie sich auf der Party von Dominique verabschiedet und sie mit ihm allein gelassen hatte, war sie nicht mehr dieselbe. Vielleicht hatte er sie ja unter Drogen gesetzt und dann ... Oh mein Gott! Darauf war sie ja noch gar nicht gekommen! Dabei las man fast tagtäglich über Gewalt gegen Frauen in der Zeitung! Und wenn es vor der eigenen Nase passierte ... Sophie wartete nicht lange auf den Bus, sondern schnappte sich ihr altes, klappriges Fahrrad und fuhr, so schnell sie konnte, zu Dominiques Wohnung.

Dort angekommen, klingelte sie Sturm. Als niemand öffnete, klopfte sie energisch an die Wohnungstür und rief immer wieder Dominiques Namen ... aber vergeblich. Sophie wollte schon völlig entmutigt abziehen, als plötzlich die Tür der Nachbarwohnung aufging und eine ältere Frau, offenbar vom Lärm im Treppenhaus aufgeschreckt, neugierig den Kopf herausstreckte.

»Das können Sie sich sparen, da ist niemand zu Hause!«

»Woher wissen Sie das? Haben Sie die junge Frau heute schon gesehen?« Sophie stürzte sich geradezu panisch auf die Frau, die sichtbar ein paar Schritte zurückwich.

»Heute? Nein, heute nicht. Aber gestern Abend ... was sag ich ... gestern Nacht war das vielmehr.«

»Gestern Nacht.« Sophie gefiel gar nicht, was sie da hörte. Sie war selbst erst gegen neun von hier weg, hatte Dominique danach noch etwas vor? Sie hatte ihr gegenüber nichts erwähnt.

»Ja, war schon nach elf, als sie zusammen weg sind.«

Sie ... zusammen ... Dominique war also nicht alleine ... Aber mit wem um Himmels willen zog sie so spät noch um die Häuser?

»Können Sie das nicht etwas genauer sagen?« Sophie war mit ihrer Geduld schön langsam am Ende. Warum ließ diese Kuh sich aber auch alles aus der Nase ziehen?

»Ich wüsste nicht, dass Sie das etwas angeht.« Dominiques Nachbarin hatte von dieser unhöflichen Person, die mit ihrem Geschrei das ganze Treppenhaus in Aufruhr gestürzt hatte, allmählich die Nase voll.

»Bitte, es ist sehr wichtig. Ich bin eine sehr gute Freundin von Ms. Leroux. Sie haben mich doch bestimmt schon öfter hier gesehen.« Sophie musste wirklich sehr verzweifelt geklungen haben, denn die Frau überlegte es sich plötzlich anders und machte ihre Tür wieder etwas weiter auf.

»Viel hab ich sowieso nicht gesehen. Ich bin ja schließlich niemand, der seine Nachbarn belauert.«

Nein, natürlich nicht!

»War gerade mit meiner Blacky draußen, als kurz vor zehn zwei Männer kamen, ein Junger und ein etwas Älterer. Ich dachte mir noch: Männerbesuch um diese Zeit! Und dann gleich zwei auf einmal.«

Lieber Gott, bitte ...

»Na ja, ungefähr eine Stunde später ist sie mit dem Älteren dann in dessen Auto weggefahren. Aber es war irgendwie seltsam.«

»Was war seltsam?« Sophie bemühte sich, nicht zu aufgeregt zu klingen, aus Angst, die Frau gleich wieder einzuschüchtern.

»Na ja, es sah fast so aus, als ob er darauf aufpasste, dass sie nicht weglaufen konnte. Hatte sie so komisch am Arm neben sich hergeführt.«

Oh mein Gott, dachte Sophie. Dominique war ganz bestimmt mit einer Waffe bedroht und dann entführt worden. Oder sie hatten sie zuvor unter Drogen gesetzt und betäubt. Wahrscheinlich gehörte dieser ominöse David einer Mädchenhändlerbande an (Sophie zweifelte keine Sekunde daran, dass der Jüngere der beiden Männer David war), die junge Frauen in die Prostitution verkaufte. Vielleicht hatten sie Dominique davor schon bedroht und eingeschüchtert, und sie war deshalb die ganze Zeit so bedrückt und niedergeschlagen. Und diese dumme Kuh hier sah auch noch seelenruhig dabei zu, wie vor ihrem Haus ein Verbrechen geschah!

Sophie konnte sich nur mit Mühe beherrschen, als sie jetzt sagte: »Und auf die Idee, die Polizei zu rufen, sind Sie wohl nicht gekommen?«

»Polizei!?« Die Frau sah sie nur entgeistert an. »Wie käme ich denn dazu? Wir sind hier ein anständiges Haus.«

Mit einem wütenden Schnauben drehte Sophie sich um und ließ die verdutzte Nachbarin einfach stehen. Vor dem Haus angekommen, holte sie ihr Telefon aus der Jackentasche und wählte mit zittrigen Fingern die Nummer des Polizeinotrufs.

Anständiges Haus ... wenn sie so was nur hörte.

»Canterbury Police Department, Nora White, wie kann ich Ihnen helfen?«, hörte sie plötzlich eine freundliche Stimme am anderen Ende der Leitung.

»Hallo, mein Name ist Sophie Langham, ich möchte eine Anzeige aufgeben. Meine Freundin ist entführt worden, gestern Nacht.«

»Ms. Langham, bleiben Sie ganz ruhig. Wir kümmern uns darum. Sagen Sie mir bitte den Namen Ihrer Freundin und wo Sie sich gerade aufhalten?«, fragte die Stimme in ruhigem, aber sehr bestimmtem Tonfall.

»Leroux ... Dominique Leroux, und ich bin gerade vor ihrer Wohnung, 8 Chestnut Lane.« Noch während sie sprach, hörte Sophie im Hintergrund das Klicken einer Computertastatur. Dann war es einige Augenblicke ganz still. Warum dauerte denn das so lange? Endlich meldete sich diese Nora White wieder zu Wort.

»Ms. Langham, einen Augenblick bitte. Ich verbinde Sie jetzt mit Chief Inspector Philips von der Mordkommission.« Und ehe Sophie noch etwas erwidern konnte, war sie schon auf die Warteschleife gesetzt worden.

Mordkommission ... Das Wort traf Sophie wie ein Peitschenhieb. Sie war zu spät gekommen. Weil sie nicht genügend auf ihre Freundin aufgepasst hatte, war Dominique jetzt tot.

»Inspector Philips hier, Ms. Langham?«

»Ja«, flüsterte Sophie verzweifelt, »Dominique – ist sie tot? Wer hat sie umgebracht?«

»Wie? Was? Um Himmels willen, nein! Bitte beruhigen Sie sich. Ihre Freundin ist völlig unversehrt.« Es dauerte einige Sekunden, bis Sophie verstand, was dieser Inspector ihr soeben mitgeteilt hatte! Dominique war am Leben!

»Ms. Langham? Sind Sie noch dran?«, schallte seine Stimme aus ihrem Telefon.
»J-ja. Sie ist also nicht tot?« Sophie konnte ihr Glück kaum fassen. Was sie dann allerdings zu hören bekam, ließ sie kurze Zeit an ihrem Verstand zweifeln.
»Nein! Ganz sicher nicht! Allerdings, Ms. Langham, würden Sie bitte zu uns aufs Revier kommen? Wir mussten Ihre Freundin leider festnehmen. Sie steht momentan unter Mordverdacht.«

Miriam saß in einem Liegestuhl auf der Terrasse und beobachtete von dort aus David beim Schwimmen im Pool. Es war das Einzige, womit er sich momentan beschäftigen konnte, und sie ließ ihn einfach nur gewähren. Nachdem Dr. Boyers ihnen Dominiques unwiderrufliche Entscheidung mitgeteilt hatte, war ihr Sohn nicht davon abzuhalten gewesen, aufs Revier zu fahren und mit ihr zu sprechen. Aber er hatte sie auch nicht umstimmen können ... ganz im Gegenteil. Miriam war von der Entscheidung der jungen Frau jedoch nicht wirklich überrascht gewesen, hatte sie doch von Jacob Leroux' Tochter nichts anderes erwartet. Standhaft, mutig, aufrichtig ... sie verkörperte mehr Eigenschaften ihres Vaters, als ihr selbst wahrscheinlich bewusst war. Er wäre sehr stolz auf sie gewesen, dessen war sich Miriam sicher.
Es war ein strahlender Frühsommertag und sehr angenehm in der Sonne zu sitzen. Sie schloss für ein paar Sekunden die Augen und ließ sich von ihren Erinnerungen treiben. Jacob ... sie hatte ihn vom ersten Augenblick an geliebt. Natürlich hatte sie es ihm nie gesagt, denn sie wusste, dass er zu Karen gehörte. So wie sie für alle Welt zu Christopher gehörte.
Christopher ... selbst der Gedanke an seinen Namen löste in ihr nur Verachtung aus. Er konnte Jacob nicht annähernd das Wasser reichen ... in nichts ... in gar nichts ... weder fachlich, aber vor allem auch menschlich versagte er kläglich in diesem Vergleich. Nie würde sie den Tag vergessen, als Jacob ihr freudestrahlend mitteilte, dass Karen schwanger war. Sie freute sich ehrlich mit den beiden, denn Karen war das Beste, was Jacob passieren konnte, das wusste sie nur zu gut. Aber gleichzeitig tat es so furchtbar weh. Allerdings wusste sie da noch nicht, was es hieß, wirklichen Schmerz zu empfinden. Der Schmerz, der sich ausbreitete, als ihr unmissverständlich klarwurde, dass er bald sterben würde und sie nichts dagegen tun könnte, als sie hilflos zuse-

hen musste, wie er jeden Tag schwächer wurde und ein kleines bisschen mehr zu leben aufhörte.

Sie war die Wochen nach seinem Tod wie gelähmt gewesen und wollte am liebsten selbst sterben. Karen hatte das Baby, hatte Dominique, für die es sich lohnte zu leben und weiterzukämpfen, aber sie? Wen hatte denn sie schon? Ein gewissenloses egoistisches Monster, das nicht zögerte, Jacobs Vermächtnis an sich zu reißen. Wie konnte er es nur wagen, seinen schmutzigen Namen unter die Arbeit dieses wundervollen Menschen zu setzen? Wie sehr hatte sie ihn dafür gehasst.

Seit sie durch Philips von Christophers Krebserkrankung erfahren hatte, wurde sie den furchtbaren Gedanken nicht mehr los, dass dies nur seine gerechte Strafe war, dass er schließlich genauso leiden sollte, wie Jacob das getan hatte. Sie wusste im selben Augenblick auch, dass sie nicht das Recht hatte, Richter zu spielen, und ein Leben gegen ein anderes abwägen durfte, aber war es nicht trotzdem ein Zeichen? Miriam fragte sich auch immer öfter, wie es mit ihnen nach einer entsprechenden Diagnose weitergegangen wäre? Wann wäre er wohl zum Arzt gegangen? Wenn es schon zu spät gewesen wäre? Und dann die Frage, die sie immer ganz weit von sich schob: Hätte sie ihn gepflegt, wenn er todkrank auf ihre Hilfe angewiesen gewesen wäre? Oder ...

Sie hatte in der letzten Zeit viel nachgedacht, vor allem nachts, wenn sie stundenlang nicht einschlafen konnte. Und immer wieder hatte sie sich gefragt, warum sie ihn eigentlich geheiratet hatte. Jahrelang hatte sie sich selbst eingeredet, dass sie ihrer Mutter eine Trennung niemals hätte antun können, da sie doch so stolz auf sie gewesen war und schon überall herumerzählt hatte, dass ihre Tochter mit einem wohlhabenden Oxfordabsolventen verlobt sei. Aber das war nur eine mickrige Ausrede sich selbst gegenüber. Natürlich wäre ihre Mutter anfangs geschockt gewesen, aber sie hätte sich wieder davon erholt, genauso wie sie es bei Sarahs Entscheidung, nach Kanada zu gehen, getan hatte. Was waren das anfangs für Szenen, die sie Miriams Schwester gemacht hatte, aber diese hatte sich nicht von ihrem Vorhaben abbringen lassen.

Doch was, wenn nicht die Rücksicht auf die eigene Familie, was war es dann bei ihr? Die Aussicht auf eine gesicherte Zukunft? Bequemlichkeit? Angst vor dem Alleinsein, nachdem eine fünfjährige Beziehung gerade in die Brüche gegangen war? Sie stellte mit Erschrecken fest, dass sie es nicht mehr wusste. Nur eines wusste sie nur zu gut: Liebe war es schon damals nicht, die sie zur Ehe mit Christopher veranlasst hatte. In diesem Moment kam Mariella mit dem Telefon in der Hand auf die Terrasse und riss sie aus ihren trüben Gedanken.

Eine gewisse Lilly Sharp sei am Telefon und wolle Signora Parson sprechen. Miriam erinnerte sich vage daran, den Namen schon einmal gehört zu haben, verspürte aber im Moment keine große Lust, mit jemandem zu sprechen. Als Mariella sie jedoch fragte, ob sie sie entschuldigen solle, schüttelte Miriam nur den Kopf und nahm, wenn auch widerwillig, den Telefonhörer entgegen. Wie sich herausstellte, handelte es sich um eine der Sekretärinnen am Institut, die ihr freundlicherweise anbot, beim Ausräumen von Christophers Büro behilflich zu sein. Oh nein, das habe ich ja total vergessen, dachte Miriam verzweifelt. Mrs. Sharp drängte sie jedoch nicht zur Eile und versicherte ihr, dass sie kommen könne, wann immer sie wolle.

»Ich richte mich ganz nach Ihnen, Mrs. Parson. Das ist doch das Mindeste, was ich für Sie in der jetzigen Situation tun kann.« Sie schien wirklich eine sehr nette und aufmerksame Person zu sein.

Auch wenn ihr schon bei dem bloßen Gedanken graute, in Christophers Sachen wühlen zu müssen, wollte Miriam das Ganze schnell über die Bühne bringen und sagte Lilly deshalb zu, noch heute am späten Nachmittag vorbeizukommen. Sie hatte kaum aufgelegt, als ihr siedend heiß einfiel, dass sie ja schon mit dem Bestattungsinstitut verabredet war, um die Einzelheiten für die Beerdigung zu besprechen. Diese sollte am kommenden Dienstag stattfinden ... ein weiteres Ereignis, vor dem Miriam im Moment nur graute.

»Hi, Mum, alles klar?« Sie hatte gar nicht bemerkt, dass David auf die Terrasse gekommen war. Er setzte sich, tropfnass wie er war, auf einen der Stühle und sah seine Mutter prüfend an. Überall hatte er dabei nasse Spuren hinterlassen, aber das war Miriam heute vollkommen egal.

»Ach, nicht unbedingt. Ich habe gerade ein Terminchaos verursacht. Eigentlich wollte ich mich ja mit den Leuten von der Bestattung treffen, aber jetzt habe ich schon am Institut zugesagt, Christophers Büro heute Nachmittag auszuräumen.«

David fuhr sich mit einem Handtuch kurz durch die Haare und schien über etwas nachzudenken. Dann sagte er plötzlich zu ihr gewandt: »Kein Problem, Mum. Das mit dem Büro übernehme ich, okay? Kümmere du dich in Ruhe um die Beerdigung, und mach dir um den Rest keine Sorgen.«

Sie sah ihrem Sohn dankbar an. »Du bist wirklich ein Schatz, David. Bist du auch ganz sicher, du schaffst das?«

Er lächelte sie müde an. »Klar, weißt du, ich muss die ganze Zeit an Dominique denken und daran, was sie im Moment alles schaffen muss. Ich krieg das schon hin.«

Er stand auf und gab Miriam einen leichten Kuss auf die Wange, als ihm plötzlich etwas einfiel.

»Äh … du brauchst doch sicherlich dein Auto, oder? Soll *ich* dann mit Dads Auto zum …« Er brach mitten im Satz ab und sah seine Mutter unsicher an.

Daran hatte Miriam noch gar nicht gedacht. Die Spurensicherung hatte den Audi gestern zurückgebracht, aber sie vermied es tunlichst, auch nur einen Blick darauf zu werfen. Vorsichtig fragte sie deshalb: »Wäre das denn okay für dich?«

David zögerte nur eine Sekunde, ehe er hastig nickte. »Kein Problem. Ich geh dann mal duschen.«

Er war schon an der Terrassentür angekommen, als Miriam plötzlich aufstand.

»David?«

Er blickte sie erstaunt an. »Ja?«

»Danke.«

26. Kapitel

Brian saß etwas missmutig an seinem Computer und arbeitete sich durch einen Wust an unbeantworteten E-Mails, die nach nur einem Tag Abwesenheit angefallen waren (welch unwichtigen Müll manche Kollegen aber auch durch die Gegend schicken mussten!). Er entdeckte gerade eine Nachricht von Bill Andrews, als der Bildschirm plötzlich schwarz wurde und nichts mehr ging.

»Verdammter Mist«, fluchte Brian leise vor sich hin. Es war nicht das erste Mal, dass sie von der EDV im Stich gelassen wurden. Das Revier hätte schon längst dringend neue Computer gebraucht, aber natürlich war dafür kein Geld vorhanden. Vielleicht gab es ja wenigstens für die Mordkommission nach der schnellen Lösung dieses Falls eine kleine finanzielle Extraaufwendung.

Philips war gerade bei Pierce, um ihm den abschließenden Bericht zu überbringen. Die Staatsanwaltschaft würde wahrscheinlich noch heute Nachmittag Anklage gegen Dominique Leroux erheben. Brian wusste, dass dem Chef dieser Gang nicht leicht fiel, aber selbst der alte Zweifler Philips musste sich schließlich eingestehen, dass die Beweislage eindeutig war. Das Telefon läutete und Brian vermutete die Kollegen aus der EDV-Abteilung am Apparat, aber es war nur der Empfang, der eine gewisse Sophie Langham ankündigte.

O'Connor ließ Dominique aus der Untersuchungshaft holen, auch wenn er die Anordnung des Chefs, dass sie ihre Freundin sehen durfte, wahrlich nicht teilte. Zuerst David, jetzt diese Sophie, wer würde wohl als Nächstes hier reinspazieren? Insgeheim vermutete er, dass es für Philips so eine Art Abschiedsgeschenk an das Mädchen war, eine Art Wiedergutmachung dafür, dass er es war, der sie verhaftet hatte. Brians Ansicht nach alles sentimentaler Unsinn, aber die Woche war zu anstrengend für ihn gewesen, um noch Lust zum Streiten aufbringen zu können.

Auch wenn er es nur ungern zugab, so fiel Brian beim Anblick von Dominique auf, dass sie die letzten Stunden irgendwie noch kleiner und zierlicher geworden war. Entsprechend emotional reagierte diese Sophie (nebenbei gesagt eine äußerst attraktive Erscheinung mit wallenden roten Locken und einem geradezu umwerfenden Augenaufschlag). Brian setzte sich etwas besser gelaunt hinter seinen nach wie vor dunklen Bildschirm und beäugte die beiden jungen Frauen aufmerksam. Die sollten ruhig mitbekommen, dass das hier kein nachmittäglicher Kaffeeklatsch war! Philips hatte kein bestimmtes Zeitlimit gesetzt, sodass Dominique in aller Ruhe die Erlebnisse der letzten Tage erzählen konnte. Brian musste unwillkürlich schmunzeln, als Sophie ihren Entführungsverdacht äußerte. Der Chief Inspector ein Mädchenhändler ... das musste er ihm bei passender Gelegenheit unter die Nase reiben.

»Ich weiß nicht, was es da zu lachen gibt. Man wird sich ja wohl noch um die, die einem am Herzen liegen, Sorgen machen dürfen«, herrschte ihn der rote Lockenkopf plötzlich an. Aber bevor Brian etwas erwidern konnte (wer war hier eigentlich der Sergeant?), hatte Dominique ihre Freundin schon beschwichtigt, und er beschloss, routiniert über diesen Dingen zu stehen. Frauen! Stattdessen drückte er ungeduldig den Startknopf seines Rechners – leider vergebens.

»Ich gehe heute um halb fünf zu unserem Termin bei Professor Johnson und sag ihm einfach, du bist krank und schaust nächste Woche bei ihm vorbei.« Sophie bemühte sich, ihrer Stimme einen aufmunternden Klang zu geben. Johnson war der Betreuer ihrer Abschlussarbeiten und wollte diese heute eigentlich mit ihnen besprechen. Dominique wusste, dass Sophie es nur gut meinte, und lächelte sie deshalb traurig an.

»Sophie, schau, nächste Woche werde ich immer noch ...«

»Nein! Daran darfst du nicht einmal denken. Nächste Woche wirst du mit mir den Flug nach Boston buchen, und ...« Das erste Mal, seit sie Dominique gegenübersaß, versagte Sophie die Stimme, und sie spürte ein ungutes Brennen in ihren Augen.

Plötzlich fühlte sich Dominique ausnahmsweise als die Stärkere von ihnen, und sie nahm ihre Freundin behutsam in den Arm. »Du musst mir versprechen, dass du das auch alleine schaffst, Sophie, ja? Ich will doch stolz auf meine Freundin sein können.« Sophie sah sie nur mit großen Augen an und sagte gar nichts.

»Das musst du mir ganz fest versprechen, hörst du! Und ich muss dich um noch etwas bitten. Kannst du meiner Mum Bescheid sagen? Ich habs bisher nicht übers Herz gebracht, sie anzurufen.«

Sophie nickte eifrig. »Das mit deiner Mum geht klar, aber Harvard ohne dich kannst du vergessen. Ich zähl auf dich, Dominique, lass mich jetzt bitte nicht im Stich.«

Brian, dem so viele Emotionen sichtbar auf die Nerven gingen, war froh, dass in dem Augenblick Philips zur Tür reinkam, und gleichsam als ob dieser heilende Kräfte mitgebracht hätte, kam endlich auch in seinen Computer wieder Leben. Gott sei Dank, dann konnte er sich wenigstens ablenken. Dieses Geheule war ja auf die Dauer nicht auszuhalten! Sophie verabschiedete sich gerade unter viel Tränen und noch mehr Umarmungen. Philips nahm Dominique zu sich ins Nebenzimmer und versuchte ihr gerade beizubringen, dass sie den Pflichtverteidiger, den sie zweifellos als Angeklagte in einem Mordfall bekommen würde, dringend akzeptieren sollte, als O'Connor plötzlich mit ernstem Gesicht in der Tür stand.

»Chef, kommen Sie mal mit. Ich glaube, das sollten Sie sich unbedingt anschauen.«

David kostete es anfangs mehr Überwindung, in den Wagen seines Vaters zu steigen, als er zuvor gedacht hatte. Er blieb einige Minuten vollkommen regungslos sitzen, bevor er den Motor anließ, schaltete diesen aber sofort wieder aus. Der Wagen war erst ein Jahr alt und hatte noch kaum Kilometer drauf, eigentlich ein Traum für jeden, der Autos liebte. David wusste nicht warum, aber er öffnete plötzlich das Handschuhfach. Enttäuscht stellte er fest, dass sich nur die Wagenpapiere darin befanden, aber was hatte er auch anderes erwartet. Vielleicht irgendetwas Persönliches, etwas, das ihn daran erinnerte, dass sein Vater dieses Auto noch vor kurzem gefahren hatte. Aber die Spurensicherung der Polizei hatte ganze Arbeit geleistet.

Vorsichtig fuhr er mit der Hand über das Lenkrad und dann über die Armaturen. Wie in Trance griff er nach dem Gurt und schnallte sich an. Dabei fiel ihm ein, dass sein Vater diesen nie benutzt hatte. Der Sicherheitsgurt enge ihn ein, hatte er behauptet, wenn seine Mutter ihm deswegen Vorhaltungen machte, und David und Emily wären ja alt genug, ihm nicht alles nachzumachen. Und dann, gerade als er den Zündschlüssel erneut umdrehen wollte, spürte er auf einmal ein unbändiges Verlangen danach, zu weinen. Endlich machten seine Wut, seine Enttäuschung und die Verzweiflung, die er schon so lange spürte, endlich machten sie diesem befreienden Gefühl, einfach nur weinen zu können, Platz.

Lilly war froh, wenn sie endlich zu Hause war. Was war das nur für eine grauenvolle Woche gewesen! Dr. Walters hatte sie gebeten, obwohl heute Freitag war, bis sechs zu bleiben, denn es galt noch einiges wegzuarbeiten. Sie war gerade mit der undankbaren Aufgabe beschäftigt, das Blumengesteck für Professor Parsons Beerdigung zu bestellen, als es plötzlich klopfte und David im Türrahmen stand. Der Junge schien geweint zu haben, denn seine Augen waren immer noch gerötet. Lilly verspürte unfreiwillig ein ungutes Gefühl in der Magengrube, bemühte sich aber um ein freundliches Lächeln, das sofort erwidert wurde.

»Hi, ich bin David Parson. Sie haben heute mit meiner Mum telefoniert. Sie kann leider nicht wegen der Beerdigung, und deshalb bin ich ...« Er brach mitten im Satz ab und stand nun etwas verlegen vor ihr.

»Oh, hallo David. Schön, Sie zu sehen. Ich bin Lilly Sharp, aber sagen Sie doch einfach Lilly zu mir: Wollen wir gleich in ...?« Lilly wollte eigentlich »in das Büro Ihres Vaters« sagen, hatte aber plötzlich das Gefühl, nicht mehr weiterreden zu können, sondern beließ es stattdessen bei einer Geste in Richtung Christopher Parsons Büro.

Der Junge nickte hastig. »Ich geh nur die Kartons aus dem Auto holen, bin gleich wieder da.« David war froh, an die frische Luft zu können, denn er hatte auf einmal eine furchtbare Angst, dieses Büro zu betreten – *sein* Büro ...

Als er auf dem Parkplatz in Richtung Auto ging, sah er in diesem Moment eine Frau mit auffallend roten Haaren im Gebäude nebenan verschwinden. Aber das war doch ... wenn ihn nicht alles täuschte, war das Sophie, die beste Freundin von Dominique. Er spürte plötzlich den Drang, ihr hinterherzugehen und sich mit ihr zu unterhalten. Einfach nur so reden, ganz belanglos, über nichts Bestimmtes ... über irgendetwas oder über irgendwen ... vielleicht über ihre beste Freundin. Er zögerte nicht lange, sondern lief auf das Gebäude zu und durch die Eingangstür in die Aula. David dachte im ersten Moment schon, er hätte sie verloren, als er sie auf der Treppe wiederentdeckte. Mit schnellen Schritten eilte er hinterher und sah sie gerade noch in einem der Korridore verschwinden.

»Oh Mann, kannst du nicht aufpassen!?« Beinahe wäre er mit einer entgegenkommenden Gruppe Studenten unsanft zusammengestoßen.

Er murmelte ein hastiges »'tschuldigung« und ging eilig weiter. Warum musste diese Sophie aber auch so rennen? Als er die Tür zum rechten Korridor aufmachte, war dieser jedoch menschenleer. »Mist!«

Dann ging alles furchtbar schnell. Er hörte plötzlich einen Knall und dann einen lauten Aufschrei. Eine der Bürotüren war offen und aus dieser stürzte eine Frau ... eine Frau, die er kannte! Und sie hatte eine Waffe in der Hand.

Es dauerte den Bruchteil einer Sekunde, bis er realisierte, was hier vor sich ging, aber es war ein Bruchteil zu spät. In diesem Augenblick knallte es schon ein zweites Mal. David spürte einen peitschenden Schmerz in der Magengegend, der ihn zurücktaumeln ließ. Im Fallen glaubte er noch eine vertraute Stimme zu hören ... dann wurde es dunkel.

27. Kapitel

Philips ließ Dominique mit einer Beamtin zurück und folgte Brian in das angrenzende Büro. Irgendetwas war vorgefallen, denn er war plötzlich ganz weiß im Gesicht.

»Brian, was ist los?«

»Chef, ich müsste Ihnen da zuerst noch etwas erklären«, begann dieser zögernd. »Als ich gestern in Oxford war, hab ich mich abends doch noch mit einem alten Bekannten getroffen ... Bill Andrews.« Philips nickte ungeduldig. Bisher erfuhr er nichts wirklich Neues.

»Ja, und?« Seine Stimme klang dabei leicht gereizt.

»Na ja, das war gestern, bevor ich wusste, dass Sie die Leroux festgenommen hatten, und ich dachte mir, weil wir doch plötzlich wieder bei Null waren ... und ich weiß auch, ich hätte das vorher mit Ihnen absprechen müssen und hätte nicht so vorpreschen dürfen, und überhaupt ...« Philips hatte keinen blassen Schimmer, wovon Brian eigentlich sprach, und hatte von dem Rumgestottere seines Sergeant schön langsam die Nase voll.

»Jetzt kommen Sie schon zum Punkt, Brian! Sonst sind Sie doch auch nicht so auf den Mund gefallen!«

»Okay ... also kurz und gut. Bill arbeitet beim *Oxford Chronicle*, und ich hab ihn gebeten, einfach auf gut Glück in ihrer Datenbank nachzuschauen, ob der Name Parson vielleicht in irgendeinem alten Artikel erwähnt ist. Immerhin hat er während seines Studiums insgesamt sieben Jahre in der Gegend verbracht.«

Und als Philips ihn nur schweigend ansah, fügte er hastig hinzu: »Ich weiß, das hätte ich eigentlich über den offiziellen Dienstweg machen müssen, aber ich dachte, so ganz unbürokratisch geht's bestimmt ein bisschen schneller und ...«

»Und?«, fragte der Chief lauernd.

»Er hat tatsächlich etwas gefunden. Hier sehen Sie seine Nachricht.« Brian zeigte eifrig auf seinen Bildschirm. »Zwar nur einen kurzen Artikel, aber immerhin. Er hat ihn als Anhang gleich mitgeschickt, und ich hab die erste Seite schon ausgedruckt.«

Brian reichte Philips das betreffende Blatt Papier, und dieser warf einen misstrauischen Blick darauf. Es war ein Zeitungsartikel aus dem Jahr 1983, wie ihm das Datum am rechten oberen Rand mitteilte. Was sollte er mit einem Bericht, der einundzwanzig Jahre alt war und der von einem offenbar tödlichen Brand in einem Pfadfinderlager handelte? Als er die ersten Zeile gelesen hatte und auf die Namen der Beteiligten stieß, war sein Interesse jedoch plötzlich geweckt. Er murmelte halblaut vor sich hin.

»Wie die beiden Betreuer Christopher Parson und Oliver Johnson übereinstimmend angaben, hatte das Mädchen unbemerkt Zigaretten eingeschmuggelt, sich heimlich nachts weggeschlichen und diese in einem abgelegenen Schuppen geraucht. Dabei kam es wohl durch eine unsachgemäß weggeworfene Kippe zu dem Brand, der für sie zur tödlichen Falle wurde ...«

»Verstehen Sie jetzt, was ich meine, Sir? Parson war Betreuer in einem Pfadfinderferienlager, in dem ein junges Mädchen tragisch ums Leben gekommen ist!« Während er dies sagte, druckte Brian schon die zweite Seite des Anhangs aus. Er hatte es anfangs auch nicht gleich verstanden, aber als er das Foto sah, wusste er plötzlich Bescheid. Der Drucker schien eine halbe Ewigkeit zu brauchen.

»Susan Anderson, die Tote war eine gewisse Susan Anderson.« Philips versuchte krampfhaft, den Namen mit irgendjemandem in Verbindung zu bringen, den sie kannten.

»Es ist nicht der Name, Chef, der uns weiterbringt. Einen Namen kann man ablegen, zum Beispiel, wenn man heiratet ... es ist die Familienbande, die einen nie ganz loslässt.«

In diesem Augenblick war der Drucker fertig. Brian nahm das Bild, das er ausgespuckt hatte, und reichte es dem Chief Inspector. Philips warf einen Blick darauf, und alle seine Fragen waren beantwortet. Es zeigte drei Mädchen, alle in ihrer Pfadfinderuniform, wie sie strahlend in die Kamera winkten. Der Text darunter berichtete, das Mädchen ganz links sei die später so tragisch verunglückte Susan. Aber sie war es nicht, die Philips' Aufmerksamkeit auf sich zog. Es war die Person daneben, die er sofort erkannt hatte und die förmlich mit ihr um die Wette lachte. Die Person, bei der es sich laut Bildunterschrift um die Schwester der Getöteten handelte – *Deborah Anderson*.

Einen Augenblick lang herrschte vollkommene Stille. Brian wagte nicht einmal zu atmen. Dann schien Philips plötzlich aus diesem starren Zustand zu erwachen und brach in hektische Betriebsamkeit aus.

»Brian, rufen Sie sofort bei Denis Winter an und finden Sie heraus, wo seine Frau steckt. Lilly Sharp hat mir vorhin erzählt, dass sie heute ihre Kündigung bekommen hat. Danach geben wir sofort eine Großfahndung nach Deborah Winter raus.«

Er selbst versuchte es zuerst bei den Parsons, erfuhr aber von Mariella, dass nur Emily zu Hause sei. Er wies sie an, mit dem Mädchen zu Hause zu bleiben und auf keinen Fall die Haustür zu öffnen, bis zwei seiner Beamten bei ihnen einträfen. Mariella konnte sich beim besten Willen nicht an den Namen des Bestattungsinstituts erinnern, wusste aber, dass David Parson in das Büro seines Vaters gefahren war.

»Sie ist nicht zu Hause, Chef. Ihr Mann meinte, sie wollte am Institut noch etwas erledigen, sie ist dort«, rief ihm Brian aufgebracht entgegen.

»David auch, Brian, er räumt gerade das Büro seines Vaters aus. Rufen Sie Lilly Sharp an, schnell, und geben Sie mir noch mal den Artikel.«

Philips war plötzlich ein furchtbarer Gedanke gekommen. Deborah wollte noch etwas *erledigen*. Der Zweite, wie hieß der Zweite? Oliver Johnson ... Johnson ... Johnson. Er hatte den Namen schon irgendwo gelesen. Er hatte ... natürlich! Auf einer von Lilly Sharps Listen. Johnson ... Professor Johnson ... Archäologie.

»Dominique!«, brüllte er plötzlich laut und riss die Tür zum Nebenzimmer auf. Dominique und auch die Beamtin starrten den Inspector völlig entgeistert an. Für einen kurzen Moment glaubten beide Frauen, er habe den Verstand verloren.

»Professor Oliver Johnson? Kennen Sie ihn?«

Hastig nickte sie. »J-ja, er ist unser zuständiger Betreuer. Sophie ist gerade unterwegs zu ihm wegen unserer Abschlussarbeit.«

Oh nein!

»Sagen Sie, dass das nicht wahr ist?« Philips flehte sie förmlich an.

»Doch, sie hat um halb fünf einen Termin. Aber warum?« Dominique hatte keine Ahnung, was das alles bedeutete.

In diesem Augenblick hörten sie durch die geöffnete Tür O'Connor hektisch am Telefon sprechen. »Mrs. Sharp, wo ist David Parson? Was? Oh nein! Hören Sie mir jetzt gut zu: Wenn Deborah Winter auftaucht ...«

David! Sophie! Warum waren hier alle plötzlich so unruhig? Philips forderte soeben über Telefon mehrere Einsatzkommandos für die Universität an. Dominique verspürte eine furchtbare Angst.

»Brian! Los, kommen Sie!« Philips ahnte das Allerschlimmste und rannte zur Tür.

»Nehmen Sie mich mit!« Dominique war aufgesprungen und versuchte sich vehement gegen den Griff der Beamtin zu wehren. »David und Sophie sind doch in Gefahr ... bitte! Ich habe sonst niemanden mehr.«

Philips stimmte schließlich zu und zwei Minuten später jagten sie mit O'Connor in Richtung Universität. Der Chief Inspector drehte sich während der Fahrt zu ihr um und blickte sie ernst an.

»Dominique, egal was jetzt dann passieren wird, Sie bleiben im Wagen! Haben Sie das verstanden? Sie bleiben hier sitzen! Andernfalls kann ich für Ihr Leben nicht garantieren.«

28. Kapitel

Die Fahrt an den Campus war ein Höllentrip. Brian hatte das Gefühl, Hunderte von Meilen davon entfernt zu sein und nicht von der Stelle zu kommen. Obwohl er dank eingeschaltetem Blaulicht eigentlich freie Fahrt hatte, dauerte es eine halbe Ewigkeit, bis sie sich durch den bereits einsetzenden Berufsverkehr gekämpft hatten. Warum? Das fragte er sich immer wieder. Warum sind wir nicht schon viel früher darauf gekommen? Es gab so viele Kleinigkeiten, die sich jetzt plötzlich zu einem sinnvollen Ganzen zusammengefügt hatten, aber denen sie, jedem Einzelnen für sich, schon viel früher Aufmerksamkeit hätten schenken müssen.

Sie? Nein, *er* alleine hätte eigentlich schon viel früher darauf kommen können … müssen! Mit Schaudern erinnerte er sich daran, wie er noch insgeheim über Deborahs Vorstellung vom Stadtleben gelacht hatte. Warum zog sie ausgerechnet nach Canterbury?, hatte er sich gewundert. Und dann ausgerechnet zu dem Zeitpunkt, an dem Parson seinen Posten an der Universität antrat? Und er hatte sogar noch in ihrer Anwesenheit festgestellt, dass diese Freundin, diese Pamela Wright, viel näher an der Uni wohnte als die Winters. Wie praktisch das wäre, weil man ja viel schneller am Campus war. Jetzt sah er das natürlich in einem ganz anderen Licht. Es war von dort aus nur ein Katzensprung zum Tatort! Deborah hatte sich insgeheim über seine Dummheit wahrscheinlich gekrümmt vor Lachen!

Aber das war ja noch nicht alles, denn was hatte er bei der routinemäßigen Überprüfung ihrer Angaben vor dem Haus dieser Pamela Wright stehen sehen? Einen Seat Marbella, aber sich nichts dabei gedacht! Sie war ja nicht verdächtig. Auch nicht, als diese Pamela erwähnte, wie müde sie an besagtem Abend war … und wie früh sie beide schlafen gegangen seien! *Beide?* Sie, weil Deborah ihr wahrscheinlich ein Schlafmittel verabreicht hatte, um sicherzugehen, dass sie nicht zu früh wach wurde, wenn sie mit ihrem Auto am nächsten Morgen vor dem Seiteneingang auf den Sicherheitsdienst wartete. Aber ein schneller Seitenblick zum Chief Inspector sagte ihm, dass es in ihm genauso arbeitete. Der Chef hatte auch großzügig über manches hinweggesehen.

Das regelrecht *sorgfältig* zerstörte Blumenbeet, dachte Philips, damit ging's doch schon los. Das hat mir doch gleich nicht gefallen. Sie hat ihre Freundin bestimmt betäubt, ist anschließend zum Campus gefahren, hat dort die Schließung der Gebäude durch den Sicherheitsdienst abgewartet und dann seelenruhig das Beet verwüstet. Damit konnte sie sichergehen, dass Trevis am nächsten Tag eine Zeit lang vor dem Haupteingang beschäftigt war und ihr nicht ins Gehege kam, und einen perfekten Zeugen, vor dem sie gut sichtbar ins Gebäude spazierte, hatte sie auch noch. Wie hatte Marc Trevis noch so verwundert festgestellt? »Die hält es ja normalerweise nicht für nötig, guten Morgen zu sagen. Hab mich deshalb schon gewundert, dass die gestern plötzlich so nett war.«

Sie wollte sichergehen, dass er sich auch ja an sie erinnerte. Trevis' Worte dröhnten jetzt wie eine Anklage in Philips' Ohren. Warum hatte er, was Deborah betraf, nicht ein einziges Mal ein bisschen nachgefragt? Bei diesem Heiratsinstitut zum Beispiel! Er war sich jetzt sicher, sie hatte ganz bewusst nach einem Ehemann aus dem Raum Kent gesucht. Denn dorthin wollte sie.

Aber damit nicht genug! Was hatte Lilly Sharp ihm erzählt? Ihm sozusagen auf dem Silbertablett serviert? »Zugegeben, Deborah müsste mittlerweile wirklich wissen, dass man bis Mittag Unterlagen aus dem Archiv bestellen muss, wenn man sie am gleichen Tag noch einsehen will.« Aber eben das wollte sie nicht! Sie wollte Parson am nächsten Tag für sich alleine haben, wenigstens ein paar Minuten, und sie wusste ganz genau, dass sie ihn dafür früher als gewöhnlich ins Büro locken musste, um Lilly zuvorzukommen.

Der Tatort ... Parson war in seinem Büro ermordet worden! Nicht in seinem tollen Haus, auch nicht in seinem schicken Auto, nein, in seinem Büro! Warum hatte er, wie es normalerweise überhaupt nicht seine Gewohnheit war, den Tatort in diesem Fall so völlig außer Acht gelassen? Deborah hatte monatelang mit ihm dort zusammengearbeitet. Sie wusste, wann der Wachdienst wo war, kannte die Gewohnheiten von Mr. Trevis und Lilly Sharp, kannte wahrscheinlich jeden Winkel des Gebäudes.

Wenn er doch nur sorgfältiger gewesen wäre! Vor ein paar Stunden noch war er sich sicher, Parsons Vergangenheit sei der wunde Punkt. Warum hatte er nicht auf sein Gefühl gehört? Warum hatte er sich damit zufriedengegeben, dass nichts Verdächtiges in den Jahrbüchern und Studentenzeitungen stand? An sein Leben außerhalb der Universität hatte er nicht gedacht, nicht über den Tellerrand hinausgeschaut. Christopher Parson, der Akademiker, mehr hatte sie nicht interessiert. Und anscheinend gab es außer Jacob Leroux' Tochter weit und breit niemanden, der Rachegefühle gegen ihn hatte. Dominique war der ideale Täter, und auf sie hatte er sich festnageln lassen. Sie, die jetzt leichenblass auf ihrem Rücksitz saß und deren Freunde gerade in höchster Lebensgefahr waren.

Wenn dem Jungen etwas passiert, dachte Philips. An die Reaktion von Miriam und Emily wagte er gar nicht erst zu denken. Endlich waren die ersten Gebäude der Universität zu sehen. Brian schaltete das Blaulicht aus, um nicht unnötig für Aufsehen zu sorgen. Als er auf den Parkplatz der historischen Fakultät fuhr, sah er im Rückspiegel auch schon die angeforderte Verstärkung näher kommen. Mit einem Ruck hielt er an. Philips drehte sich kurz um, ehe er ausstieg.

»Dominique, wo finde ich Professor Johnsons Büro?«

»Im ersten Stock, der erste Korridor rechts. Holen Sie Sophie da raus, bitte!«, flehte sie Philips an.

»Wir tun was wir können. Aber Sie wissen, was Sie mir versprochen haben.«

Brian hoffte inständig, das Mädchen verhielt sich vernünftig. Vor ihm stand, fast einem drohenden Mahnmal gleich, Christopher Parsons Audi TT – keine Frage, David war offensichtlich damit angekommen. Lilly Sharp kam ihnen schon entgegen. »Hier ist der Junge reingelaufen«, rief sie aufgebracht und zeigte auf den Haupteingang der Archäologie. »Ich habe ihn nicht mehr erwischt.«

»Ist gut, Mrs. Sharp. Haben Sie Deborah gesehen?« Philips hatte keine Ahnung, was David in der Archäologie zu suchen hatte. Warum ausgerechnet die Archäologie?!

»Nein, tut mir leid«, sie zitterte am ganzen Körper. Seit Sergeant O'Connor angerufen hatte, hatte sie das Gefühl, unter Strom zu stehen. Er hatte sie vor Deborah gewarnt – ausgerechnet Deborah! Das war doch völlig unmöglich!

»Schon in Ordnung, Mrs. Sharp. Gehen Sie wieder in Ihr Büro zurück und sperren Sie die Tür ab!« Brians Stimme duldete keinen Widerspruch.

Philips gab den uniformierten Beamten kurze Anweisungen und machte sich dann zusammen mit Brian auf zu Professor Johnson.

Lieber Gott, lass uns nicht zu spät sein! Sophie, David, sie konnten doch nichts dafür.

Er riss die Tür zur Aula auf. Von Deborah oder dem Jungen war weit und breit nichts zu sehen. Als sie am Treppenabsatz ankamen, hörten sie einen lauten Knall und einen Schrei. Philips wusste sofort, dass es sich um einen Schuss handelte. Er zog seine Waffe und, dicht gefolgt von Brian, hetzte er die Treppenstufen hinauf, vorbei an verwirrt und verängstigt dreinschauenden Studenten.

»Raus«, brüllte Philips atemlos, »gehen Sie sofort raus aus dem Gebäude!«

Oben angekommen, hörte er einen zweiten Knall. Er riss die Tür zum rechten Korridor auf und sah gerade noch, wie David Parson blutüberströmt vor ihm zusammenbrach. Keine fünf Meter von ihnen entfernt stand Deborah Winter – eine Pistole in der Hand und bereit, ein drittes Mal zu schießen. Der Knall war ohrenbetäubend.

Philips sah, wie sie nach hinten taumelte und sich ein großer roter Fleck an ihrer rechten Schulter ausbreitete. Brian hatte genau gezielt. Die Waffe entglitt ihrer Hand und noch ehe Deborah irgendwie reagieren konnte, war O'Connor nach vorne geschnellt und hatte sie mit einem gezielten Fußkick außer Reichweite geschleudert.

In diesem Augenblick ging die Tür zur Damentoilette auf und eine völlig verängstigt dreinschauende Sophie trat auf den Korridor. Sie wollte, ehe sie zu Professor Johnson ging, noch einen prüfenden Blick in den Spiegel werfen und hatte, als sie am Waschbecken stand, plötzlich mehrere Schreie und Schüsse auf dem Korridor gehört. Erst als es draußen still wurde, hatte sie gewagt, die Tür vorsichtig aufzumachen. Jetzt starrte sie entgeistert auf die Szene, die sich soeben vor ihren Augen abspielte.

»Was ist denn hier ...«, flüsterte sie fast tonlos. Weiter kam sie nicht mehr, denn in diesem Augenblick sackte sie ohnmächtig zusammen und fiel O'Connor, der blitzschnell aufgesprungen war, direkt in die Arme.

Als Dominique den ersten Schuss gehört hatte, wäre sie vor Angst beinahe durchgedreht. Lieber Gott, lass sie beide bitte überleben! Sie hielt es kaum mehr im Auto aus. Ich kann doch nicht hier ruhig sitzen, wenn ... Sie hatte keine Ahnung, wer diese Deborah eigentlich war, aber offensichtlich hatte sie Davids Vater getötet ... warum auch immer, und war gerade dabei, noch mehr ...

In diesem Augenblick hörte sie einen zweiten Schuss. Mit einem Ruck öffnete sie die Wagentür und rannte auf den Gebäudeeingang zu. Ein uniformierter Beamter versuchte sie aufzuhalten, aber sie stieß ihn nur rüde weg und riss die Eingangstür auf. Es knallte ein drittes Mal ... *nein!* Sie rannte die Treppe hinauf. Das sonst so vertraute Gebäude erschien ihr plötzlich wie ein Horrorkabinett. Was würde dort oben auf sie warten? Wie viele waren tot? *Wer* war tot? Würde diese Wahnsinnige noch einmal schießen? Als sie an der Tür angekommen war und diese mit einem Schwung aufriss, sah sie Inspector Philips, über eine leblose Gestalt am Boden gebeugt, in ein Funktelefon sprechen.

»*David!*«

Sie sah überall Blut ... an der Wand, auf dem Boden ... Davids Blut ... Und wo war Sophie? Sie kniete sich neben Philips, der insgeheim schon geahnt hatte, dass sie trotz seiner Strafpredigt nachkommen würde, und bereitwillig Platz machte. Er konnte für den Jungen jetzt sowieso nichts mehr tun. Aus den Augenwinkeln sah Dominique plötzlich einen roten Haarschopf. Sophie wurde von Sergeant O'Connor gerade vorsichtig auf den Boden gesetzt. Behutsam lehnte er dabei ihren Kopf an die Wand.

»Sie ist okay, Dominique. Sie war nur kurz ohnmächtig.«

Brian klopfte Sophie leicht auf die Wange, und sie öffnete langsam die Augen. Gott sei Dank! Wenigstens Sophie ... David atmete kaum mehr, aber er war noch bei Bewusstsein. Die Kugel hatte ihn offenbar im Bauch getroffen.

»Dominique«, seine Stimme war nur ein leises Flüstern.

»Nicht sprechen, David. Ich bin da, hörst du ... Ich bin da.« Sie strich ihm die Haare aus dem schweißnassen Gesicht.

»Wo bleibt denn der Krankenwagen?« Ihre Stimme hatte plötzlich einen schrillen und hysterischen Klang.

»Halt durch, David. Bitte ... halt durch ...« Der Korridor füllte sich allmählich mit uniformierten Beamten, aber weit und breit war kein Arzt zu sehen.

»Er verblutet doch! Warum machen Sie denn nichts?« Diese Worte waren direkt an Philips gerichtet, der soeben zwei Beamte anwies, Deborah Winter zu bewachen. Ihre Stimme überschlug sich fast vor Verzweiflung.

»Dominique, ein paar Minuten wird es noch dauern. Es kommt sofort jemand!« Die Minuten erschienen ihr wie eine Ewigkeit. Sie bettete Davids Kopf auf ihren Schoß und merkte plötzlich, dass er das Bewusstsein verloren hatte. Leise weinend beugte sie sich über ihn, als sie Sophie auf einmal neben sich spürte.

»Er schafft es ganz bestimmt. Wir müssen nur fest daran glauben, hörst du, Dominique. Er schafft es.« Sophie hasste es eigentlich, zu lügen, aber in diesem Moment konnte sie der bitteren Wahrheit einfach nicht ins Gesicht blicken.

29. Kapitel

Als Miriam zu Hause ankam und zwei uniformierte Beamte sowie Emily und Mariella in völlig aufgelöstem Zustand vorfand, ahnte sie bereits, dass etwas Schlimmes passiert sein musste. Der Audi stand nicht in der Garage. Sie verlangte sofort eine Verbindung zu Inspector Philips, denn die beiden Polizisten vor Ort waren keine große Hilfe. Sie waren lediglich hier, um sie anscheinend vor Deborah Winter zu beschützen, konnten oder wollten aber keine weitere Auskunft geben. Was für ein Unsinn, dachte Miriam erbost. Deborah war Christophers Sekretärin! Wieso sollte man sie denn vor dieser Frau beschützen?

Fünf Minuten später wusste sie die Antwort darauf und wünschte sich gleichzeitig, sie hätte niemals nachgefragt. Schon beim Klang seiner Stimme war ihr klargeworden, dass Philips mit einer Hiobsbotschaft auf sie wartete. Als das Telefonat beendet war, stand Miriam wie zur Salzsäule erstarrt im Hausflur, unfähig, einen normalen Gedanken zu fassen. Sie blickte in die bleichen Gesichter von Emily und Mariella und irgendwelche Worte kamen unkontrolliert aus ihrem Mund.

Ihr Sohn würde wahrscheinlich sterben, weil diese Irre ihn einfach über den Haufen geschossen hatte. Mariella konnte sie gerade noch auffangen, denn Miriam spürte, wie ihr plötzlich der Boden unter den Füßen weggezogen wurde. Einer der Beamten bot ihr an, sie in das County Hospital zu fahren, wo David gerade notoperiert wurde, und sie nickte nur wie in Trance. Emily hatte ihre Mutter noch nie so erlebt und hatte noch nie so große Angst.

Philips hatte eben das Telefonat mit Miriam hinter sich gebracht, als der Notarzt meinte, er könne jetzt mit Professor Johnson sprechen. Dieser war von Deborah in seinem Büro überrascht worden und verdankte den relativ glimpflichen Ausgang nur einem seiner archäologischen Wälzer, den er ihr geistesgegenwärtig entgegengeschleudert hatte, als sie abdrücken wollte. Das Buch traf sie am Arm, und sie verzog den Schuss. Johnson wurde von der Kugel nur an der linken Schulter gestreift, und Deborah, die in diesem Moment Schritte auf dem Gang hörte, war panikartig nach draußen gelaufen. Was dann passiert war, hatte Philips nur zu gut in Erinnerung.

Brian fuhr mit den beiden Mädchen dem Krankenwagen hinterher, der David abgeholt hatte. Der Notarzt zeigte eine sehr besorgte Miene und war zu keinem weiteren Kommentar bereit. Aber O'Connor wusste nur zu gut, was dies bedeutete. Der Zustand des Jungen war äußerst kritisch. Philips wartete noch, bis auch Deborah, von zwei Polizeibeamten flankiert, abtransportiert wurde, ehe er in das Büro von Professor Johnson ging. Dieser stand noch sichtbar unter Schock, denn er schüttelte immer wieder nur fassungslos den Kopf.

»Ich wusste überhaupt nicht, was das alles bedeuten sollte. Plötzlich steht dieses Weib wie ein Racheengel vor mir und murmelt was von ›elendig sterben‹ und ›am eigenen Leib spüren‹, und dann zieht die auf einmal eine Waffe.«

Es dauerte eine Weile, bis sich Johnson wieder etwas gefangen hatte. Philips nutzte die Zeit, um Superintendent Pierce anzurufen und ihm die Vorkommnisse seit ihrem letzten Treffen zu schildern. Er wusste, dass er seinem Vorgesetzten einiges zumutete, war doch Deborah die dritte Mordverdächtige innerhalb von drei Tagen, die er zu verarbeiten hatte. Aber dafür war es dieses Mal endgültig die Richtige. Pierce versprach, sich sofort mit der Staatsanwaltschaft in Verbindung zu setzen. Danach war es wohl auch an der Zeit, eine erneute Pressekonferenz einzuberufen.

»Was um Himmels willen hat das alles zu bedeuten?«, herrschte Johnson ihn jetzt aufgebracht an. Der erste Schock hatte sich bei ihm offensichtlich verflüchtigt und purer Aggression Platz gemacht. Philips sah den Archäologen ernst an.

»Deborah Winter ist die ... war ... die Sekretärin von Professor Parson und ...« Aber weiter kam er nicht. »Das ist mir hinreichend bekannt, Inspector«, unterbrach ihn Johnson barsch.

»... und ist die Schwester von Susan Anderson«, fuhr Philips ungerührt fort. Der Schlag hatte gesessen. Professor Johnson wurde eine Spur blasser und schnappte nach Luft wie ein Fisch im Trockenen. Fassungslos blickte er Philips an.

»Anderson? Aber das ist Jahre her«, flüsterte er fast tonlos.

»Einundzwanzig, um genau zu sein«, half ihm der Inspector weiter, »20. Juli 1983, ich habe erst heute den Zeitungsbericht dazu gelesen. Haben Sie irgendetwas dazu zu sagen?«

»Ich wüsste nicht, was«, begann Johnson kopfschüttelnd.

»Wirklich nicht?«, fragte Philips eindringlich. »Warum wollte Susan Andersons Schwester Sie dann töten?«

»Weil sie eine Irre ist, darum! Wie konnte Christopher sie nur einstellen?« Johnson hatte sich wieder im Griff und war nach wie vor nicht gewillt, von seiner Großspurigkeit abzuweichen.

»Ich nehme an, er ahnte bis zum Schluss nicht, wer sie war. Wahrscheinlich starb er sogar mit diesem Unwissen. Der tragische Vorfall ist nun schon, wie sagten Sie vorhin so treffend, Jahre her. Allerdings nicht lange genug, um nicht noch ein Ermittlungsverfahren einzuleiten.« Philips war nicht gewillt, ihn so leicht davonkommen zu lassen.

»Was ist damals passiert, Professor Johnson? Was veranlasste Deborah Anderson jetzt, einundzwanzig Jahre danach, zu diesen Taten? Dass sie auch Professor Parson umgebracht hat, brauche ich ja wohl nicht extra zu erklären.«

Johnson sah ihn eine Weile prüfend an. »Also gut, Sie geben ja doch keine Ruhe«, seufzte er schließlich. Er hatte den Inspector damit genau richtig eingeschätzt.

»Chris und ich, wir sind zusammen aufgewachsen und waren schon seit unserer Kindheit bei den Pfadfindern. Als wir dann älter wurden, übernahmen wir ab und zu auch die Aufgabe von Jugendbetreuern. Ich war ein ziemlich guter Schwimmer und habe mit ihnen immer für das Abzeichen trainiert. Dieser Ausflug sollte unser letzter bei den Pfadfindern sein. Wir wollten beide danach unsere Promotion in Angriff nehmen und hatten für so etwas keine Zeit mehr.«

Johnson schüttelte den Kopf und sprach plötzlich mit ungewohnt heftiger Stimme weiter. »Verdammt noch mal, Chris konnte sich bei den Mädels einfach nicht zurückhalten. Diese Anderson war ihm vorher schon aufgefallen, und wie sich auf dem Ausflug herausstellte, war die Kleine selbst auch nicht abgeneigt. Als er mich bat, ein Auge zuzudrücken, wenn er mit ihr in diesem Schuppen da … na ja, Sie wissen schon, hab ich's halt gemacht. War ja eigentlich nichts Schlimmes. Sie haben wohl in dieser Nacht eine Zigarette nicht richtig ausgemacht, und als Chris aufwachte, stand schon der ganze Schuppen in Flammen. Er ist irgendwie noch rausgekommen und kam plötzlich panisch im Lager angelaufen. Wir sind beide dorthin zurück, um das Mädchen zu retten, aber es war schon zu spät. Alles stand in meterhohen Flammen.«

Philips war fassungslos, als er Johnsons Geschichte hörte. Sie war noch ungeheuerlicher, als er es sich vorgestellt hatte. »Christopher Parson hat das Mädchen einfach verbrennen lassen? Er hat sie einfach alleine zurückgelassen, obwohl er wusste, dass sie keine Chance haben würde?«

»Er wollte nicht, dass sie stirbt. Wir haben ja noch versucht, sie zu retten, aber das Holz und das Stroh, alles brannte wie Zunder.« Johnson wirkte auf einmal sehr kleinlaut.

»Jetzt kommen Sie mir doch nicht so! *Er* hätte sie zuvor da rausholen müssen, anstatt seinen eigenen kostbaren Hintern zu retten und davonzulaufen. *Er* hat sie ganz bewusst alleine in dieser Flammenhölle zurückgelassen«, herrschte Philips Johnson wütend an.

»Was ist dann passiert?«, fragte er nach einer kleinen Pause.

»Es gab natürlich eine Untersuchung, und wir Betreuer wurden auch befragt, wie das passieren konnte. Wir haben die Geschichte so abgemacht, wie Sie sie wahrscheinlich in der Zeitung gelesen haben. Dass sie heimlich mit Zigaretten abgehauen ist und wir noch alles versucht haben, um sie zu retten, aber …« Johnson brach mitten im Satz ab, sich seiner eigenen Skrupellosigkeit wohl plötzlich auf unangenehme Weise bewusst werdend. Philips war nur noch empört über so viel Niederträchtigkeit und Feigheit.

»Sie haben nicht nur das Mädchen auf dem Gewissen, Johnson, Sie haben sich auch beide noch feige aus der Verantwortung gestohlen!«

»Was hätten wir denn tun sollen? Wir standen beide kurz vor einer vielversprechenden Karriere, wir hätten uns damit alles zerstört.« Professor Johnson war aufgesprungen, aber wurde dabei schmerzhaft an seine Verletzung erinnert, denn er zuckte plötzlich zusammen und hielt sich die linke Schulter.

»Wir haben uns geschworen, nichts zu sagen, egal was kommen würde. Ich habe Chris mein Ehrenwort gegeben und er mir seins. Das konnte ich doch nicht brechen, selbst wenn ich gewollt hätte.« Seine Stimme klang regelrecht vorwurfsvoll. Philips sah ihn verächtlich an und sagte dann angewidert: »Ich denke, ich habe schon verstanden. Großes Pfadfinderehrenwort, nicht wahr?«

Johnson nickte langsam. »Sie sagen es, Inspector.«

Philips spürte, dass er schnellstens an die frische Luft musste. An der Tür angekommen, drehte er sich jedoch noch einmal um. »Wissen Sie, Johnson, was ich mich die ganze Zeit schon frage? Von welcher Ehre sprechen Sie eigentlich?«

30. Kapitel

Blut ... alles war voller Blut ... sie konnte überhaupt nichts erkennen. Doch, auf dem Boden vor ihr lagen zwei Gestalten, aber sie kam einfach nicht dorthin, denn irgendetwas hielt sie fest. Sie versuchte, einen Schritt zu machen, und stellte plötzlich fest, dass sie knöcheltief in einer roten Flüssigkeit watete ... es war Blut ... Sophies und Davids Blut, und eine blutige Hand tastete nach ihrer Schulter.

»Nein«, mit einem Ruck schreckte Dominique auf. Ihr Herz raste wie wild.

»Dominique«, flüsterte eine vertraute Stimme neben ihr, »bleiben Sie ganz ruhig! Sie haben nur schlecht geträumt.« Miriam Parson stand neben ihr und hatte eine Hand sachte auf ihre rechte Schulter gelegt. »Hier, trinken Sie etwas Tee. Das wird Ihnen guttun.«

Sie reichte Dominique einen Becher mit einer dampfenden Flüssigkeit. Dominiques Blick fiel auf die schlafende Gestalt, an deren Bett sie, Miriam und Emily nun schon seit Stunden aushielten. David war an unzählige Monitore und Schläuche angeschlossen, und nur ein leiser, regelmäßiger Ton, der seinen Herzschlag überprüfte, verriet ihnen, dass er überhaupt noch lebte. Allmählich kam die Erinnerung zurück zu ihr.

Das Warten war das Allerschlimmste. Die Stunden, während er operiert wurde, erschienen ihr wie Tage. Sophie hatte ihre Hand ganz fest gedrückt und ihr immer wieder versucht, Mut zuzusprechen, aber Dominique hatte die Angst in ihrer Stimme nur allzu deutlich wahrgenommen. Auch der Polizist, der sie hergebracht hatte, schien mit dem Allerschlimmsten zu rechnen. Emily, Miriam und noch eine andere Frau saßen ein paar Meter von ihnen entfernt – genauso verzweifelt und hilflos. Sie hatten sich nur kurz angesehen, sie und Davids Mutter und seine Schwester. Dominique hatte schon befürchtet, von ihnen weggeschickt zu werden, aber Miriam hatte überhaupt nichts gesagt, sondern war nur leichenblass auf einen Stuhl gesunken. Als endlich ein Arzt zu ihnen gekommen war, hatte sie sich plötzlich gewünscht, es nicht hören zu müssen und lieber noch ein paar Stunden zu warten. Sie wollte nicht hören, dass ...

»Er lebt, aber die Kugel hat den Bauchraum schwer verletzt, und er hat außerdem sehr viel Blut verloren. Ich kann deshalb noch keine Entwarnung geben. Erst muss er die Nacht überstehen, und auch danach ist die Gefahr einer Embolie immer noch nicht ganz gebannt.« Aber er war am Leben, und nur das zählte.

Als Miriam fragte, ob sie die Nacht bei ihrem Sohn bleiben könne, war dies für Dominique das Zeichen zu gehen. Sie gehörte nicht dazu. Sie war kein Teil von Davids Familie. Aber Emily war plötzlich aufgestanden und auf sie zugegangen. Sie hatte Davids Schwester vom ersten Augenblick an in ihr Herz geschlossen.

»Wir beide bleiben doch auch, oder?« Dominique hatte einen fragenden Blick auf Miriam geworfen, nicht sicher, ob Davids Mutter damit einverstanden war. Aber diese hatte nur zustimmend genickt.

Und jetzt saßen sie hier zu dritt. Emily war ebenfalls leicht eingenickt und hatte ihren Kopf an Miriams Schulter gelehnt. Sie hatten bis jetzt noch nicht verstanden, warum diese Frau das getan hatte. Warum jemand einen Menschen kaltblütig umbrachte und einen anderen so schwer verletzte.

Brian und Philips hatten sich die Vernehmung von Deborah Winter für Samstagnachmittag vorgenommen. Auch wenn sie sich ein freies Wochenende redlich verdient hätten, so wollten doch beide diesen Fall endlich abschließen können. Deborah war schon am Samstagvormittag in das Gefängniskrankenhaus verlegt worden, vor dem Brian soeben eintraf. Er sah Philips im Auto telefonieren und wartete, bis der Chief ausstieg.

»Hallo Brian, das war das Krankenhaus. David hat die Nacht ohne weitere Komplikationen überstanden, und es sieht ganz gut für ihn aus.«

Philips hörte sich sehr zuversichtlich an, und auch O'Connor war äußerst froh, diese Nachricht zu hören. Als er am Vorabend vom Krankenhaus weggefahren war, hatte der Arzt noch keine Entwarnung geben können, und man musste noch immer mit dem Schlimmsten rechnen. Wie Philips ihm weiter mitteilte, wollte er gleich Montagmorgen ein Verfahren wegen fahrlässiger Körperverletzung, unterlassener Hilfeleistung und Falschaussage gegen Professor Johnson beantragen. Dies schien ihm eine ganz besondere Herzensangelegenheit zu sein.

Als sie kurze Zeit später am Krankenbett von Deborah Winter saßen, war O'Connor dem Chief ganz dankbar, dass er die ersten Fragen stellte. Obwohl es in diesem Korridor zu einer Notwehrsituation gekommen war und er völlig richtig gehandelt und wahrscheinlich sogar einen regelrechten Amoklauf verhindert hatte, so hatte er, Brian, doch auf einen anderen Menschen geschossen. Deborah war auch noch etwas blass im Gesicht, aber die Schussverletzung hatte sie nicht so stark mitgenommen, wie er anfangs befürchtete. Was allerdings völlig befremdlich an ihr wirkte, waren dieser kalte Blick und die völlig emotionslose Stimme, als sie zu erzählen begann. Von der unsicheren und hysterischen Sekretärin war nichts mehr übrig. Sie war ein eiskalter, berechnender Mörder, der seine Tat minutiös geplant und dabei nicht einmal mit der Wimper gezuckt hatte. Deborah machte gar nicht erst den Versuch zu leugnen oder sich in irgendwelche Ausflüchte zu stürzen, sondern legte ein volles Geständnis ab.

»Ich habe meine Eltern damals überredet, Susan in dieses Pfadfinderlager mitfahren zu lassen. Sie waren so übervorsichtig mit ihr, hüteten sie wie einen Schatz, und dabei wollte sie einfach nur ausbrechen können, durchatmen, etwas erleben. Sie war eine ausgezeichnete Schwimmerin und wollte unbedingt dieses Abzeichen machen, das jedem Teilnehmer in Aussicht gestellt wurde. Susan war so voller Vorfreude und so aufgeregt.

Als dieser furchtbare Anruf kam und sie uns mitteilten, was passiert war, brachen meine Eltern völlig zusammen. Die Vorstellung, dass sie in dieser Flammenhölle umgekommen war, raubte insbesondere meinem Vater fast den Verstand. Er hat sich nie von diesem Schlag erholt und fing an zu trinken. Eines Tages fuhr er schließlich im Vollrausch gegen einen Baum. Sein Tod war für meine Mutter der endgültige Knock-out. Bis dahin hatte sie immer noch versucht, die Familie, oder besser gesagt das bisschen, das davon übrig war, zusammenzuhalten, aber danach ging bei ihr gar nichts mehr.

Sie starb vor eineinhalb Jahren an Alzheimer. Ich bin die letzten fünfzehn Jahre bei ihr geblieben und habe sie gepflegt. Und obwohl sie immer öfter nicht mehr wusste, wer ich überhaupt war, musste ich mir an jedem einzelnen Tag den stillen Vorwurf in ihren Augen gefallen lassen. Dass ich es war, die sie überredet hatte, dass ich es war, die noch am Leben war, und nicht ihr kleines Prinzesschen.« Deborahs Stimme hatte das erste Mal etwas von ihrer Kälte verloren und leicht zu zittern begonnen.

»Nicht dass Sie jetzt denken, ich habe meine Schwester nicht geliebt. Sie konnte nichts dafür, dass die beiden sie so vergötterten. Und die Vorstellung, dass sie bei lebendigem Leib in diesem Schuppen elendig verbrannt ist, hat auch mich fast in den Wahnsinn getrieben. Ich wusste allerdings, dass sie nicht ganz so unschuldig war, wie meine Eltern sie gern gesehen hätten, sie hat es einfach nur sehr schlau angestellt. Und deshalb hab ich auch die Geschichte dieser beiden Betreuer nie geglaubt.

Susan wäre nie so dumm gewesen, sich heimlich alleine davonzuschleichen, nicht nachdem uns dieser Ausflug zuvor so viel Überredungskunst gekostet hatte. Und als ich dann ihr Tagebuch fand, wo drinstand, dass sie einen ihrer Pfadfinderbetreuer, einen gewissen Christopher Parson, ziemlich toll fand, war mir alles klar. Sie konnte den Jungs ganz schön den Kopf verdrehen, wenn sie wollte. Aber wer glaubt schon einem kleinen, dummen Teenager, wenn er die Aussage zweier Jungakademiker hat?« Deborahs Stimme klang zynisch, und Brian ahnte, dass sie damit auch der Polizei einen Vorwurf machen wollte. Vielleicht sogar zu Recht.

»Christopher Parson und Oliver Johnson ... Diese Namen brannten sich in mein Gedächtnis und ließen mich all die Jahre nicht mehr los. Nachdem meine Mutter gestorben war, habe ich mich auf die Suche nach den beiden gemacht. Es war anfangs gar nicht so einfach, aber schließlich hab ich Parson in Plymouth gefunden, allerdings gerade dabei, nach Canterbury zu ziehen. Er hat's mir damit leichter gemacht als gedacht, waren sie nun doch beide wieder vereint. Und dann stellte er mich sogar noch als Sekretärin ein.« Deborah ließ plötzlich ein unfreundliches, boshaftes Lachen hören.

»*Mich*, und dass obwohl mein Lebenslauf nun wirklich nicht berauschend ist, wie denn auch, wenn man fünfzehn Jahre zu Hause die Krankenschwester spielt. Aber da war mir endgültig klar, was der für ein Typ ist. Ich musste ihn nur ein bisschen anhimmeln, und schon hatte ich die Stelle. Ich habe nur darauf gewartet, dass mich dieses Schwein eines Tages anfasst. Aber ich bin ihm zuvorgekommen.« Ihre Stimme klang jetzt fast triumphierend und hatte etwas Unheimliches an sich.

»Was hätten Sie eigentlich getan, wenn diese Sekretärinnenstelle nicht frei gewesen wäre?« Brian stellte die Frage aus reiner Routine, und die Antwort darauf überraschte ihn nicht wirklich.

Sie lachte wieder dieses kleine, boshafte Lachen und sagte dann voll eiskalter Berechnung: »Keine Angst, ich hätte schon dafür gesorgt, dass wir uns über den Weg gelaufen wären.«

»Warum haben Sie überhaupt geheiratet?« Philips hatte den armen Denis Winter noch Freitagnacht verhören lassen, aber wie sich herausstellte, hatte er vom mörderischen Treiben seiner Frau nicht die leiseste Ahnung.

»Sie fragen nach diesem gutmütigen Trottel? Na ja, ich musste für den Notfall ja irgendwie abgesichert sein, finanziell, meine ich. Außerdem konnte ich einen anderen Namen gut gebrauchen. Anderson war mir sogar bei diesem selbstgefälligen Egoisten Parson etwas zu gefährlich. Ich wollte nicht, dass er Verdacht schöpfte. Und es hat dieses Schwein davon abgehalten, mich gleich am ersten Tag mit seinen dreckigen Pfoten zu betatschen.«

Brian erschütterte angesichts dieser Kaltblütigkeit und Berechnung bald gar nichts mehr. Deborah hatte seit Jahren nur eines im Sinn gehabt – zwei Menschen zu ermorden, und wenn auf ihrem Rachefeldzug noch andere sterben mussten, nahm sie das einfach billigend in Kauf. Als sie ihnen den Tathergang schilderte, stellte er fest, dass sie mit ihren Vermutungen schon sehr richtig gelegen hatten.

Sie hatte vor dem Seiteneingang auf den Sicherheitsdienst gewartet (vorsichtshalber nicht in ihrem eigenen Auto, um keinen Verdacht auf sich zu lenken), war dann in das Gebäude geschlüpft, hatte Parson hinter der Tür abgepasst und war durch denselben Seiteneingang wieder entwischt. Und zwanzig Minuten später mit dem eigenen Auto vor das Gebäude gefahren, um dann die Leiche des armen Professor Parson in seinem Büro zu finden.

»Diese Lilly Sharp, diese penetrante, alte Schreckschraube, meinte mich ja auf Schritt und Tritt verfolgen zu müssen. Wie gut, dass die dumme, kleine Deborah immer so gerne etwas durcheinanderbrachte ... wie die Archivsache zum Beispiel. Und das Beste daran war, sie hat auch noch meinen Anschiss kassiert.«

O'Connor bat Lilly insgeheim schon zum dritten Mal an diesem Nachmittag um Verzeihung, denn Deborah hatte mehrere äußerst unflätige Bemerkungen in ihre Richtung fallen lassen. So etwas hatte sie wahrlich nicht verdient. »Wer dachte schon, dass so ein kleines Dummchen wie ich mir so etwas Böses ausdenken kann.« Deborahs Gesicht hatte sich zu einer unschönen Grimasse verzogen, und in ihren Augen blitzte blanker Hass.

Philips und O'Connor waren schon an der Tür angekommen, als dem Chief Inspector etwas einzufallen schien. Er drehte sich um und sagte mit leiser, aber fester Stimme: »Deborah, eine Kleinigkeit sollten Sie noch wissen. Als Sie ihn töteten, war Christopher Parson schon einige Zeit an Krebs erkrankt. Man hätte ihn wahrscheinlich nicht retten können, und er stand vor einem sehr langen und schmerzhaften Leidensweg.«

Als Philips und Brian kurze Zeit später zum Parkplatz zurückgingen, blieb der Chief Inspector plötzlich im Korridor stehen.

»Wissen Sie, was mir nicht aus dem Kopf geht, Brian? Was hätte sie wohl getan, wenn sie etwas in Zeitverzug gekommen und Lilly Sharp plötzlich aufgetaucht wäre? Der Plan war perfekt, aber auch eine Angelegenheit weniger Minuten. Es hätte so verdammt viel schiefgehen können.«

»Wenn ich mir das so vorstelle, würde ich sagen, sie hätte die arme Mrs. Sharp wahrscheinlich ebenfalls eiskalt ermordet, um eine Viertelstunde später vor Marc Trevis wieder das bemitleidenswerte, kleine Dummchen zu spielen, das soeben zwei Leichen gefunden hatte.« Nachdem O'Connor das gesagt hatte, war es plötzlich ganz still.

»Lassen Sie uns nach Hause gehen, Brian. Ich habe gerade das Gefühl, ich muss ganz schnell hier raus.«

31. Kapitel

Zur gleichen Zeit packte Miriam Emily vor dem Krankenhaus energisch in ein Taxi, um sie, unter vehementen Protesten, endlich nach Hause zu schicken.

»Schatz, du bist völlig übermüdet. Wir haben ausgemacht, du bleibst so lange, bis er wach wird.« Miriam ließ in diesem Fall nicht mit sich reden.

Davids Zustand hatte sich allmählich stabilisiert, und gegen Mittag war er schließlich zu sich gekommen. Dominique und Emily hatten vor lauter Freude regelrecht um die Wette geweint, und er murmelte, noch sehr schwach zwar, aber schon wieder einigermaßen zu Scherzen aufgelegt: »Hey, ich wusste ja gar nicht, dass ich so viele Groupies habe.«

Miriam hielt nur seine Hand und genoss diesen Augenblick in aller Stille für sich. Dominique wartete, bis er wieder eingeschlafen war (nach etwa fünf Minuten, denn das Sprechen alleine hatte ihn schon unglaublich angestrengt), und fuhr dann zu Sophie, die sie erst in eine heiße Badewanne und dann in ihr Bett verfrachtete.

»Gehst du morgen wieder hin?«, fragte sie Dominique unvermittelt und sah sie dabei prüfend an. Diese versuchte vergeblich, ihrem Blick auszuweichen, und zuckte nur mit den Schultern. »Ich weiß nicht. Er lebt, das ist momentan das Wichtigste, aber ich muss immer ...« Sie brach mitten im Satz ab, denn sie wusste, dass Sophie sie verstand.

Ihre Freundin nahm ihre Hände und hielt sie ganz fest in den ihrigen. Es dauerte ein paar Sekunden, ehe sie zu sprechen begann. »Dominique, schau ... Ich weiß, was du ihm gestern auf der Polizei gesagt hast, und ich kann dich auch gut verstehen, aber ich hatte die letzten Stunden viel Zeit, über euch nachzudenken.«

Und nach einer kurzen Pause: »Was ich damit sagen will ... David und du, ihr könnt beide nicht das Leben eurer Väter leben, sondern nur euer eigenes, und das, denke ich, ist schon Herausforderung genug. David wird, wie sehr er sich auch anstrengen mag, niemals die Fehler wiedergutmachen können, die Christopher verbrochen hat. Aber das ist auch nicht seine Aufgabe. Es wird, wenn er und Emily an ihren Vater denken, beiden immer wehtun. Mit der Zeit wahrscheinlich immer weniger, aber es wird nie ganz vergehen. Sie werden immer mit dem Wissen leben, dass er nie die ideale Vaterfigur verkörperte, die man sich so gerne vorstellen würde.

Genauso wie bei dir, Dominique. Du wirst wahrscheinlich nie ganz

das Gefühl los sein, dass dein Vater betrogen und um die ihm zustehende Anerkennung gebracht wurde. Aber man muss auch einmal etwas akzeptieren und ruhen lassen können. Das heißt ja deshalb nicht, dass du ihn vergessen hast. Glaubst du wirklich, er hätte gewollt, dass du dein Leben lang diesen Betrug mit dir herumträgst und darüber hinaus dein eigenes Leben völlig vergisst und aufhörst, es zu leben?«
Dominique sah sie nur schweigend an. Sie spürte, wie ihre Augen zu brennen begannen und die ersten Tränen über ihre Wangen liefen, wie so oft in letzter Zeit. Sophie drückte sie fest an sich.
»Pass mir gut auf dich und David auf, okay?«
Dominique nickte. »Ja, das mach ich. Meinst du, in Harvard ist noch ein Plätzchen für ihn frei?«
Sophie lächelte. »Ganz bestimmt!«

Dominique schlief bis Sonntagmittag und wachte erst durch Sophies Geklapper in der Küche auf.
»Oh mein Gott, Sophie! Warum hast du mich nicht geweckt? Ich hab total verschlafen. Ich muss ...«
»Erst frühstücken. Es geht ihm gut, ich habe vor einer halben Stunde mit seiner Mutter telefoniert. Er liegt schon auf einem normalen Zimmer. Außerdem soll ich dich ganz lieb von ihr grüßen.« Dominique setzte sich erleichtert auf die Bettkante zurück.
Als sie nachmittags in der Klinik ankam, wurde sie von einer etwas missmutigen Emily begrüßt. »So richtig viel los ist ja noch nicht mit ihm. Jetzt schläft er schon wieder.« Dominique musste bei diesen Worten unvermittelt schmunzeln. Wie sehr hatte sie sich immer genauso eine kleine Schwester gewünscht.
Miriam war nach Hause gefahren, um sich etwas auszuruhen. Sarah und ihre Mutter würden morgen eintreffen, und gerade für Letztere würde sie starke Nerven brauchen. Aber nach dem, was sie die letzten Tage schon alles durchgestanden hatte, dürfte dies auch noch zu schaffen sein. Außerdem war ihre Schwester ja auch noch da, und die Aussicht, Sarah zu sehen, stimmte sie sehr froh.
Emily verabschiedete sich schließlich am frühen Abend von Dominique und meinte nur augenzwinkernd: »Ich sag' Mum Bescheid, dass es reicht, wenn sie morgen wiederkommt, oder?«
»Emily, ich will euch aber nicht verdrängen. Noch dazu, wenn deine Großmutter jetzt auch noch kommt.«
Dominique war sich Davids Familie gegenüber immer noch etwas

unsicher. Vor allem wenn sie an Miriam dachte, hatte sie ein mulmiges Gefühl. Sie war schließlich die Ehefrau des Mannes gewesen, den sie selbst mit allen Mitteln zu bekämpfen versucht hatte. Aber das Mädchen wehrte nur beschwichtigend ab.

»Das tust du doch nicht, und das weiß Mum ganz genau. Und Grandma auch, keine Sorge. Sie ist zwar etwas anstrengend, aber ansonsten ganz okay.«

Als Emily schon lange weg war, saß sie immer noch an Davids Bett und sah ihm einfach nur beim Schlafen zu. Schließlich fasste sie einen Entschluss. Als die Nachtschwester ein paar Stunden später ihre gewohnte Runde drehte, glaubte sie zuerst ihren Augen nicht zu trauen und wollte die junge Dame, die neben David Parson lag, schon aufwecken und nach Hause schicken. Sie befanden sich schließlich in einem Krankenhaus und nicht in einem Hotel! Aber als sie in die schlafenden Gesichter der beiden blickte, wechselte sie nur vorsichtig seine Infusionsflasche aus und ging leise aus dem Zimmer. In der Tat, sie waren ein Krankenhaus, und warum sollte man einem Patienten das wegnehmen, was ihn ganz offensichtlich gesund machte?

Epilog

Sechs Monate später ...

Emily und Miriam warteten aufgeregt vor dem Gate am Flughafen Heathrow, an dem die Passagiere aus Boston ankommen sollten. David und Dominique hatten sich für Weihnachten in England angekündigt, und es war das erste Mal seit fast einem halben Jahr, dass sie sich alle wiedersahen. Es war sehr viel passiert in den letzten Monaten.

Nachdem Chief Inspector Philips ihr am Montag danach die ganze Geschichte offenbart hatte, die schließlich zum Mord an ihrem Mann und Davids schwerer Verletzung geführt hatte, war Miriam im ersten Moment wie gelähmt. Sie hatte Christopher sehr viel Niederträchtiges und Abscheuliches zugetraut, aber ein junges Mädchen bei lebendigem Leib einfach verbrennen zu lassen, um die eigene Haut zu retten, erschütterte sie unendlich.

Da David an der Beerdigung seines Vaters unbedingt teilnehmen wollte, wurde diese auf Grund seines Gesundheitszustandes um drei Wochen nach hinten verschoben, und Miriam war gar nicht undankbar deswegen. Sie hatte daraufhin allen offiziellen Stellen inklusive Universitätsleitung mitgeteilt, dass es nur eine Beisetzung im engsten Familienkreis geben würde, ohne öffentliches Brimborium und Lobesreden auf den Verstorbenen. Statt Kränze und Blumen hatte sie um Spenden für die Krebshilfe und für den Verein der Opfer von Brandunfällen gebeten. (Der Scheck von Lilly Sharp fiel sehr großzügig aus, wie Miriam feststellte. Das schien wirklich eine besonders nette Person zu sein.) An diese beiden Organisationen ging schließlich auch der Erlös, den der Verkauf des Audis einbrachte, den sie noch am selben Tag durch einen Autohändler von der Universität hatte abholen lassen.

Die Beerdigung selbst war, mit etwas Abstand betrachtet, nicht ganz so schlimm, wie sie es befürchtet hatte. Als Dominique vorsichtig fragte, ob ihre Mutter kommen dürfe, hatte Miriam sofort eingewilligt. Es war ihr ein großes Anliegen, Karen Leroux nach allem, was passiert war, wiederzusehen. Dominique hatte sich an diesem Tag sehr zurückgehalten. Er gehörte David und seiner Familie, und sie hielt sich mit Sophie und ihrer Mutter bewusst im Hintergrund.

Zuvor mussten sie und Sophie allerdings noch erfahren, dass ihr bisheriger Betreuer Professor Johnson von seinem Posten zurückgetreten war und sich stattdessen eine eilig herbeigerufene Vertretung um die endgültige Benotung ihrer Arbeiten kümmern würde. Anders als ihre völlig verblüfften Kommilitonen waren sie von dieser Entwicklung nicht unbedingt überrascht. Wie Philips schon angedeutet hatte, war gegen Professor Johnson ein Ermittlungsverfahren eingeleitet worden, und die Verhandlung darüber sollte nach Weihnachten stattfinden. Aber eines stand zuvor schon fest: Ganz egal wie sie auch ausgehen mochte, er würde nie wieder an einer Universität tätig sein.

Dr. Walters hatte zu Lilly Sharps großer Enttäuschung das Angebot, die Rektorenstelle bis zu seiner Pensionierung zu übernehmen, abgelehnt. Er wollte lieber in Ruhe mit seinen Studenten das angestrebte Forschungsprojekt zu Ende bringen, in das er schon so viel Zeit und Mühe investiert hatte und das auch nach dem Tod von Professor Parson an der Universität gehalten werden sollte. Einen noch viel größeren Schreck bekam Lilly allerdings, als die Universitätsleitung kurze Zeit später den neuen Rektor der Fakultät vorstellte – Professor Dr. Barbara Graham, bisherige Leiterin der Mittelalterabteilung an der Universität von Edinburgh!

Eine Frau, das würde nicht gutgehen! Aber Lilly hatte sich ganz gewaltig getäuscht. Professor Graham gewährte Dr. Walters (ihrem fähigsten Mitarbeiter!) nicht nur alle Freiheiten, die er brauchte, sondern sie fragte Lilly schon nach einer Woche, ob diese, natürlich nur gegen eine entsprechende Gehaltserhöhung, nicht auch ihr Sekretariat mitbetreuen wolle und sich außerdem vorstellen könne, dies nach der Pensionierung von Dr. Walters weiterzumachen.

»Derek, du kannst dir gar nicht vorstellen, wie angenehm es ist, mit Professor Graham zusammenzuarbeiten. So eine humorvolle und gebildete Frau mit einem geschulten Blick für das Wesentliche.« Derek war in der Tat ganz froh, dass dieser Professor Graham eine Frau war, und hatte deshalb auch nichts dagegen, dass Lilly ihre Pensionierung doch noch etwas hinausschieben wollte.

Miriam hatte schließlich kurze Zeit nach der Beerdigung das Haus in Canterbury verkauft und war mit Emily (und Mariella natürlich!) in einen Vorort von London gezogen. Alle drei hatten diesen Bungalow sowieso nie gemocht. Seit Oktober arbeitete sie als Expertin für antike Kunst bei einem Londoner Auktionshaus. Christophers Erbe war zwar beträchtlich, aber sie wollte sein Geld auf ihre Kinder übertragen und diese später darüber entscheiden lassen.

Emily ging nach wie vor nach St. Edmunds, denn dort waren ihre vertraute Umgebung und ihre Schulfreunde. Aber sie kam fast jedes zweite Wochenende nach Hause und brachte stets viele Klassenkameraden mit (das leckere Essen, das es bei Parsons immer gab, hatte sich wie ein Lauffeuer an Emilys Schule herumgesprochen). Miriam fuhr außerdem regelmäßig nach Tunbridge Wells, um ihre Tochter zu besuchen.

David, Dominique und Sophie hatten im Spätsommer ihr Abenteuer Harvard gestartet. Dr. Lucas erkundigte sich eines Tages bei O'Connor nach David und erfuhr auf diesem Weg alle dramatischen Einzelheiten der Geschichte. Er hatte daraufhin offensichtlich nicht gezögert – hinter Davids Rücken –, mehrere Empfehlungsschreiben nach Harvard zu schicken, denn David durfte, als er sich wegen der nächstmöglichen Einschreibung für Biochemie erkundigte, noch in diesem Jahr mit seinem Studium beginnen.

»Mum, da sind sie! Hallo, ihr beiden! Hallo!«

In diesem Augenblick hatte Emily ihren Bruder und seine Freundin entdeckt und begann aufgeregt zu winken. Miriam fiel sofort auf, dass die beiden regelrecht um die Wette strahlten, als sie zuerst David und dann Dominique ganz fest an sich drückte. Das würde auch Karen freuen, die für morgen erwartet wurde, denn Miriam hatte sie eingeladen, Weihnachten bei ihnen zu feiern. Sie warf einen suchenden Blick in Richtung Ausgang und fragte Dominique schließlich verwundert: »Wo habt ihr denn Sophie gelassen?«

»Sophie?« Dominique sprach den Namen ihrer Freundin betont langsam aus und zog vielsagend eine Augenbraue nach oben. »Die informiert sich momentan genauer über die Gesteinszusammensetzung in den Rocky Mountains.«

David musste unwillkürlich grinsen. »Hm ... unter tatkräftiger und fachlicher Unterstützung eines gewissen Peter Bryan.«

Sergeant O'Connor hatte sich schließlich endlich getraut, Inspector Philips zum Essen einzuladen, was sich schon bald zu einer netten Gewohnheit entwickelte. Der ortsansässige Pizzaservice freute sich jedenfalls immer, wenn wieder Männerabend bei den beiden angesagt war. Nach der Lösung des Parson-Falls hatten sie allerdings nicht lange Zeit zum Durchatmen, denn schon drei Tage später wurde am Strand von Whitstable eine Frauenleiche gefunden. Aber das ist eine neue Geschichte.

Ende

Ein Mörder geht um, der seine Opfer wie weibliche Figuren aus Shakespeare-Dramen ums Leben kommen lässt ...

Am Strand des schottischen Küstenorts St. Andrews wird eine junge Frau tot am Strand aufgefunden. In ihrer Hand hält sie einen Zettel mit einem rätselhaften Zitat. Es ist, das finden Chief Inspector Falkirk und seine junge Kollegin Connie Wraight schnell heraus, ein Auszug aus »Hamlet«: die letzten Worte von Ophelia, bevor sie ertrank. Als kurz darauf eine Literaturdozentin der örtlichen Universität in der Bibliothek erstochen wird und sich bei der Toten ein Zitat aus »Romeo und Julia« findet, beginnt ein Wettlauf mit der Zeit ...

220 S., 16,90 Euro, ISBN 978-3-86520-385-4